Adam Croft

Wenn ich dich töte

amazoncrossing

Das Buch

Könntest du deine Frau ermorden, um das Leben deiner Tochter zu retten?

Ein Albtraum nimmt seinen Lauf: Als Nick an einem hektischen Morgen noch rasch etwas aus dem Haus holt und zum Auto zurückkehrt, ist seine fünfjährige Tochter aus ihrem Kindersitz verschwunden. Die panische Suche nach ihr bleibt erfolglos. Unmöglich kann Ellie so weit allein weggelaufen sein! Hat sie jemand entführt, und wenn ja, warum? Nick weiß nicht, wem er trauen kann. Von seiner Frau Tasha, die ihm die Schuld am Verschwinden ihrer Tochter gibt, kann er keine Unterstützung erwarten. Der verzweifelte Vater wird vor eine grausame Wahl gestellt. Egal, wie er sich entscheidet, danach wird Blut an seinen Händen kleben. Und er darf sich niemandem anvertrauen, sonst ist Ellies Leben sofort verwirkt. Ein Wettlauf gegen die Zeit beginnt.

Der Autor

Der britische Autor Adam Croft hat zahlreiche Kriminalromane und Thriller veröffentlicht. Seine Bücher haben sich weltweit über eine Million Mal verkauft und werden in mehrere Sprachen übersetzt. Wenn er nicht gerade an einem Buch arbeitet, nimmt Adam Croft gerne an Podiumsdiskussionen und Gesprächen rund um die Zukunft des Buches und des Verlagswesens teil.

ADAM CROFT

WENN ICH DICH TÖTE

Thriller

Aus dem Englischen von
Juliane Lochner

amazon crossing

Die englische Ausgabe erschien 2016 unter dem Titel »Her Last Tomorrow«
bei Thomas & Mercer, Seattle.

Deutsche Erstveröffentlichung bei
AmazonCrossing, Amazon Media EU S.à r.l.
5 Rue Plaetis, L-2338, Luxembourg
April 2017

Umschlaggestaltung: semper smile, München, www.sempersmile.de
Umschlagmotiv: Nancy Brown / Getty; Runrun2 / Shutterstock; Olegusk / Shutterstock; Skreidzeleu / Shutterstock; Baimieng / Shutterstock
Lektorat: Verlag Lutz Garnies, Haar bei München
www.vlg.de
Printed in Germany
By Amazon Distribution GmbH
Amazonstraße 1
04347 Leipzig, Germany

ISBN 978-1-477-80884-9

www.amazon.de/amazoncrossing

1 Nick

Auf die Kombination von verbranntem Toast und kaltem Kaffee bin ich noch nie abgefahren, aber allmählich freunde ich mich damit an. Mit der Zeit gewöhnt man sich an alles.

Ich halte mich mittlerweile auch nicht mehr damit auf, die verbrannten Stellen vom Toastbrot zu kratzen, aber der Kaffee kommt weiter in die Mikrowelle. Eiskaffee leuchtet mir ein, lauwarmer Kaffee jedoch ist wie Hundepisse. Dem Koffein verfallen zu sein ist schlimm genug, wenigstens darf es dann schmecken.

Die Mikrowelle piept dreimal, um mir zu signalisieren, dass der Kaffee fertig ist. Der schrille Ton durchbohrt mir den Schädel, gerade als ich einen Bissen Toast in mich hineinstopfe und dabei schwarze Krümel auf den Boden fallen lasse.

Beharrlich quält mich der Gedanke, dass es mit diesem verdammten Buch nie zu einem Ende kommt. Nächste Woche ist es bereits ein Jahr her, dass ich damit angefangen habe, und jetzt habe ich meinen schon zum zweiten Mal verschobenen Abgabetermin vor mir. Pete mahnt, das sei meine letzte Fristverlängerung. Diesmal meint er es ernst, so viel steht fest. Langsam frage ich mich wirklich, ob ich nicht gut daran täte, den ganzen Krempel hinzuschmeißen und ein neues Projekt in Angriff zu nehmen. Jedes Buch ist besser als keins.

Tasha zerrt die strampelnde und plärrende Ellie hinter sich her in die Küche. Da ist mir der Ton der Mikrowelle lieber.

»Und jetzt bist du brav zu Daddy, ja? In letzter Zeit hat er ganz schön Stress, da solltest du ihn mal etwas schonen.«

Nie hat Tasha einsehen können, dass mich ihr Verhalten zuweilen wirklich ärgert. Sie stellt mich als das schwarze Schaf hin, weil ich »gestresst« sei.

»Sie ist fünf«, erwidere ich mit vollem Mund und setze mich an den Tisch. »Sie kapiert nicht, was du sagst. Wenn du was loswerden willst, dann sag's *mir.*«

»Also gut. Nerv ihn schön, Mädchen.« Tasha strubbelt Ellie das Haar und lächelt mich an. Ellies Laune hat sich mitnichten verbessert. Ich bin ihr nicht böse. Schließlich kann selbst ich als Erwachsener mich kaum so früh am Morgen auf den Beinen halten. Als Ellies Geheul lauter wird, holt Tasha die Stoffpuppe Rosie von der Küchenuhr herunter und reicht sie ihr. Sofort versiegen Ellies Tränen.

»Es wäre besser, wenn du ihr die nicht immer geben würdest, Tash. Das ist kein Spielzeug.«

»Klar ist es ein Spielzeug, Nick. Eine Puppe aus Lumpen.«

Tasha wird das nie kapieren. Ellie liebt die Stoffpuppe, aber ich kann es nicht leiden, wenn Tasha sie ihr jedes Mal gibt, sobald sie einen Wutanfall kriegt. Rosie sitzt auf unserer Küchenuhr und ist für meinen Geschmack eine Gruselversion der Wurzel-Vogelscheuche aus dem Fernsehen mit diesen angeklebten Strohhalmen, die aus Hosenbeinen und Ärmeln gucken, und dem schief aufgesetzten Strohhut. Meine Mutter hatte sie in ihrer Küche. Wir haben sie ihr kurz nach Vaters Tod gekauft. So ein Das-hab-ich-gesehen-und-sofort-an-dich-gedacht-Geschenk, aber die Puppe wurde ihr Ein und Alles. Doch jedes Mal, wenn Ellie sie besuchte, wollte sie damit spielen, schon als ganz kleines Kind. Sie war hingerissen. Wir mussten aufpassen, dass sie pfleglich damit umging, schließlich war die Puppe nicht als Spielzeug gedacht, auch wenn Tasha das behauptet.

Viel ist es nicht, woran ich mich erinnere, wenn ich an meine Mutter denke, aber die Stoffpuppe Rosie (weiß Gott, warum sie sie so nannte) ist ein kleines Andenken, sie hat da oben ihren Platz, außer Reichweite, und schaut auf uns alle herab.

Meine Mutter starb kurz vor Ellies zweitem Geburtstag, und zwar an demselben Krebs, der meinen Vater acht Jahre zuvor dahingerafft hatte. Wenn Tasha also Ellie die Stoffpuppe gibt, als wäre es ein Schnuller oder ein Kuschelkissen, wurmt mich das ganz schön.

»Ich meine nur, wir sollten achtsam damit umgehen«, sage ich. »Das ist alles.«

Tasha gibt mir ein Küsschen auf den Kopf. »Sie ist doch lieb, ein braves Mädchen. Tja, und es hat doch funktioniert, oder? Nun trink mal deinen Kaffee und hör auf rumzustänkern.«

»Was erwartest du, Tasha? Es ist fünf Uhr morgens. Ich verstehe gar nicht, warum wir alle aus den Federn kriechen müssen, nur weil du zu so einer dämlichen Konferenz musst.«

»Glaub mir, Nick, besser so, als wenn ich mich den ganzen Vormittag fragen müsste, ob du inzwischen aufgewacht bist und Ellie rechtzeitig zur Schule gebracht hast«, hält sie dagegen und schüttet Ellie gezuckerte Cornflakes in eine Schüssel. Super. Genau das, was eine emotional instabile Fünfjährige in aller Herrgottsfrühe braucht.

»Hast du eine Ahnung, wann du wieder zurück sein wirst?«

»Spät. Wenn es pünktlich endet, bin ich um sechs dort raus und, wenn ich Glück habe, um zehn zu Hause. Solange sich nicht die Horden aus den Büros in den Zug drängen.«

Ich hebe kurz die Augenbrauen. Sie ist blind gegenüber

der Tatsache, dass sie zu diesen Horden gehört. Ihr Job ist weit wichtiger als das, was die anderen tun, daran wird sich wohl nichts ändern.

»Gut, ich muss mich sputen«, sagt sie, schnappt sich ihre Umhängetasche vom Stuhl und drückt Ellie einen Kuss auf die Wange. »Einen schönen Schultag wünsche ich dir. Gib dir Mühe und sei artig.« Zu mir gewandt, fügt sie hinzu: »Und dir viel Spaß!« Sie winkt mir hastig über den Tisch zu, die Finger abwechselnd streckend und beugend wie ein Kind.

Im Nullkommanichts ist sie weg, nur Ellie und ich sind noch da, so wie immer.

2 Tasha

Manchmal denke ich, dass Nick und ich nur Ellies wegen zusammengeblieben sind. Es tut mir leid, das zu sagen, doch vieles spricht dafür. Ich glaube, das habe ich immer gewusst. Das heißt nicht, wir hätten Ellie bekommen, um die Trennung zu vermeiden, aber ich glaube, ich habe damals tief in mich hineingehorcht, ob es unsere Beziehung verändern würde, wenn wir ein Kind hätten. So war es ja auch, dennoch anders, als ich es mir vorgestellt hatte.

Die anfängliche Freude verflog recht schnell, als ich Nick mitteilte, dass ich früher als geplant wieder arbeiten wolle. Jedenfalls früher, als er sich das ausgemalt hatte. Er wollte, dass ich die vollen zwanzig Wochen nutze. Mit dem Mutterschaftsgeld würden wir schon über die Runden kommen, meinte er. Er hatte zwar nie ein Händchen für Geld. Aber dass es nicht hinhauen würde, mein Gehalt gegen hundertzwanzig Pfund wöchentlich einzutauschen, hätte selbst ihm klar sein müssen. Nicht mit einem Kind im Schlepptau. Und nicht bei Nicks so unkalkulierbarem Einkommen. Wenn ich mir einer Sache immer gewiss war, dann, dass ich in der Lage sein will, für mein Kind zu sorgen und ihm alles zu geben, was es verdient.

Wir einigten uns schließlich auf acht Wochen. So konnte ich möglichst viel Gehalt beziehen; dann wollte ich wieder in den Beruf zurück, vorausgesetzt, ich könnte zwei, drei Tage pro Woche von zu Hause aus arbeiten. Was Nick zu diesem Zeitpunkt nicht wusste: Ich hatte meinem Chef bereits zugesagt, dass ich nach der obligatorischen zweiwöchigen Mutterschutzpause wieder Teilzeit und nach weiteren sechs Wochen Vollzeit arbeiten würde. Im Prinzip liegt mir das Lügen nicht, aber Nick ist so ein Mensch, dem man manchmal mit einer Notlüge das Leben erleichtern muss, so ein bisschen abwiegeln tut ihm gut.

Bevor ich mit Ellie schwanger wurde, hatten wir bereits jahrelang herumexperimentiert. In den ersten Jahren schien das in Ordnung so: Die Arbeit ödete mich an, Nick mühte sich ab, sein erstes Buch unter die Leute zu bringen, und so konnte man sich an der Aussicht auf ein Kind festklammern. Etwa zeitgleich mit dem Dahinschwinden dieser Hoffnung bekam Nick einen Vertrag für sein erstes Buch, und mit meiner Arbeit ging es auch aufwärts, sodass die Idee mit dem Kind auf der Strecke blieb.

Wir hatten ja auch alles Mögliche ausprobiert und uns mehr oder weniger damit abgefunden, dass nichts passieren würde. Ich ging glattweg davon aus, dass wir uns innerhalb der kommenden Monate trennen würden. Bei der Arbeit übernahm ich mehr Verantwortung, vielleicht auch, um mich von der unguten häuslichen Atmosphäre abzulenken, aber im Wesentlichen deshalb, weil es mit meiner Karriere richtig abging. Wir hatten einen großen Fisch als Kunden an Land gezogen, und ich wurde mit der Betreuung des Projektes beauftragt. Drei Wochen später merkte ich, dass ich schwanger war.

Ich war ganz beseelt, doch insgeheim quälte mich die Sorge, wie ich Baby und Karriere unter einen Hut bringen sollte. Dass Nick zu Hause arbeitete, war ein Segen, doch mir war auch klar, dass er selbst das keineswegs so sehen würde. Lange Spaziergänge in der Natur und romantische Familienausflüge sind ganz sein Ding, aber er denkt nie daran, dass wir das ja auch irgendwie bezahlen müssen.

Er lässt sich über meinen Job so abfällig und herablassend aus, dass es mich manchmal ganz schön kränkt. Vermutlich rechnet er mich zu den gesichtslosen Pendlern, die auf dem Weg zum Bahnhof jeden Morgen in Scharen an unserem Haus vorüberziehen. Auch ich sehe sie täglich im Zug, und von Tag zu Tag kommen sie mir ausgebrannter vor. Ich bin ganz gewiss keine von ihnen, denn ich lebe mit jedem Tag mehr auf, begeistert, dass ich endlich beruflich auf einen grünen Zweig komme und für unsere Familie eine Zukunft aufbauen kann. Aber Nick sieht das nicht so. Nach seinem Dafürhalten ackere ich nur für mich.

Die heutige Konferenz eröffnet fantastische Möglichkeiten. Kontakte aufzubauen könnte für meinen weiteren beruflichen Werdegang ausschlaggebend sein. Das hieße für die Familie Sicherheit und für Ellie einen besseren Start ins Leben.

Schließlich gehen wir alle ja deshalb arbeiten, oder? Weil wir das Beste für unsere Lieben wollen. Aber sieht Nick das auch so? Nicht die Bohne.

Meiner Meinung nach überträgt er sein eigenes Empfinden auf die Außenwelt. Das ist sein Problem. Er kommt nicht damit klar, dass der Dreh- und Angelpunkt dieses Problems seine eigene Unsicherheit und seine eigenen Versagensängste sind. Dass er nicht an den Erfolg von *Schwarze Flut* anknüpfen kann, deprimiert ihn so, dass er argwöhnt, alle anderen seien auch Versager. Er ist allerdings ein guter Vater. Meistens. Solange das nicht einschließt, dass er wohlüberlegt vorgehen muss. Er hat an Ellie einen Narren gefressen, und sie liebt ihn genauso. Manchmal, wenn ich Ellie anschaue, ist mir so, als sähe ich Verwirrung in ihren Augen, als wäre sie unsicher, wer ich bin, und sähe Nick als Muttersatz. Wahrscheinlich bilde ich mir da etwas ein, aber zuweilen komme ich nicht umhin, mich schuldig zu fühlen. Dann rufe ich mir aber ins Bewusstsein, dass Nick es ist, der seine Gefühle auf andere projiziert, und weigere mich, solche Empfindungen zuzulassen.

Dass ich keine konventionelle Mutter bin, ist mir klar. Vielleicht liegt es an meiner Erziehung: Meine Eltern waren keine Turteltäubchen wie die von Nick. Das heißt jedoch nicht, ich würde meine Eltern weniger lieben. Nick braucht ja bloß hinzuschauen, dann sieht er meine Liebe zu Ellie.

Alle Paare haben ihre Höhen und Tiefen. Oft scheint es mir, als hätten wir nur Tiefen, aber dann denke ich an Ellie, unser Wunderkind. Ihretwegen mühe ich mich ab. Ihretwegen stehe ich schon mit den Hühnern auf – mitunter noch früher – und komme erst spätabends wieder nach Hause. Ich sehe sie halb so oft, wie es mir lieb wäre, aber das ist das Opfer, das eine Mutter manchmal bringen muss. Nick erkennt nur nicht, dass ich es für sie tue, für uns.

3 Nick

Wir müssen uns die Zeit um die Ohren schlagen. Ich bin stocksauer auf Tasha, weil sie uns so früh aus dem Bett geholt hat. Und ich bin sauer, weil ich müde bin, weil Ellie in ihrem Alter ihren Schlaf braucht und weil Tasha darauf anspielt, dass ich ein untauglicher Vater sei, dem sie nicht zutraut, rechtzeitig wach zu werden und sein Kind zur Schule zu bringen.

Oft versuche ich Tasha klarzumachen, dass sie mehr Zeit für Ellie hätte, wenn sie weniger arbeiten würde; das hieße auch, sie müsste sie nicht schon Stunden vor Unterrichtsbeginn wecken. Das kann für ihre Entwicklung nicht gut sein. Und bei Tasha wirken die langen Arbeitstage sicher auch keine Wunder. Sie betont immer, wir bräuchten das Geld, aber meiner Ansicht nach stimmt das nicht. Im Geld sind wir noch nie geschwommen, ernsthafte Sorgen hatten wir jedoch auch noch nie. Und außerdem geht es ja nicht immer nur ums Geld.

Mit glasigen Augen hocke ich auf dem Sofa und tue halbherzig so, als hätte ich meinen Spaß an den Cartoons im Fernsehen.

Ellie sitzt im Schneidersitz vor mir auf dem Teppich, gefesselt von den grellen Farben und den blödsinnigen Geräuschen, die aus dem Fernseher dringen.

Eigentlich sollte ich mich auskennen in den Unterschieden zwischen den diversen Sendungen, aber in meinen Augen ist alles eine Soße. Im Kinderfernsehen gibt es nur blinkendes Geflimmer und wüsten Klamauk. Immer wieder staune ich, wie viel Geld in Kinderunterhaltung gesteckt wird, wo doch nur solcher Schrott dabei herauskommt.

In Gedanken vergleiche ich das mit dem Buch, an dem ich gerade arbeite. Die Flachzangen, die sich solchen Schwachsinn ausdenken, brauchen sich nicht mit Handlungslöchern herumzuschlagen. Schmeiß einfach ein Monster ins Gefecht, und schon bist du aus dem Schneider. Figurenentwicklung? Kannst du vergessen. Solange sich alle gegenseitig mit Dreck bewerfen, liegst du goldrichtig. Vielleicht lasse ich mir da eine Chance entgehen. Womöglich sollte ich auch solches Zeugs schreiben. Was zählt schon der Stolz, wenn man auf einem prallen Geldsack sitzt?

Deshalb denke ich aber nicht schlecht von Ellie. Natürlich nicht. Sie ist wie alle Fünfjährigen, völlig hin und weg von diesem Mist. Ich würde sie gern etwas traditioneller erziehen, doch ehrlich gesagt, weiß ich nicht, wie. Manchmal frage ich mich, ob ich überhaupt fürs Vatersein geschaffen bin. Dann strahlt mich Ellie an, und mir wird klar, dass ich es nicht anders haben möchte.

Ich habe Tasha sogar vorgeschlagen, sie solle sich einen anderen Job suchen, der es ihr ermöglicht, mehr Zeit mit mir und Ellie zu verbringen. Sie guckte mich an, als sei ich vom Mars gefallen. Ich verstehe, sie liebt ihre Arbeit, das ist großartig. Aber meiner Ansicht nach reizen sie zwar daran die Herausforderungen und die Verantwortung, aber für die Vermarktung von Produkten der regenerativen Energie hegt sie keine tiefere Leidenschaft.

Sie begreift nicht, welche Ironie darin liegt, dass ihre Arbeit darin besteht, Loblieder auf eine neue Lebensweise zu singen, bei der man sich mehr auf sich selbst verlässt und die Welt mehr genießt – dabei erledigt sie diesen Job in einem muffigen Büro, und der Weg hin und zurück kostet sie jeden Tag zwei Stunden.

Ich werfe einen Blick auf die Armbanduhr, es ist erst halb acht. Eine gute Stunde müssen wir uns noch vergnügen, ehe an Aufbruch zu denken ist. Ich versuche Ellie in eine Unterhaltung zu verwickeln, doch sie zeigt keinerlei Interesse. Warum auch? Schließlich bin ich schon kaum für Erwachsene ein attraktiver Gesprächspartner, geschweige denn für ein Kind.

Sie ist ein süßer Fratz, aber eben ein Kind ihrer Zeit. Manchmal geht mir die Frage im Kopf herum, ob sie die Erfahrung echten menschlichen Verbundenseins gar nicht machen wird. Wir sitzen nie als Familie zusammen und schwatzen miteinander. Das ist zwar in den meisten Familien nicht anders, aber damit ist ja das Problem nicht aus der Welt.

Ehrlich gesagt, bin ich im Augenblick ganz zufrieden damit, hier zu sitzen und Ellie dabei zu beobachten, wie sie lächelt und staunend die Augen aufreißt. Sie ist wunschlos glücklich. Andererseits kennt sie es nicht anders. Das ist die Welt, die sie kennt und akzeptiert. Sie weiß nicht, wie die früher aussah.

Welche Veränderungen wird sie wohl in ihrem Dasein noch erleben? Dinge, die wir wahrscheinlich nicht einmal erfassen können, genauso wenig wie unsere Eltern sich als Kinder eine Vorstellung vom Begriff des Internets machen konnten, und ebenso, wie unsere Großeltern beim besten Willen nicht das Aufkommen des Fernsehens hätten voraussehen können, bevor es erfunden war. Egal, welcher technische Sprung als nächster kommt, es wird etwas sein, was wir uns jetzt nicht mal als bloße Idee erträumen können. Solche Sachen beschäftigen mich manchmal und bereiten mir Kopfschmerzen.

Dass ich im Moment gerade Kopfschmerzen habe, verdankt sich im Wesentlichen der Tatsache, dass ich heute früh um fünf aus dem Bett gejagt wurde, wo ich doch ebenso gut später hätte aufstehen können. Tasha ist nicht nur da in unserem Leben, sie beherrscht es auch. Sie weiß auch, wie – sie schleicht sich irgendwie ein, und schon hat sie sich unentbehrlich gemacht. Manchmal ist mir so, als schaffe sie das, indem sie mir zunehmend das Gefühl gibt, ich wäre nutzlos und müsste mich deshalb auf sie verlassen. Das tue ich aber nicht. Ich bin ein Mann, ich muss mir diesen Grad der Unabhängigkeit bewahren.

Zur Unabhängigkeit gehört aber auch Verantwortung. So vernagelt bin ich nicht, dass ich mir einbilden würde, der gewissenhafteste Mensch auf Erden zu sein. Ich bin vergesslich, komme oft zu spät, erledige Dinge in der falschen Reihenfolge. Ich bringe Prioritäten durcheinander. Aber niemand ist perfekt. Tasha ist in unserer Beziehung diejenige, die die Übersicht behält, und das ist gut so. Eine Beziehung zwischen zwei Tashas würde todsicher nicht hinhauen.

Ich stehe ungern früh auf, denn mein Gehirn ist hyperaktiv, und zu guter Letzt habe ich immer solche Anwandlungen. Ich seufze tief, lege den Kopf auf die Sofalehne und schließe die Augen.

4 Nick

Ich schrecke hoch, als Ellie vor dem Fernseher kichert. Einen Augenblick lang bin ich verwirrt, weil ich offensichtlich an der falschen Stelle aus meinem Traum gerissen wurde. Blinzelnd schaue ich auf die Wanduhr. Verfluchte Scheiße!

Eine Standpauke von Tasha oder von der Schule, dass ich dafür verantwortlich bin, Ellie pünktlich in der Schule abzuliefern, möchte ich mir heute ersparen. Das ist nichts Neues, wenig hilfreich. Ich kann mit Verantwortung eben nicht gut umgehen. Noch nie konnte ich das.

Nun überschlage ich mich, um Ellie in ihre Schulkleidung zu zwängen. Sie hasst das, und ich bin auch nicht allzu wild darauf. Der triste graue Stoff erinnert eher an einen russischen Gulag als an eine staatliche Grundschule. Hat man jedoch einen Blick ins Innere der Hillgrove Primary geworfen, kann man keinen so großen Unterschied ausmachen. Ich weiß noch, dass meine Tage in der Grundschule von Farben und Gelächter erfüllt waren. Aber immer, wenn ich Ellies Schule betrete, finde ich es dort bedrückend.

Sie windet sich, als ich ihr den Pullover über den Kopf zerre, so wie jeden Tag. Diese stupide Prozedur müssen wir durchstehen, und deshalb fällt mir alles noch schwerer.

»Nein, das ist mir zu warm!«, brüllt sie.

»Tja, wenn du dich nicht so dagegen sperrst, dann schwitzt du auch nicht so. Also hör auf und zieh den Pullover an.«

Und täglich grüßt das Murmeltier. Bei dieser nervtötenden und kräftezehrenden tagtäglichen Nummer denke ich daran, dass erst Montag ist und noch vier Tage vor uns liegen.

Ich renne in ihrem Zimmer herum, um die diversen Dinge zusammenzusammeln, die Ellie für ihren Schultag braucht: das Sportzeug, das Lesetagebuch, den Beutel mit Stöckchen zum Herumzeigen. Dieses ganze Zeugs, mit dem sich ein fünfjähriges Kind täglich auf dem Schulweg abbuckeln soll, ist irrsinnig. Wir haben damals, da bin ich mir ziemlich sicher, nur im Sandkasten gespielt.

Ich stecke noch bis zum Hals in der Kommode und fische nach der fehlenden Sportsocke, da höre ich es an der Haustür klingeln. Ich schere mich nicht darum. Wer da ist, soll gefälligst warten. Das können ja nur die Zeugen Jehovas sein oder irgendwelche Heinis, die mir Doppelglasfenster andrehen wollen.

Fünf Minuten später ist alles in Sack und Tüten, verbissen quetsche ich Ellies Füße in die Schuhe, hebe die Kleine hoch und trage sie die Stufen hinunter, um wertvolle Sekunden zu sparen. Die Post ist da und liegt auf dem Fußabtreter. Diesmal sind es nur zwei Rechnungen mit dem warnenden Aufdruck *Letzte Mahnung*. Das ist schon mal besser als letzten Samstag. Ich lege sie auf das Tischchen im Hausflur und schärfe mir ein, sie mir später einzustecken und die Beträge zu überweisen.

Ich stapfe mit Ellie durch die Haustür zur Auffahrt. Es gibt leichten Nebel, aber innerhalb einer Stunde müsste er sich aufgelöst haben. Sicher bricht ein schöner Tag an. Vielleicht könnte ich meinen Laptop mit in den Garten nehmen und draußen arbeiten. Frieden, Stille und ein bisschen Sonne. Was will ich mehr.

Das Auto piept, es ist entriegelt, ich öffne die hintere Tür, setze Ellie auf den Kindersitz und schnalle sie fest. Diese Kindersitze sind lächerlich. Auch wenn sie für Sicherheit sorgen mögen, sieht Ellie doch eher wie ein startbereiter Astronaut als wie eine Fünfjährige aus, die eine Fahrt zur Schule mit Tempo zwanzig vor sich hat. Die Schultasche habe ich auf den Beifahrersitz geknallt, wir sind abfahrbereit. Und in dem Moment fängt Ellie wieder zu heulen an.

»Mein Bild!«

Ich hole tief Luft. Das kann ich jetzt gar nicht gebrauchen. »Was für ein Bild, Schätzchen?«, frage ich und täusche, so gut ich kann, unerschütterliche Gemütsruhe vor. Ich will nicht an ihr meinen Frust abreagieren, denn davon schaukelt sie sich meistens nur weiter hoch, und alles wird nur noch schlimmer.

»Ich hab Miss Williams gemalt«, antwortet sie finster, wohl wissend, dass ihr Dickschädel obsiegen wird.

»Kannst du das Bild nicht ein andermal mitnehmen?«, frage ich und fummle den Schlüssel schon ins Zündschloss, denn wir verlieren kostbare Zeit, und Miss Williams wäre es um einiges lieber, wenn Ellie pünktlich zum Unterricht erschiene, als dass sie ihr eine Bleistiftzeichnung mit ihrem Konterfei mitbrächte.

»Nein! Ich brauche das Bild!«, plärrt Ellie, völlig aus dem Häuschen. Ich schließe die Augen, hinter denen ich einen stechenden Schmerz verspüre, und beschließe, den Schaden zu begrenzen.

»Gut. Bleib hier, ich hole es schnell«, sage ich, ziehe den Schlüssel wieder heraus und stecke ihn in die Hosentasche. »Wo ist es denn?«

»In der Küche. Neben dem Toaster.« Schlagartig ist ihre Stimmung wie verwandelt, hat sie doch ihren Kopf durchgesetzt. Sie weiß genau, auf welchen Knopf sie drücken muss. Zweifellos schlägt sie nach ihrer Mutter – entschlossen, sich in allen Lebenslagen zu behaupten und dabei keine Rücksicht walten zu lassen.

Ich haste über die Auffahrt zur Haustür, schließe auf und stürze in die Küche. Neben dem Toaster steht, angelehnt an die Holzbrettchen, ein A4-Blatt mit der Zeichnung eines eventuell als menschenartig zu deutenden Wesens. Weiß der Kuckuck, es könnte sich auch um einen Dinosaurier oder eine Ziege handeln. Ich weiß nur, es ist meine väterliche Pflicht, das Bild in allen Tönen zu loben, jedes Mal, wenn Ellie es mir vor die Nase hält. Tasha spielt weitaus besser als ich die aufrichtig Beeindruckte. Kopfschüttelnd schnappe ich mir das Gekritzel und eile aus dem Haus.

Kaum sitze ich wieder im Auto und stecke den Schlüssel ins Zündschloss, halte ich das Bild über der Schulter hoch und frage Ellie: »Meintest du das hier?«

Keine Antwort.

Ich drehe mich um.

Niemand außer mir ist im Auto.

5 Nick

Okay, sie spielt. Sie spielt Verstecken. Sonst nichts.

Ich gaukle mir alles Mögliche vor, recke den Kopf in alle Richtungen und lasse fahrig den Blick über die Straße schweifen, um irgendwo einen Hinweis auf Ellie auszumachen. Ich war doch nur dreißig Sekunden im Haus! Eine Minute? Weit weg kann sie nicht sein.

Ich jogge bis zum Ende der Ausfahrt und dann nach links, bei meinem Spurt den Gehweg entlang rufe ich ihren Namen. Ein Mann, der auf der anderen Straßenseite auf der Leiter steht und das Fenster putzt, dreht sich zu mir um.

»Haben Sie meine Tochter gesehen?«, rufe ich ihm zu. »Sie war eben noch hier.«

Er schüttelt den Kopf und wendet sich wieder seinem schmutzigen Fenster zu.

Ich kehre um, renne zum Haus zurück und daran vorbei, dabei unentwegt Ellies Namen rufend. Nichts.

Wieder auf der Auffahrt, umrunde ich das Auto, spähe in die Büsche und alle denkbaren Winkel, denn ich bin überzeugt, dass sie nicht allein bis zum Straßenende gelangt sein kann, also muss sie irgendwo ums Haus herum zu finden sein.

»Ellie, das ist gar nicht lustig. Zeig dich!«, brülle ich, um mich selbst darin zu bestärken, dass sie sich ganz in der Nähe herumtreibt und mich nur grausam neckt. Dann dringt mir erst wirklich ins Bewusstsein, was mir einige Augenblicke zuvor durch den Kopf geschossen ist: *Sie kann nicht allein bis zum Straßenende gelangt sein, also muss sie irgendwo ums Haus herum zu finden sein.*

Sie kann nicht allein bis zum Straßenende gelangt sein.

Allein.

Wenn sie weg ist, dann hat sie jemand mitgenommen.

Von dieser Erkenntnis bin ich heillos überfordert. Ich hole mein Handy aus der Hosentasche und schaffe es beim dritten Anlauf, mit zitternden Fingern den Zahlencode einzugeben.

Dann drücke ich auf das grüne Telefonsymbol, aber mir fällt nicht auf Anhieb ein, wen ich anrufen soll. Zwar weiß ich, dass ich die Polizei will, aber ist das vom Handy aus auch die 999? Oder gibt es nicht eine spezielle Nummer für Handyanrufe? Ich komme einfach nicht darauf. Natürlich funktioniert die 999. Oder soll ich die Nummer für nicht ganz so dringliche Fälle wählen? Aber auch die fällt mir nicht ein, und meinerseits sehe ich das als einen Notfall an. Also tue ich das einzig Mögliche und wähle 999.

Sofort meldet sich am anderen Ende jemand von der Vermittlungsstelle, dem ich sage, dass ich die Polizei sprechen will. Innerhalb von Sekunden werde ich verbunden, und bevor ich meine Gedanken sortieren kann, plappere ich schon wirres Zeug daher: dass meine Tochter wie vom Erdboden verschluckt ist und dass sie jemand weggeschafft hat, und ich lasse mich lang und breit über Einzelheiten der Zeichnung von Miss Williams aus.

Der Mann am anderen Ende der Leitung gibt sich alle Mühe, mich mit seinen sachlichen Fragen auf den Teppich zurückzuholen.

»Wie lange vermissen Sie sie schon?«, fragt er nach.

Ich schaue auf meine Uhr. Keine Ahnung. Mir will es wie Stunden scheinen, Jahre, aber möglicherweise sind es erst einige Minuten. Ich weiß nicht, wann wir überhaupt ins Auto gestiegen sind. Im Augenblick kann ich mich nicht einmal auf meinen eigenen Namen besinnen.

»Ich weiß nicht. Nicht lange, aber so was hat sie noch nie gemacht. Dreißig Sekunden habe ich sie allein gelassen. Ich habe nach etwas geschaut. Ich weiß nicht.«

Mir steigen Tränen in die Augen.

»Und Sie sagen, zuletzt haben Sie sie außerhalb Ihres Hauses gesehen? Haben Sie die Straße abgesucht und mit Ihren Nachbarn gesprochen und gefragt, ob ihnen etwas aufgefallen ist?«

»Hab ich. Und auch den Mann auf der Leiter habe ich angesprochen. Ich kann sie nicht finden. Sie ist nirgends. Bitte helfen Sie mir. Bitte kommen Sie und suchen Sie sie.«

»Wie alt ist Ihre Tochter?«

»Fünf. Sie muss eigentlich zur Schule«, erkläre ich ihm, denn mein Gehirn schaltet in den Organisations- und Sicherheitsmodus. »Sie kommt zu spät.«

»Machen Sie sich mal keine so großen Sorgen«, beschwichtigt er mich oberlehrerhaft. »Die meisten Kinder kehren sehr schnell zurück. Meist ist es nur ein Missverständnis. Haben Sie irgendwelche Bekannten oder Verwandten in der Nähe, die beim Suchen helfen könnten?«

»Nein. Bitte, bitte kommen Sie doch her und helfen Sie mir. Ich ... ich denke, sie wurde entführt.«

Am Telefon höre ich so etwas wie das Klicken einer Computermaus oder ein Zungenschnalzen.

»Gibt es denn jemanden, der Ihre Tochter entführen wollen könnte?«

»Ich ... ich weiß nicht. Aber ich habe überall nachgeschaut. Sie ist nicht da. Sie kann auch unmöglich ins Haus gekommen sein, denn da war ich ja. Ich habe im Vorgarten nachgeschaut, und von vorn kann man nicht hintenherum gelangen. Ich habe die ganze Straße abgesucht. Sie ist nicht da!«

»Okay, verlieren Sie nicht die Nerven«, sagt er, womit er mich nur noch nervöser macht. »Könnte sie das Straßenende erreicht haben, während Sie nicht da waren?«

Das weise ich mit Bestimmtheit zurück. »Nein, auf keinen Fall. Das ist unmöglich.«

Es folgen Sekundenbruchteile des Schweigens, die mir wie Stunden vorkommen. Dann setzt er erneut zum Sprechen an.

»Ich werde ein paar Beamte vom Polizeirevier zu Ihnen schicken. Können Sie bis dahin mit den Nachbarn sprechen und sie bitten, ihre Gärten und Häuser zu durchsuchen? Kann ja sein, dass Ihre Tochter ganz ahnungslos auf einem fremden Grundstück herumstrolcht.«

»Ja, mach ich«, antworte ich ihm. »Danke.«

Ich muss es Tasha sagen. Ich tippe auf ihren Namen in der Liste der Favoriten; es dauert schier endlos, ehe ich eine Verbindung habe.

»Worum geht's denn, Schatz? Ich bin gerade auf der Schwelle zum Büro«, redet sie auf mich ein, ohne mir eine Chance zu geben, mich zu äußern oder sie nur zu grüßen.

»Ellie ist weg«, sage ich.

»Weg?«

»Ja. Weg. Ich wollte noch etwas für sie holen, dann kam ich wieder, und sie war weg. Die Polizei ist unterwegs, aber …«

»Was soll das heißen? Hat sie das Haus verlassen?«

»Nein, sie saß im Auto. Ich bin …«

»Du hast sie im Auto allein gelassen?«, ereifert sie sich, ihre Stimme wird lauter.

»Zehn Sekunden höchstens. Ich wollte nur noch was einstecken, dann kam ich wieder, und sie war nicht mehr da. Ich habe alles abgesucht. Die Polizei …«

»O Gott, Nick!«

Das ist alles, was sie zu sagen hat. Sehr geistreich.

»Kommst du nach Hause?«, frage ich sie.

»Hab ich denn eine Wahl?«, erwidert sie klagend. »Gerade bin ich hergekommen. Du wusstest doch, dass ich heute die Besprechung bei Maxxon habe. Warum tust du mir immer so was an?«

6 Tasha

Scheiße! Verfluchte Scheiße! Einen anderen Gedanken kann ich nicht fassen. Es ist ein einziger Schlamassel. Ich könnte Nick glatt auf den Mond schießen. Er hatte nichts weiter zu tun, als Ellie für die Schule fertig zu machen und sie am Schultor abzusetzen. Sogar er müsste das doch auf die Reihe kriegen. Bestimmt drückt sie sich irgendwo im Haus oder im Garten herum, oder sie ist zu einer Freundin spaziert. Kinder werden doch nicht entführt. Eigentlich nicht. Nicht Kinder von unsereinem.

Außerdem glaube ich, Nick hat nicht ordentlich nachgeschaut. Er wird, wie üblich, kopflos geworden sein, weil er nicht mit der simpelsten Situation fertig wird. Und ich verpasse jetzt die Konferenz und die Besprechung bei Maxxon. Die Besprechung könnte ich verlegen, aber die Konferenz findet auch ohne mich statt. Immer ist das so ein Balanceakt, und immer ziehe ich den Kürzeren. Ich habe einen Teil vom morgendlichen Beisammensein mit Ellie geopfert, um es zur Konferenz zu schaffen, und jetzt verpasse ich die auch noch. Wie es aussieht, wächst Ellie ohne mich auf. Wie gern würde ich selbst sie morgens an der Schule absetzen und nachmittags wieder abholen, aber wenn ich das täte, hätten wir kein Dach überm Kopf. Ich versäume das Heute, weil ich für morgen vorsorge.

An der Barriere schiebe ich meine Zugfahrkarte in den Schlitz, sie wird sogleich oben wieder ausgeworfen, das rote Lämpchen blinkt und piept. Ich probiere es erneut, mit demselben Ergebnis. Nun bahne ich mir einen Weg zurück durch die Menschenmenge, die sich über mich mokiert, und gehe auf den Mann an der Absperrung zu. Er schaut ziemlich gelangweilt und verdrossen drein. Man sieht ihm an, wie er aufgelegt ist.

»Ich komme mit meiner Fahrkarte nicht durch«, sage ich und halte sie ihm hin.

»Das ist nur die Quittung«, belehrt er mich. »Sie müssen Ihre Fahrkarte reinschieben.«

Ich bin bedient und will nur noch nach Hause. Auf der Stelle. Dann sehe ich mir den Papierschnipsel an, ganz offensichtlich ist das ein Kreditkartenbeleg. Als ich in meine Handtasche greife, kann ich die Fahrkarte nicht finden. »Wissen Sie, wir haben einen Notfall«, erkläre ich ihm. »Meine Tochter. Ich muss früher zurück als geplant, ich weiß nicht, wo meine Fahrkarte steckt, aber ich habe doch die Quittung. Sie sehen ja, dass ich eine Karte gekauft habe.«

»Tut mir leid«, erwidert der Kontrolleur. »Das sagt gar nichts. Nur, wie viel Sie bezahlt haben.«

»Genau. Daraus ist ja zu erkennen, dass es nicht nur für eine Strecke ist, oder?«

»Tut mir leid«, wiederholt er. »Ohne gültige Fahrkarte kann ich Sie nicht durchlassen. Sie werden sich am Schalter noch mal eine Karte kaufen müssen.«

Ich balle die Faust um die wertlose Quittung, zerknülle sie und schmeiße sie dem Kerl ins Gesicht. Mir ist sofort klar, er könnte verlangen, sie aufzuheben, mich des Bahnhofs verweisen oder wer weiß was noch veranlassen. Aber wahrscheinlich sieht er es mir an, dass ich die Faxen dicke habe, denn er bückt sich in aller Seelenruhe und hebt höchstpersönlich das Papierknäuel auf.

Einige Minuten später und um sechzehn Pfund ärmer habe ich meine Fahrkarte und dränge mich – diesmal erfolgreich – durch die Barriere, wobei ich tunlichst Blickkontakt mit dem Herrn an der Absperrung vermeide.

Es dauert eine gefühlte Ewigkeit, bis der Zug einfährt, doch die Uhr sagt mir am Ende, dass es nur drei Minuten waren. Ich steige ein und finde einen Platz. Die meisten Sitze sind übersät mit zur Hälfte gelesenen Zeitungen und Kaffeebechern.

Der Zug bummelt vor sich hin. Bei uns in der Gegend ist es meistens so, und wenn ich mir ein einziges Mal wünsche, er würde schneller fahren, dann klappt es nicht. Könnte ich hinausspringen und losrennen, dann täte ich das. Schon zum zigsten Mal seit der Abfahrt aus London werfe ich einen Blick aufs Handy. Kein Signal. Dauernd liege ich Nick in den Ohren, dass wir unsere Verträge ändern und einen Anbieter wählen sollten, der tatsächlich auch unsere Region abdeckt, aber ich rechne nicht damit. Jetzt habe ich ein Signal zu Hause und auch bei der Arbeit, doch das war's – dazwischen liegt die wilde Prärie.

Ich schaue auf die Armbanduhr. Noch sind es vierzig Minuten bis zu meiner Station, von dort aus muss ich zu Fuß nach Hause laufen. Mit einem Taxi könnte es schneller gehen, aber das hängt vom Verkehr ab. So oder so ist das alles reine Zeitverschwendung. Nick hat Ellie in der Zwischenzeit sicher aufgestöbert. Und das heißt, wieder auf den nächsten Zug nach London warten. Die Konferenz kann ich mir ganz und gar abschminken. Von den Extrakosten will ich gar nicht reden. Ich wünsche mir nur, dass sich Nick einmal im Leben nützlich machen und mir das Dasein nicht noch schwerer machen würde, als es ohnehin schon ist. Ich werde nach Hause kommen, wir werden Ellie finden, und der Tag ist für mich futsch.

Erst allmählich wird mir klar, dass ich mich über das zu

Erwartende nicht ärgere, sondern dass es Wunschdenken ist. Ich will, dass alles für die Katz ist. Ich will, dass alles an Nick hängen bleibt. Ich will, dass er sie findet, ehe ich zu Hause bin. Denn wenn es nicht so wird, dann bedeutet das nur eines: Unsere Kleine ist verschwunden.

7 Nick

Wie sie mir nahegelegt haben, sprinte ich die Straße hinunter, suche die Gärten ab, klopfe in der Hoffnung, dass sie mir Aufmerksamkeit schenken, bei den Nachbarn an. Ich bin bereits beim vierten Haus auf unserer Straßenseite, ohne jemand anzutreffen. Jetzt befinde ich mich gegenüber von der Gestalt auf der Leiter, die mich wieder scheel ansieht.

Eine alte Dame öffnet mir. Sie muss über neunzig sein.

»Hallo. Ich wohne ein paar Häuser weiter und bin auf der Suche nach meiner Tochter. Möglicherweise ist sie bei jemandem in den Garten oder ins Haus gehuscht. Haben Sie sie gesehen? Ein kleines Mädchen, ungefähr so groß.« Zur Veranschaulichung halte ich die Hand seitwärts ausgestreckt.

Die Frau schaut mich nur an. In Anbetracht der zahllosen Ketten und Schlösser, die sie soeben erst von der Tür entfernen musste, um sie zu öffnen, nehme ich stark an, dass Ellie auf gar keinen Fall hier zu finden ist.

»Ich gucke nur mal in Ihre Hecke, um zu sehen, ob sie sich da irgendwo versteckt«, schlage ich vor. Die Alte gibt immer noch keinen Ton von sich.

Dann drehe ich mich um und lasse den Blick gründlicher über den Vorgarten schweifen. Er ist verwildert, und die »Hecke« besteht größtenteils aus Unkraut und Disteln. Mit dem Fuß schiebe ich ein paar Büschel zur Seite und rufe Ellies Namen, aber da ist nichts.

Auch bei den nächsten beiden Häusern macht niemand auf. Gerade will ich mein Glück eine Nummer weiter versuchen, da höre ich ein anschwellendes Motorengeräusch und drehe mich um. Die Polizei. Die Arme schwenkend, renne ich die Straße wieder hoch, während der Polizeiwagen um die Ecke biegt und neben mir zum Stehen kommt.

»Sind Sie wegen meiner Tochter hier?«

»Sie sind Mr Connor, oder?«, fragt der Uniformierte zurück, ein Mann in mittleren Jahren, und steigt vom Beifahrersitz aus.

»Ja, Nick Connor. Ich weiß nicht, wie gut Sie unterrichtet sind, jedenfalls saß sie ein paar Sekunden, falls es überhaupt so viele waren, hinten im Auto, weil ich noch mal ins Haus musste, um etwas Liegengelassenes zu holen. Dann kam ich wieder, und sie war weg.«

»Gut. Welches ist Ihr Haus?«

»Dort hinten, die Vierzig«, antworte ich.

Er macht seinem jüngeren Kollegen mit dem Kopf ein Zeichen, daraufhin folgen sie mir beide im Auto die Straße entlang zum Haus.

»Danke, dass Sie so schnell angerückt sind«, sage ich und bemühe mich dabei um einen beiläufigen Tonfall, denn es dämmert mir, dass sie mein Verhalten übertrieben finden könnten. »Ich dachte, Sie beginnen sonst erst nach ein, zwei Tagen mit der Personensuche.«

»Kommt auf die Umstände an«, korrigiert mich der Jüngere der beiden Gesetzeshüter. »Bei kleinen Kindern ist es anders. Besonders wenn die Möglichkeit besteht, dass jemand das Kind mitgenommen hat.«

Der Ältere blitzt ihn wütend an, er denkt wohl, dass ich es

nicht merke.

»Sie machen einen sehr gelassenen Eindruck, Mr Connor«, meint der Jüngere. »Passiert so etwas denn öfter?«

»Nein, natürlich nicht«, erwidere ich. »Ich will nur nicht den Eindruck erwecken, dass ich ein Spinner bin. Das ist alles. In Wirklichkeit bin ich fix und fertig, das dürfen Sie mir glauben.«

Der ältere Polizist nickt. »Übrigens bin ich Police Constable Briers, und das ist Police Constable Robinson.«

Ich nicke. »Das da ist meins«, sage ich, als wir uns dem Haus nähern. »Sie hat im Auto auf dem Rücksitz gesessen.«

»War sie angeschnallt? War die Tür verriegelt?«, will Briers wissen.

»Nein, verriegelt war sie nicht. Ich war ja nur einen Augenblick weg. Angegurtet war sie aber.«

»Mit einem Sicherheitsschnappverschluss? Könnte sie den selbst geöffnet haben?«

»Tja ... ja, das ist gut möglich. Das hat sie schon mal gemacht. Sie ist schließlich fünf, Herrgott noch mal. Sie fummelt an allem herum.«

Briers und Robinson wechseln einen Blick. Es liegt auf der Hand, was sie jetzt denken.

»Aber es ist nicht ihre Art, einfach davonzulaufen. Über so was weiß sie Bescheid, wir sprechen zu Hause sehr oft darüber, dass sie aufpassen muss.«

»Sie behaupten, sie ist unmöglich von sich aus weggelaufen. Wieso?«, möchte Briers wissen.

»Keine Ahnung. Mir kommt es eben unwahrscheinlich vor. Auf keinen Fall hätte sie es allein bis zum Straßenende geschafft, während ich im Haus war.«

»Kennen Sie irgendjemanden, dem daran gelegen sein könnte, Ellie fortzubringen?«

Dabei schaut er mich auf ganz bestimmte Weise an. Wir

gehen die Auffahrt hoch.

»Nein. Meine Frau Tasha war arbeiten. Sie ist jetzt gerade unterwegs nach Hause, aber es dauert sicher noch ein Weilchen, sie arbeitet nämlich in London.«

»Ellies Mutter?«, fragt Briers. Ich finde die Frage seltsam, doch heutzutage ist sie wahrscheinlich von der Vernunft diktiert.

»Ja.«

»Haben Sie ein Auto gehört, als Sie drinnen waren?«, will nun Robinson wissen. Ich geleite die Polizeibeamten ins Haus.

»Ich glaube nicht. Ich kann mich nicht erinnern, irgendwas gehört zu haben«, antworte ich. »Aber sollten wir nicht draußen bleiben und uns umschauen?«

»Dafür ist schon gesorgt«, beruhigt mich Briers freundlich. »Gewisse Vorschriften müssen wir beherzigen. Robinson und ich sind hier, um von Ihnen etwas mehr über Ellie zu erfahren. Vielleicht bekommen wir heraus, wo sie hin ist und warum.«

Ich nicke stumm. Auf sehr britische Art setze ich wie immer in spannungsgeladenen Situationen den Wasserkessel auf.

Wie ich so dasitze und an meinem Tee nippe, komme ich mir hilflos und überflüssig vor. Was ist jetzt das Richtige? Soll ich nun hier in meinem Wohnzimmer den Polizisten Auskünfte geben, oder soll ich draußen alle Straßen ablaufen und auskundschaften, wo Ellie steckt? Sicher ist beides für die Katz, Briers und Robinson haben mich ja darauf aufmerksam gemacht, dass eine Truppe bereits nach ihr sucht. Sie schärfen mir ein, dass ich mich mit meiner Einsatzfreude am besten in meinen eigenen vier Wänden engagiere, indem ich Informationen bereithalte und auf neue Nachrichten warte. Mehr könnten wir nicht tun, sagen sie, und das gibt mir das Gefühl, entbehrlich zu sein.

Mein Blick wandert zu dem leeren Bilderrahmen auf der Kommode, in den das Foto von Ellie gehört, das jetzt auf Robinsons Schoß liegt. Das wollen sie mit einer Personenbeschreibung in Umlauf bringen, heißt es.

»Sollten wir noch irgendetwas über Ellie wissen?«, erkundigt sich Briers.

Mir liegt die Frage auf der Zunge, warum die Polizei nur zwei rangniedrige Ordnungshüter hergeschickt hat, aber ich schätze mal, dass sie wohl kaum einen Sherlock Holmes oder einen Columbo schicken, wenn es allem Anschein nach nur um ein herumstreunendes Kind geht, das in einem halben Stündchen wieder eintrudeln wird.

Deshalb schüttle ich nur stumm den Kopf. »Sie ist ein … gewöhnliches Kind. Sie mag alles, was alle mögen. Mit Freundinnen spielen, fernsehen, irgendwas basteln. Das ergibt alles keinen Sinn.« Mein Blick trübt sich ein, sowohl mental als auch ganz konkret. Mir stehen Tränen in den Augen, und mein Denkvermögen ist beeinträchtigt, so durcheinander bin ich.

8 Nick

Die unproduktive Natur meiner täglichen Arbeit erschüttert mich regelrecht, wenn ich mir so ansehe, was diese Jungs alles in wenigen Stunden schaffen. Wir haben Beamte hier, die das Haus durchsuchen, sich die in der Nähe montierte Überwachungskamera vornehmen, ringsum bei den Leuten klingeln. Das Auto wurde mit einem Tieflader abtransportiert, da es sich dabei offensichtlich um einen Tatort handelt, und jetzt sitzt eine Kriminalkommissarin bei uns im Wohnzimmer, herbeibeordert, um den Vorfällen auf den Grund zu gehen, noch bevor ich selbst sie richtig erfasst habe.

Sie hat sich als Jane McKenna vorgestellt. Ich denke mal, ihren männlichen Kollegen flößt sie mächtig Respekt ein. Angesichts dessen, was hier vor sich geht, klingt das sicher abwegig, aber mein schriftstellerischer Instinkt will einfach immer einer Persönlichkeit sofort auf den Grund gehen.

»Hat Ellie Geschwister?« Das ist erst der Anfang einer langen Liste von Fragen. Der Kriminalbeamte Brennan sitzt in einem Sessel, ein unscheinbarer Typ, der bisher noch nichts von sich gegeben hat.

»Nein, sie ist ein Einzelkind.« Diesen einzigen Satz zu äußern macht mir die schmerzlichen Momente ebenso wie die des Hochgefühls bewusst: den Kummer, als wir glaubten, dass wir keine Kinder haben könnten, und die Freude, zu erleben, dass Tasha dann doch mit Ellie schwanger wurde. »Uns war ja auch Ellie fast nicht vergönnt.«

McKenna spitzt die Ohren.

»Uns wurde gesagt, dass wir keine Kinder bekommen könnten. Ich meine, bevor Ellie geboren wurde. Tasha hatte eine schwere Gebärmuttererkrankung. Die Ärzte meinten, die Eierstöcke seien in Mitleidenschaft gezogen und dass wir demzufolge keine Kinder haben könnten. Wir haben es beim Kassenarzt mit künstlicher Befruchtung versucht, aber es klappte nicht. Bei einem Privatarzt hätte es Zigtausende gekostet, dafür hatten wir das Geld nicht. Da haben wir uns eben mit den Gegebenheiten arrangiert. Und später stellte sich dann heraus, dass Tasha mit Ellie schwanger war.«

»Das muss Sie ja überwältigt haben«, meint McKenna.

»Das kann man wohl sagen. Die Ärzte wunderten sich am allermeisten. Ja, es kam sogar in die Zeitung«, sage ich, trete an die Kommode und durchwühle die mittlere Schublade. Ich ziehe einen schmalen Aktenordner heraus. »Das ›Wunderbaby‹ wurde sie genannt.«

Ich reiche den Ordner McKenna, die die laminierten Seiten durchblättert und die Zeitungsausschnitte überfliegt. Brennan späht ihr über die Schulter.

»Den Naturgesetzen ein Schnippchen geschlagen«, zitiert McKenna eine Schlagzeile.

»Ja, das war ganz ungewöhnlich. Zugegeben, wir waren nicht so scharf auf dieses öffentliche Tamtam, aber Sie wissen ja, so ist das nun mal.«

McKennas Blick bleibt, wie ich mitbekomme, an etwas hängen.

»Sie sind Schriftsteller, stimmt das?«, fragt sie mich. »Sind Sie das mit den modernen Horrorgeschichten?«

»Ja, der bin ich.« Aus irgendeinem Grund schäme ich mich ein bisschen.

»Ich habe Ihre Bücher gesehen. *Schwarze Flut.* Das war doch von Ihnen, oder? Muss schon ein paar Jährchen her sein.«

»Etwa fünf.«

»Also nicht lange, nachdem dieser Artikel geschrieben wurde«, sagt sie und sieht mir endlich in die Augen. »Zeitlich bestens abgestimmt, oder? Das hat doch sicher Ihrem Bucherfolg ein bisschen nachgeholfen.«

Ich verstehe nicht ganz, worauf sie hinauswill. »Ja, kann sein. Ach, übrigens war es mein Agent Pete, der mit den Zeitungsleuten über das Ganze gesprochen hat. Er meinte, das sei so eine Geschichte aus dem Leben.«

McKenna nickt wortlos und widmet sich wieder den Zeitungsausschnitten. Ich merke, wie Brennan mich schräg von unten ansieht.

Ärger wallt in mir auf. »Wenn Sie jetzt denken, wir hätten ein Kind bekommen, um ein blödes Buch zu vermarkten, dann wünschte ich mir nur, es wäre so leicht gewesen«, knurre ich. »Jahrelang, ja, jahrelang haben wir versucht, ein Kind zu kriegen. Wenn wir das mit einem Fingerschnippen hingekriegt hätten, meinen Sie nicht, dass wir es dann nicht schon früher getan hätten?«

»Nichts dergleichen habe ich Ihnen unterstellt, Mr Connor«, lenkt McKenna mit einem entwaffnenden Lächeln ein. Wieder schaut sie auf die Zeitungsartikel und nickt.

Ein uniformierter Beamter klopft an die offen stehende Tür und bittet um Aufmerksamkeit.

»Tut mir leid, dass ich störe«, sagt er. Zwischen den behandschuhten Fingern hält er ein Handy in die Höhe. »Das lag in der Küche auf der Anrichte. Gehört das Ihnen?«

»Ja«, antworte ich, stehe auf und strecke die Hand danach aus. »Danke.«

»O nein, bedaure, wir müssen es leider mitnehmen«, entgegnet er.

Hilfe suchend schaue ich zu McKenna.

»Hat Ellie ein eigenes Handy?«, fragt sie mich.

»Nein, natürlich nicht. Sie ist fünf.«

»Dann hat er recht, es muss untersucht werden«, bestätigt sie. »Möglicherweise hat sie versucht, Kontakt mit jemandem aufzunehmen. Gibt es Laptops oder Computer im Haus? Irgendetwas, was Ellie benutzt haben könnte?«

»Ja, klar, ich habe ein MacBook im Arbeitszimmer. Tasha hat einen Laptop für die Arbeit und ein Tablet, aber beide hat sie mitgenommen. Sie ist zu einer Konferenz gefahren. Jetzt ist sie auf dem Rückweg, aber mit dem Zug, deshalb weiß ich nicht, wie lange sie noch weg ist. Ellie benutzt die Geräte aber eigentlich nicht. Sie ist ja erst fünf.« Erst nach einer Weile sickert McKennas Bemerkung in mein Bewusstsein. »Was meinen Sie mit Kontakt aufnehmen?«

McKenna wirft dem Mann in Uniform einen Seitenblick zu, sodass er eiligst das Zimmer verlässt. »In einer erstaunlichen Mehrzahl der Fälle, bei denen Kinder vermisst oder entführt werden, stellt sich heraus, dass das Kind schon zuvor Beziehungen zu seinem Entführer hatte. Nun wissen wir zwar nicht, ob Ellie weggebracht wurde, aber wir müssen sicherstellen, dass wir alle Beweismittel zur Hand haben, und jede Möglichkeit durchspielen, besonders wegen ihres Alters.«

Noch immer ergibt das keinen Sinn. »Aber wozu brauchen Sie meinen Laptop und mein Handy?«

McKenna holt tief Luft. »Wir müssen uns vergewissern, dass sie keinen Online-Kontakt mit irgendjemandem hatte. Das ist Routine.«

Auf so etwas wäre ich nicht im Traum gekommen. »O Gott, sie ist doch erst fünf!«

»Sie würden sich wundern«, gibt sie zurück und klingt

dabei um einiges gefasster als ich.

Wohlweislich nehme ich mich zusammen und gehe in mich, damit die Chancen steigen, dass Ellie schnell gefunden wird.

»In welche Schule geht Ellie?«, will McKenna wissen. »Haben Sie mal telefonisch angefragt, ob sie vielleicht allein hingekommen ist?«

Mir schießt als Erstes durch den Kopf, dass da Beamte meine Habseligkeiten durchsuchen und Auto und Handy konfiszieren, es jedoch nicht für nötig halten, zu prüfen, ob Ellie in der Schule ist. »Sie haben mich angerufen und gefragt, warum sie nicht erschienen ist«, antworte ich.

Ich kann an dem Blick, den McKenna mir zuwirft, sehen, was ihr durch den Kopf geht. Nämlich, dass es doch merkwürdig ist, dass ich mich nicht selbst gleich bei der Schule gemeldet, sondern abgewartet habe, bis die Schule mich anruft. Stimmt, das ist merkwürdig.

»In welche Schule geht sie denn?«, hakt sie nach.

»Hillgrove.«

McKennas Augen verengen sich. »Das ist ganz schön weit entfernt. Sie gehören sicher nicht zu diesem Schulbezirk.«

»Nein. Eine Zeit lang hat sie die Parkview besucht, aber Tasha hat sich mit dem Direktor zerstritten, es ging um irgendein Problem mit Ellies Verhalten. Und zu St. Hilda's würde Tasha Ellie nicht schicken, weil das eine konfessionelle Schule ist.«

McKenna nickt. Wieder weiß ich, was sie denkt. *Die pingelige Mutter, die sich überall einmischt.*

»Manchmal ist es besser, einfach Ja und Amen zu sagen, oder?«, erkläre ich verschwörerisch.

McKenna lächelt nur.

9 Nick

Kaum sind sie weg, um auf dem Revier in ihrem internen Netz Ellies Foto zu verbreiten, atme ich tief durch. Mehr als einmal, während McKenna und Brennan sich hier aufhielten, hatte ich das Gefühl, dass mir in meiner eigenen Wohnung Misstrauen entgegenschlug. Als wäre das heute früh Vorgefallene nicht schlimm genug.

In Gedanken lasse ich die bewussten Augenblicke im Eiltempo Revue passieren. Zwar ist jedes Zeitempfinden verzerrt durch Adrenalin und meine Heidenangst, aber es kann höchstens eine Minute vergangen sein, während ich im Haus war. Ellie kann in diesem Wimpernschlag nicht die ganze Straße hinuntergerannt sein, folglich muss jemand sie mitgenommen haben. Das ist die einzige logische Erklärung.

Diese Person muss ganz in der Nähe gewesen sein. Ich versuche mir grübelnd ins Gedächtnis zu rufen, was ich gesehen habe, als ich Ellie ins Auto setzte. Ist jemand vorbeigelaufen? Parkten da irgendwelche Autos? Beim besten Willen sehe ich nichts vor mir. Nur den leeren Autositz.

Mit einem Blick aus dem Wohnzimmerfenster versuche ich, mein Gedächtnis anzukurbeln, aber umsonst. Mein Blick wandert über das Straßenende zum vorderen Fenster von Hausnummer 39 gegenüber. Dabei erkenne ich den Umriss des dort wohnenden Mannes, der reglos wie eine Statue im Zimmer steht. Seine Konturen werden durch das Sonnenlicht gezeichnet, das von hinten durchs Haus strömt. Kurz darauf geht er weg, und seine Gestalt verschwindet.

Über den alten Knaben kursieren diverse Legenden und Gerüchte. Derek heißt er. Er muss weit über neunzig sein, denn als ich zur Schule ging, war er Anfang sechzig. Da wohnten wir noch einen reichlichen Kilometer entfernt von hier.

Damals sind wir immer die Rushmere Road entlang zur Schule gegangen, und Derek stand oft am Fenster und glotzte hinaus. Wenn er sich höchst selten mal vor die Tür traute, machten in der Schule allerlei Geschichten die Runde, was er irgendwelchen Kindern zugeraunt oder was er mit ihnen angestellt hatte. Für mich war das nichts als kindischer Schuljungenklatsch über einen einsamen alten Opa. Mehr habe ich nie davon gehalten.

Als wir vor dem Kauf dieses Haus besichtigten, dachte ich nur flüchtig an die Gerüchte über Derek zurück. Es war ja anzunehmen, dass der Alte wenn auch ein schräger Vogel, aber absolut harmlos war, und soweit uns bekannt war, lebte er gar nicht mehr. Natürlich bekamen wir später mit, dass er doch noch da wohnte.

Als Dereks Nachbarn gewannen wir völlig andere Einsichten: Er war gar nicht der weltabgeschiedene Einsiedler, sondern vielmehr der Mann, der immer über alles, was auf der Rushmere Road vor sich ging, informiert war. Seit die Häuser gebaut wurden, war er schon da, das war sein Territorium. Immer, wenn wir eine Feier veranstalteten, konnten wir darauf warten, dass wir irgendwann am Abend Besuch vom zuständigen Polizeirevier bekamen und darauf hingewiesen wurden, dass es Beschwerden seitens eines Nachbarn gebe.

Wir haben die Nachbarn auf beiden Straßenseiten darauf angesprochen, und alle stritten ab, dass sie sich beschwert hätten; sie hätten schon dieselben Probleme gehabt und Derek im Verdacht. Natürlich wurden nie von der Polizei irgendwelche Schritte eingeleitet, da von der Straße aus kaum Lärm zu hören war, und schon gar nicht von Dereks Haus aus. Ihm passte es einfach nicht, dass andere Leute ihren Spaß hatten. Meiner Meinung nach ist nichts daran auszusetzen, allein und nach seinen eigenen Maßgaben zu leben, aber man sollte nicht die anderen davon abhalten, das Leben zu genießen.

Ich mutmaße, dass sich nie ein Nachbar mit Derek unterhalten hat. Ich jedenfalls nicht, und ich habe ihn auch nie mit jemand anderem reden sehen. Man bekommt ihn nur zu Gesicht, wenn man zufällig abends um acht aus dem Fenster schaut. Dann trägt Derek pünktlich wie ein Uhrwerk eine schwarze Abfalltüte heraus und versenkt sie in seiner Mülltonne.

Im Prinzip hat er erreicht, was er immer wollte. Seit Jahren machen wir keine Partys mehr, und ich kann mich nicht erinnern, wann irgendein Nachbar mal seinen Fernseher zu laut gestellt hat.

In dem Moment kommt mir eine Idee. Wo Derek doch so viel Zeit damit verbringt, am Fenster zu stehen, hat er doch mit viel größerer Wahrscheinlichkeit als alle anderen irgendetwas mitbekommen. Sein Haus steht direkt vis-à-vis von unserem, Derek überblickt unsere gesamte Auffahrt. Sobald sich etwas gegenüber tut, wird er ans Fenster eilen und das Fernglas zücken.

Noch habe ich mir gar nicht zurechtgelegt, was ich ihm sagen werde, und ich schlüpfe schon in die Schuhe und stürze aus der Tür und hinüber zur Nummer 39. Dort klopfe ich an und warte mit angehaltenem Atem. Nichts rührt sich.

Wieder klopfe ich an, denn Derek ist zu Hause, gerade habe ich ihn gesehen. Womöglich ist er ein bisschen schwerhörig, deshalb klopfe ich lauter. Taub sollte er lieber nicht sein, wo er sich doch so gern über Lärm beschwert. Nach einer Weile kehre ich seufzend um und gehe seine Auffahrt hinunter. Als ich mich schwungvoll umdrehe, bekomme ich gerade noch mit, wie er sich hinter einem Vorhang wegduckt, nachdem sich unsere Blicke kurz getroffen haben.

Ich kehre um und klopfe ans Fenster.

»Derek, ich möchte nur mal kurz mit Ihnen reden. Bitte. Ich habe ein Problem und will wissen, ob Sie etwas gesehen haben. Ich brauche Ihre Hilfe.«

Totenstille. Dumm gelaufen. Ich kann ja diesen Kerl nicht zwingen, die Tür aufzumachen. Bestenfalls kann ich ihn der Polizei als potenziellen Zeugen melden und darauf hoffen, dass die dort nicht denken, ich drehe langsam durch. Vielleicht haben sie ja schon bei ihrer Tür-zu-Tür-Befragung mit ihm gesprochen.

Als ich fast schon wieder Dereks Grundstück hinter mir gelassen habe und nach rechts und links schaue, ob ich die Straße überqueren kann, höre ich, wie die Haustür entriegelt wird. Ich verlangsame meinen Schritt und drehe mich um, und in dem Moment wird die Tür geöffnet. Wieder mache ich kehrt und gehe auf das Haus zu und hüte mich, zu ängstlich oder zu forsch zu wirken.

Derek sieht mich nur aus schmalen Augen an, zugleich besorgt und misstrauisch, wie mir scheint.

»Danke«, sage ich und bringe kaum einen Gedanken zustande. Vier, fünf Meter vor ihm bleibe ich stehen, näher will ich nicht an ihn heran. Das ist meines Erachtens schon ein Fortschritt. »Ich brauche Ihre Hilfe. Meine Tochter ist nicht auffindbar, Ellie, meine Kleine. Sie ist heute früh verschwunden. Sie hat im Auto gesessen, dann bin ich ins Haus zurück, um etwas zu holen. Und als ich wieder rauskam, habe ich festgestellt, dass sie weg war. Ich möchte wissen, ob Sie irgendetwas bemerkt haben. Vielleicht ein fremdes Auto oder Personen, die sich verdächtig verhalten haben. Irgendetwas.«

Derek schaut mir eine Zeit lang ins Gesicht, dann senkt er den Blick. »Ich habe nichts gesehen«, antwortet er, tritt einen Schritt zurück und schließt die Tür wieder.

10 Nick

Ich fühle mich wie von allen guten Geistern verlassen. Wie soll ich es sonst nennen. Entweder laufe ich blind durch die Straßen, was ich schon eine halbe Stunde lang tue, seitdem ich Derek angesprochen habe, oder ich mache, was die Polizei mir geraten hat, und warte zu Hause auf Ellies Rückkehr.

Wieder zu Hause, setze ich mich auf einen Hocker am Küchentresen und lege den Kopf auf die Arme. Jene Internetseiten beherzigend, die zu »Achtsamkeit« mahnen, versuche ich mein aufgewühltes Gemüt zu beruhigen und klare Gedanken zu fassen. Durch die unvorstellbare Nervenanspannung fühlt sich mein Schädel wie mit Watte ausgestopft an.

Mir ist nach Heulen zumute, ich würde am liebsten losbrüllen und Sachen kaputtschmeißen. Ich bin kurz davor, zu zerbersten, wie auch immer das aussehen sollte. Als Nächstes höre ich die Haustür zugehen. Und schon kommt Tasha in die Küche marschiert.

»O Mann, Nick!«, stöhnt sie und wirft ihr Schlüsselbund auf die Arbeitsplatte. »Die Züge wurden aufgehalten, irgendein Signalfehler auf der Strecke. Ich konnte auf der Rückfahrt nicht telefonieren. Ich hab's probiert, hatte jedoch kein Netz, und als ich eins bekam, war der Akku leer. Ich wollte ihn bei der Arbeit aufladen, aber …«

Bei meinem Anblick hält sie inne. Ich gehe zu ihr und breche an ihrer Schulter in Schluchzen aus.

»Wo ist die Polizei?«, fragt sie schließlich.

Ich wische mir mit dem Handrücken die Tränen weg. »Sie sind auf der Suche. Vorhin waren sie hier. Zwei Polizisten und mehrere Kriminalbeamte. Sie wollten mehr von ihr wissen, auch, wie sie aussieht. Ich habe ihnen ein Foto aus dem Wohnzimmer mitgegeben.«

»Was ist denn passiert? Wo könnte sie hin sein?«, will Tasha wissen.

Ich schüttle langsam den Kopf, die Augen zugekniffen. Wenn ich diese Frage doch nur beantworten könnte. Mir selbst habe ich sie am heutigen Morgen schon hundertfach gestellt.

»Ich habe keine Ahnung. Ich habe sie ins Auto gesetzt und angeschnallt, da meinte sie, dass sie etwas vergessen habe. Ein Bild von Miss Williams. Ich habe ihr vorgeschlagen, dass wir es heute dalassen und es morgen mitnehmen. Aber du weißt ja, wie sie ist. Da bin ich ins Haus zurückgerannt, hab mir das Bild geschnappt, bin wieder raus, und da war sie weg.«

»Wie lange warst du denn drin?«

»Eine Minute. Höchstens.«

»O Gott! Nick, warum hast du sie nicht mit reingenommen?«

Ich habe das Gefühl, dass mir die Schuld zugeschoben wird. Ich weiß, dass es keine Rechtfertigung dafür gibt, eine Fünfjährige sich selbst zu überlassen, aber das geht mir zu weit.

»Eine Minute, Tasha. Sekunden. Wir waren sowieso spät dran, ich wollte nur schnell rein und wieder raus«, erkläre ich und versuche sie ebenso wie mich selbst zu besänftigen. »Pass auf, die Polizisten meinen, sie sei vermutlich nur einen Katzensprung weit gekommen. Vielleicht versteckt sie sich in einem Garten in der Nachbarschaft.«

»Um Gottes willen, wie konntest du so spät dran sein, wo

du doch schon um fünf aufgestanden bist!«

Darauf kann ich nicht antworten.

Wir sitzen im Wohnzimmer und können uns kaum in die Augen sehen.

»Wir sollten etwas unternehmen«, fährt Tasha fort. »Wir können hier nicht bloß planlos rumsitzen.«

»Stimmt. Ich fühle mich total hilflos, aber tun können wir nichts. Wir müssen hierbleiben und sie abpassen, falls sie heimkommt.«

Tasha reißt den Kopf hoch und blitzt mich an: »Was meinst du mit *falls*?«

»Ich meine, falls sie allein heimkehrt, ehe die Polizei sie findet.« Ich will sie nicht noch weiter aufbringen. Wenn Tasha in höchste Anspannung versetzt ist, dann ist sie unerträglicher als in sämtlichen anderen Gemütsverfassungen. Ich muss die Dinge gelassen angehen, um unser beider willen.

»War das Auto verriegelt?«, fragt sie nach kurzem Nachdenken.

»Nein.«

»Warum nicht?«

»Ich war doch höchstens eine Minute weg«, beteuere ich seufzend und schaue zu der Stoffpuppe Rosie hoch. Ich könnte schwören, dass ihr Trauer in den Augen steht.

»In einer Minute kann viel passieren, Nick. Und es *ist* auch viel passiert!« Tasha redet sich mehr und mehr in Rage.

»Okay, es liegt natürlich an mir! Es war unüberlegt von mir. Meinst du, das weiß ich nicht?« Mein flehentlicher Blick reicht hoffentlich aus, um die Wogen ihres Zorns zu glätten.

Bevor Tasha etwas erwidern kann, klingelt es an der Tür. Ich gehe hin und öffne. Es ist wieder McKenna. Ich führe sie ins Wohnzimmer und halte dabei angespannt den Blick auf sie gerichtet, weil ich auf Neuigkeiten hoffe.

»Die gute Nachricht zuerst«, verkündet sie und zieht mein Handy aus der Jackentasche. »Das können Sie wiederhaben. Mit dem Laptop sind die Kollegen auch fast fertig. Den bringt Ihnen dann ein anderer Beamter vorbei.«

Es erübrigt sich, nachzufragen, ob sie auf etwas von Interesse gestoßen sind. Denn ich weiß, da war nichts.

»Was hat die Suche ergeben?«, fragt Tasha.

»Unsere Leute sind noch dran«, antwortet McKenna. »Noch gibt es keinen Hinweis, aber das will nichts Schlechtes bedeuten. Ein fünfjähriges Mädchen kann ja allein nicht weit gekommen sein, wie Sie schon bemerkten, und wir haben beizeiten mit der Suchaktion begonnen, sodass das Risiko gering ist, dass sie weit weg ist. Noch gehen wir davon aus, dass sie sich in einem Garten in der Nachbarschaft versteckt hat. Es ist ja bekannt, dass Kinder das Versteckspiel lieben. Unsere Beamten klappern sämtliche Häuser auf der Straße ab und bitten die Nachbarn, dass sie ihre Gärten absuchen. Die meisten sind nur um diese Tageszeit nicht zu Hause, und ohne deren Zustimmung dürfen wir nicht auf ihre Grundstücke.«

»Was soll das denn heißen?«, bohrt Tasha mit ungläubiger Miene weiter. »Wenn Sie annehmen, dass sie sich da irgendwo in den Gärten versteckt hat, dann müssen Sie doch überall nachschauen!«

»So leicht ist es leider nicht«, hält McKenna dagegen. »Wir tun, was wir können. Zunächst einmal wollen wir Ellie nicht erschrecken, falls sie sich versteckt hat. Dann springt sie über die Zäune und rennt davon. Wir wollen, dass sie von sich aus herauskommt und nach Hause zurückkehrt.«

Damit scheint Tasha zufriedengestellt zu sein.

»Nach ein paar Dingen muss ich Sie noch fragen, Mr Connor. Gerade habe ich mit Ihrem Nachbarn gesprochen, einem Mr Francis.« McKenna hebt bei seinem Namen die Stimme, als frage sie mich, um wen es sich handle, worauf ich vielleicht eine

Antwort hätte. Da sie offensichtlich merkt, dass es bei mir nicht klick macht, hilft sie mir auf die Sprünge. »Hausnummer 39, genau gegenüber.«

»Ach so, Derek«, entfährt es mir. Seinen Nachnamen höre ich zum ersten Mal.

»Von seinem Haus aus hat man einen guten Blick auf Ihres, deshalb dachte ich, er könnte etwas beobachtet haben.«

»Ja, das dachte ich auch«, stimme ich ihr zu. Sowohl McKenna als auch Tasha sehen mich an. »Ich bin rübergegangen und wollte mit ihm reden. Nachdem Sie vorhin weggegangen waren. Ich wollte wissen, ob er vielleicht fremde Autos oder irgendwas anderes gesehen hat.«

»Ja, Mr Francis hat berichtet, dass Sie bei ihm waren.« Ich versuche aus ihrem Tonfall schlau zu werden, aber sie lässt wenig durchblicken. »Er meinte, dass er nichts mitbekommen habe. Jedenfalls nichts Ungewöhnliches. Ich nehme an, Ihnen hat er dieselbe Auskunft gegeben?«

Ich nicke.

»Könnten Sie mir bitte noch einmal bestätigen, um wie viel Uhr Sie Ellie ins Auto gesetzt haben?«

»Das habe ich bereits gesagt, es war kurz vor neun.«

»Um Himmels willen, Nick!«, empört sich Tasha. Ihr ist es zuzutrauen, dass sie eher Bauchschmerzen hat, weil Ellie ein paar Minuten zu spät zur Schule hätte kommen können, als weil sie gerade spurlos verloren gegangen ist.

Ich schaue McKenna an. »Wir hatten es eilig, denn ich war vorher eingenickt«, erwidere ich und wende den Blick wieder Tasha zu. »Ich war seit fünf auf den Beinen.«

»Mr Francis gab an, er habe von Viertel vor neun bis kurz vor Viertel nach neun, als wir hier eintrafen, im Wohnzimmer vor dem Fenster gebügelt. Er hatte doch eine unverstellte Aussicht auf Ihre Auffahrt. Glauben Sie das auch?«

»Durchaus«, stimme ich ihr zu.

McKenna nickt, ohne den Blickkontakt mit mir abzubrechen. »Mr Francis behauptet nicht nur, dass er keinen Menschen hat herumschleichen oder Ellie davonlaufen sehen. Er hat, wie er sagt, nicht einmal gesehen, wie Sie Ellie ins Auto verfrachtet haben.«

Aus dem Augenwinkel nehme ich wahr, wie Tasha abrupt den Kopf zu mir dreht.

»Was? Nein, unmöglich«, verwehre ich mich, doch McKenna fährt fort: »Er sagt, er habe lediglich gesehen, wie Sie aus dem Haus gekommen und die Straße hinuntergejoggt seien, und zwar kurz bevor wir im Polizeiwagen auftauchten.«

»Der lügt doch wie gedruckt. Er muss es gesehen haben. Alles kriegt er mit! Wie kann er behaupten, dass er das nicht gesehen hat? Haben Sie mal seine Vorgeschichte recherchiert?« Mir laufen Schweißperlen über die Stirn. »Irgendwas stimmt bei dem nicht. Woher wollen Sie wissen, ob er Ellie nicht vielleicht bei sich hat? Es gibt dubiose Geschichten über ihn.«

»Mr Francis meinte, er fand es etwas ungewöhnlich, denn Sie würden sich normalerweise mit Ellie zwischen zehn vor neun und kurz nach neun auf den Weg machen.«

Wieder fixiert Tasha mich. Es hat mir gerade noch gefehlt, dass sie mir jetzt die Leviten liest, wann ich morgens mit Ellie losmuss, wo sie selbst dann doch schon längst über alle Berge ist und in London herumzwitschert.

McKenna steht auf und spaziert durchs Wohnzimmer, während sie weiter ihre Ausführungen macht. »Er sagt sogar, dass er heute noch etwas früher am Morgen herüberkam und bei Ihnen klingelte, denn der Briefträger habe aus Versehen bei ihm einen an Sie adressierten Brief eingeworfen, und den wollte er Ihnen bringen. Er meint, Sie hätten nicht aufgemacht.«

»Ja, nein – das heißt, ich hörte es klingeln, aber hatte alle Hände voll zu tun, Ellie für die Schule fertig zu machen. Das allein hinzukriegen ist nicht so leicht«, füge ich hinzu und funkele Tasha an.

»Kann ich mir vorstellen«, stimmt mir McKenna zu. »Muss ganz schön auf die Nerven gehen, Tag für Tag. Das zehrt an Ihnen.«

Diesen Kommentar überhöre ich geflissentlich. »Egal, aber das kann nicht stimmen«, erhebe ich Einspruch. »Er würde nie an der Tür klopfen oder klingeln. Niemals meldet er sich bei irgendjemandem. Er geht ja selbst kaum an die Tür und würde höchstens den Brief unter der Tür durchschieben oder wieder in den Briefkasten werfen oder am nächsten Tag dem Briefträger zurückgeben. Um nichts in der Welt wäre er rübergekommen und hätte geklingelt.«

»Außer Ihrem Wort haben wir nichts in der Hand, Mr Connor«, entgegnet McKenna. »Ebenso haben wir nur Ihr Wort, dass Sie Ellie ins Auto gesetzt haben und dass Sie im Haus waren, als Mr Francis klingelte.«

»Ja, und Sie haben nur Dereks Wort, dass es nicht so war, oder?«, entgegne ich. »Seit wann gilt seine Aussage mehr als meine?«

Darauf gibt McKenna keine Antwort.

»Nick, wo waren Sie, als Ellie verschwand?«

11 Tasha

Zwar ist sie erst vor ein paar Stunden verschwunden, aber mir kommt es wie Jahre vor. Es gibt groteske Ungereimtheiten: Einiges scheint sich in Siebenmeilenstiefeln abzuspulen, während sich anderes schmerzvoll dahinzieht. In meinem Kopf dreht sich alles unaufhörlich. Wie Maschinengewehrfeuer schießen mir die Gedanken kreuz und quer durch den Schädel. Ohne Ende stellen die Polizisten Fragen, vergewissern sich, wollen mehr wissen. Was für eine Rolle spielt es denn, wer Ellies Schulfreunde sind? Warum wollen sie wissen, wer alles zur Verwandtschaft gehört? Wenn sie doch bloß endlich mal den Fuß vor die Tür setzen und nachforschen würden, wo Ellie ist, dann würden sie sie auch finden. Weit weg kann sie doch nicht sein.

Der Schmerz ist unbeschreiblich. Wie wir damals alles daransetzten, ein Kind zu bekommen, die fehlgeschlagene künstliche Befruchtung, der Schlag, dass wir nie ein Kind haben könnten. Vielleicht trifft es uns deshalb jetzt umso härter, dass sie verschwunden ist. Wir hielten es für ein Wunder, als sich herausstellte, dass ich schwanger war. Für meine Eltern war es ein Gottesgeschenk. Darum haben sie auch Grace, Gnade, für sie als zweiten Vornamen gewählt.

Ich weiß nicht, wie ich den Tag überstehen soll und wohin

mit mir. Obwohl die Polizei ihr Möglichstes tut, uns eine Stütze zu sein, und obwohl Verwandte und Bekannte sich um uns scharen, bin ich vollkommen ratlos.

Immer habe ich für Ellie das Beste gewollt. Welche Mutter wohl nicht? Überall sieht man all diese wichtigtuerischen Mütter, die sich in alles reinhängen, Glucken sind das für mich. Sie hören nicht auf, bei Facebook Alarm zu schlagen wegen der Schule ihres Kindes oder weil irgendwer ihren Sohn ungebührlich angegafft hat. Statt selbst etwas zu unternehmen. Zu denen wollte ich nie gehören. Ich muss Ellie zeigen, wie lieb ich sie habe. Wir haben einen mächtigen Kampf ausgefochten, ehe wir es schafften, sie in der Hillgrove Primary einzuschulen, wo sie uns zunächst einen ablehnenden Bescheid gegeben hatten. Die kommunale Schulbehörde wollte Ellie in die Bolbroke schicken, die näher bei unserem Wohnort liegt und die auch Nick früher besucht hat. Er war damit zufrieden gewesen, aber ich glaubte, für Ellie war das nicht gut genug. Das ist meine Pflicht als Mutter.

Trotz meines zeitigen Arbeitsbeginns versuche ich immer, abzusichern, dass ich Ellie noch mal sehe, bevor ich losmuss und sie zur Schule geht. Wenn sie sich daran gewöhnt, früher aufzustehen, dann fällt es ihr auch später, wenn sie älter ist, leichter, eine gute Arbeit zu finden und ihre Familie zu versorgen.

Wenn sie älter ist.

Gebetsmühlenhaft wiederholen sich diese Worte in meinen Gedanken, aufgeladen mit Bedeutungen und unterschwelligen Beiklängen, die noch vor ein paar Stunden nicht existierten, als Ellie glücklich vor ihrem Frühstück am Küchentisch saß und sich auf den Schultag freute. Was, wenn sie niemals älter wird? Wenn ihr nun etwas Schreckliches widerfahren ist?

Ich darf mich von solchen Gedanken nicht kleinkriegen lassen. Nick ist überzeugt, dass irgendjemand Ellie fortgebracht hat. Er hat sich ausgerechnet, dass die Zeit, in der er weg war, einfach für Ellie nicht gereicht hätte, um von ihrem Sitz zu klettern, die Tür aufzumachen, sie wieder zuzumachen und bis zu Nicks Rückkehr außer Sichtweite und auch noch bis über das Ende der Straße hinaus zu gelangen. Angeblich war er nur ein paar Sekunden im Haus. Aber ich kenne Nick: Die paar Sekunden könnten ebenso gut eine reichliche Minute gewesen sein. Oder zwei. Vielleicht ist sie tatsächlich aus dem Auto gestiegen und hat beschlossen, auf Wanderschaft zu gehen. Sie ist fünf. Ist doch typisch für Kinder, oder? Womöglich wollte sie zu einer Freundin und hat sich verlaufen. Oder ein barmherziger Samariter hat sie zu sich hereingeholt und müht sich, aus ihr herauszubekommen, wo sie wohnt. Aber hätte derjenige nicht längst die Polizei informiert? Und hätte die dann nicht zwei und zwei zusammengezählt?

Egal, wo sie abgeblieben ist: Ich bete zu Gott, dass sie in Sicherheit ist. Meine Eltern sind schon immer sehr religiös gewesen, zum Glück hat nichts davon auf mich abgefärbt. Vielleicht wäre ein Gebet keine schlechte Idee. Was habe ich denn zu verlieren?

Der Herr hat's gegeben, der Herr hat's genommen.

Obwohl ich nichts mit Glauben und Religion am Hut habe, verlangt es mich danach zu beten – egal zu wem, meinetwegen zur Natur –, dass Ellie nicht in Gefahr ist. Dass ihr nichts angetan wurde. Dass niemand sie entführt hat, der ihr Schmerzen zufügen will.

Ständig sieht man das im Fernsehen. Kinder, die angegrabscht werden, lüsterne Pädophile, vermisste Kinder. Das verschwimmt zu diesem in weiter Ferne liegenden, von unserem Alltag gelösten Aspekt unseres Lebens, der unter der Überschrift *Nachrichten* läuft. Die Wirklichkeit ist das für uns nicht. Natürlich schauen wir uns all diese Fälle an und haben Mitleid mit den Betroffenen und sagen: *Ach, stell dir vor, das würde uns passieren!* Aber wer kann sich das schon vorstellen? Wer weiß denn schon wirklich, wie es sich anfühlt, wenn man plötzlich seine Tochter nicht mehr bei sich hat? Ich habe mir immer eingebildet, ich könnte es, aber jetzt weiß ich, ich kann es nicht. Ich bin durch nichts darauf vorbereitet.

Egal, wo sie ist, ich hoffe nur, dass sie nicht leiden muss. Im weiteren Sinne soll das heißen, dass sie entweder vergnügt irgendwo in der Gegend herumstromert oder …

Die andere Vorstellung kann ich einfach nicht in Betracht ziehen, denn ich bin auf den letzten Zipfel Hoffnung und Zuversicht angewiesen, aber beides geht zur Neige. Ich bin völlig verzweifelt, schutzlos preisgegeben. Am liebsten würde ich schreien und alle schwarzen Gedanken verscheuchen. Ich wollte, nicht Ellie, sondern ich würde vermisst und in Gefahr schweben. Egal wer, nur nicht sie. Nicht Ellie.

12 Nick

Es ist spät. Die letzten Stunden sind wie hinter einem Schleier vergangen. Allmählich wird es dunkel, und wir haben noch nichts gehört.

Sie machen sich wieder an meinem Laptop zu schaffen. Das ist ja schon mal was. Heutzutage tun sie das nur, um die Daten herunterzukopieren, dann geben sie einem den Laptop zurück.

McKennas anklagender Ton und ihre Anspielungen haben die Atmosphäre bei uns vergiftet. Tasha hat sich der Suche nach Ellie angeschlossen. Einer von uns musste das machen – denn möglichst viele sollten sich beteiligen –, aber einer muss auch zu Hause bleiben für den Fall, dass Ellie auftaucht. Tasha ließ keinen Zweifel daran, dass ich derjenige sein muss, wo ich doch heute, wie ich deutlich heraushörte, schon genug Schaden angerichtet habe.

Tasha hat auf Facebook einen Aufruf gepostet, auf den es schon fünfhundert Rückmeldungen gab. Die Polizei sagt, wenn wir Ellie bis morgen nicht gefunden haben, wenden sie sich an die Presse. In Anbetracht von Ellies Alter, heißt es, sei es eminent wichtig, dass die üblichen Suchaufrufe schneller hinausgehen als sonst.

Es sieht so aus, als ob alle mitmachen. Einige von Tashas

ehemaligen Schulkameradinnen – Emma, Leanne und Cristina – haben sich gemeldet. Das hat mich überrascht, da Tasha ihre meisten alten Freundinnen verprellt hat, weil sie alles so zielstrebig auf ihr berufliches Fortkommen gesetzt hat. Tashas Eltern stehen Gewehr bei Fuß und wollen mit dem nächstmöglichen Flugzeug aus Brisbane einfliegen, falls Ellie bis morgen nicht wieder da ist. Ich habe ihnen gesagt, das sei nicht nötig, denn bis sie hier seien, habe man Ellie höchstwahrscheinlich längst gefunden.

Die fehlen mir gerade noch hier. Nicht dass Sie mich falsch verstehen, wir haben uns nie überworfen, aber gerade jetzt käme ich nicht mit ihrer Anwesenheit zurecht. Sie würden ganz gewiss *mir* die Schuld zuschieben und mir vorhalten, was sie alles besser gemacht hätten und dass sie Tasha – die sie immer nur Natasha nennen – nie aus den Augen gelassen hätten, als sie klein war. Sie nutzen jede sich bietende Gelegenheit, mich kleinzumachen. Sie verunglimpfen meine Arbeit und tun sie als minderwertig ab; sie halten sie für keinen »richtigen Job«. Unterstützung ist mir jetzt wichtig und kein Besserwisser, bei dem ich mich wie der letzte Husten fühle.

Julie und Tim sind gute Menschen, aber ich kann nicht leugnen, dass es mich erleichtert, sie am anderen Ende der Welt zu wissen. Das Leben ist viel entspannter und leichter, seit sie weggezogen sind. Meine Eltern wiederum wüssten genau, was zu tun wäre. Mum hätte sofort ihr Organisationstalent aktiviert, hätte Karten gezeichnet und Wegepläne entworfen und alle in Gruppen aufgeteilt. Dad hätte zugesehen, dass alle die Ruhe bewahren und guten Mutes bleiben. Diese Haltung und positive Einstellung fehlt mir, seit sie tot sind.

Ich kann nicht beschreiben, wie es ist, sich in einer Lage zu befinden, die dir alles abverlangt, in der dir jedoch die Hände gebunden sind. Im Schlafzimmer herumzuliegen und an die Decke zu starren, während ein jeder nach deiner fünfjährigen

Tochter Ausschau hält, das kann ich nur als abwegig empfinden, aber es gibt tatsächlich keine Alternative dazu.

Von allen Seiten hört man, das Schlimmste an dem Ganzen sei, nichts zu wissen. Erst jetzt kann ich diesen Satz nachvollziehen. Nicht zu wissen, wo sie ist. Nicht zu wissen, ob sie wiederkommt. Nicht zu wissen, ob sie bei jemandem ist. Nicht zu wissen, ob sie unversehrt ist. Nicht zu wissen, ob sie froh und munter ist. Nicht zu wissen, ob sie noch lebt.

Nicht zu wissen.

Ich denke mal, das ist einer jener Augenblicke, in denen sich das Leben für immer verändert. Es gibt ein Leben vor Ellies Verschwinden und eines nach Ellies Verschwinden. Dazwischen eine scharf umrissene, tiefe Furche im Sand. Eine Wasserrinne. Einen Canyon. Unüberwindbar. Mein neues Leben hat am heutigen Tag begonnen.

Ich grübele darüber und über vieles andere nach, aber das scheint alles nicht zu helfen. Nichts wird Ellie wieder zurückbringen, es sei denn, ich suche nach ihr, aber nicht einmal das kann ich tun. Nur hier herumhängen und mich beschissen fühlen und im Selbstmitleid vergehen. Denn schuld bin ich, ich habe sie im Auto sitzen lassen. Tasha hat recht. Sie hat immer recht. Hätte ich Ellie bloß mit ins Haus genommen oder vehement darauf bestanden, dass sie das Bild erst am nächsten Tag mitnimmt, dann säßen wir alle drei jetzt gemeinsam beim Abendessen und würden uns gegenseitig berichten, wie der Tag verlaufen ist. Stattdessen habe ich seit heute früh nichts mehr gegessen, im Esszimmer ist es dunkel, und Miss Williams hat ihr Bildchen immer noch nicht.

Mit der Technik stehe ich eigentlich nicht auf Kriegsfuß, aber manchmal gerät sie einem im wirklichen Leben in die Quere. All diese SMS und Telefonanrufe, pausenlos ruft jemand an. Ich weiß es ja zu schätzen, dass sie uns den Rücken stärken und auch den neuesten Stand der Dinge erfahren wollen, aber keiner hat persönlich hier vorgesprochen, um uns tatsächlich eine helfende Hand zu reichen, statt nur in fadenscheinigen Botschaften seinen Beistand zu versichern. Am deprimierendsten finde ich, dass die meisten wohl alles über Facebook erfahren haben.

Inzwischen bin ich drauf und dran, die Anrufe von mir bekannten Nummern nicht mehr anzunehmen. Auf meinen Anrufbeantworter habe ich inzwischen gesprochen, dass mir Bekannte und Verwandte eine Botschaft hinterlassen sollen, da die Leitung für polizeiliche Benachrichtigungen frei bleiben soll. Teilweise stimmt das auch. Aber ich bin es momentan auch leid, mit irgendjemandem zu reden.

Einige mailen mir jetzt. Das rote Pünktchen auf meinem iPhone macht mich darauf aufmerksam, dass ich neunzehn ungelesene E-Mails habe. Das verkrafte ich nicht. Ich komme nicht nach. Gut und schön, wenn mir jemand Mut zusprechen möchte, aber die einzige Botschaft, nach der ich mich verzehre, wäre, dass Ellie wohlauf und auf dem Heimweg ist.

Als ich auf das iPhone schaue, klingelt es wie an einer Hotelrezeption, und aus der Neunzehn wird eine Zwanzig. Der Betreff der eben als eingegangen gemeldeten E-Mail lautet *Ellie.* Die Absenderin ist mir jedoch unbekannt: Jen Hood.

Sicher auch eine Bekannte von Tasha, denke ich. Aber warum mailt sie dann mir? Die anderen E-Mails habe ich nicht geöffnet, ich weiß ja, von wem sie stammen, und kann mir denken, was drin steht.

Dagegen habe ich keinen blassen Schimmer, was in der E-Mail von Jen Hood stehen mag. Deshalb öffne ich sie und lese sie dreimal, um mich zu vergewissern, dass ich noch bei Trost bin.

ELLIE IST IN SICHERHEIT. SIE KRIEGEN SIE WIEDER, NACHDEM SIE IHRE FRAU GETÖTET HABEN.

13 Nick

In den letzten Minuten muss ich die E-Mail hundert Mal gelesen haben. Jedes Wort habe ich angestarrt, jeden Buchstaben, um ihn dazu zu bewegen, seine Aussage zu verändern. Ich habe den absichtsvollen Scherz herauslesen wollen, den Schreibfehler, irgendeinen Hinweis darauf, dass die E-Mail an den falschen Adressaten geraten ist.

Vielleicht bin ich der richtige Adressat, und es ist nur ein schlechter Scherz. Von so etwas habe ich schon bei ähnlichen Fällen gehört. Quälgeister. Trolle heißen sie im Internet – Leute, die einen Menschen drangsalieren, der ohnehin schon am Boden liegt.

Ich suche nach einem Anzeichen, dass hier ein Irrtum vorliegt. Nichts. Vielleicht will hier wirklich einer, dass ich meine Frau um die Ecke bringe, ehe ich meine Tochter wiederbekomme. Aber warum? Was kann denn Tasha um alles in der Welt jemandem angetan haben, dass er sie lieber tot als lebendig weiß? Das ergibt überhaupt keinen Sinn.

Gibt es irgendeinen verflossenen Liebhaber, von dem ich keine Ahnung habe? Jemanden aus der Firma, mit dem sie gevögelt hat? Bei Tasha ist beides durchaus vorstellbar, aber eher verärgert sie andere Menschen durch ihre selbstbezogene Ignoranz als durch absichtsvolle Bosheit. Sie müsste etwas ziemlich Schwerwiegendes verbrochen haben, damit jemand auf ihren Tod aus wäre. Wenn wiederum jemand so auf ihren Tod versessen ist, warum sorgt er nicht selbst dafür? Oder will da jemand *mir* an die Wäsche? Um den roten Faden zu finden, muss ich diesen Feigling enttarnen.

Ich marschiere in mein Arbeitszimmer und klappe das MacBook auf. Zum Glück fährt es schnell hoch, kaum dass ich es eingeschaltet habe, und zwanzig Sekunden später habe ich das Facebook-Log-in vor mir.

Facebook habe ich höchstens fünfmal im Leben genutzt, sodass ich mich nur unter Anstrengung an meinen Benutzernamen und das Passwort erinnere; glücklicherweise klappt es jedoch beim dritten Anlauf. Gleich empfangen mich Fotos meiner eigenen Tochter, die Verwandte und Bekannte von überallher hochgeladen haben und teilen. Ich will die Fotos nicht sehen und klicke stattdessen auf den Such-Button am oberen Seitenrand. Ich tippe *Jen Hood*.

Es gibt so viele Suchergebnisse, dass ich nicht weiß, wo ich anfangen soll. Es gibt Jens, Jennys, Jennifers. Es gibt Frauen mit Hood als Ehenamen und einige mit Hood als Geburtsnamen. Es gibt sogar Jens, die in Wohnorten mit der Bezeichnung Hood leben. Die meisten stammen aus Amerika, aber einige sind in Schottland, Irland und sogar Frankreich.

Keine davon ist mit Tasha befreundet oder hat gemeinsame Freunde mit mir. Diese Person ist tatsächlich eine Fremde.

Ich nehme mein Handy und bin im Begriff, die Polizei anzurufen, doch ich halte inne. Ich muss die Dinge etwas geraderücken. Es gibt gehirnamputierte Vollidioten. Leute, die Familien von Opfern belästigen und in den Wahnsinn treiben. Trolle eben. Meine E-Mail-Adresse im Internet ausfindig zu machen erfordert wahrscheinlich keinen Aufwand, also hat sie jemand herausgefunden und beschlossen, sich an meiner Verzweiflung zu weiden. Wenn es so wäre, würde ich dann tatsächlich lieber die Polizei darauf ansetzen, einen fünfzehnjährigen Online-Krieger zu jagen, statt die Person aufzuspüren, die meine Tochter entführt hat?

Ich muss eine Ermessensentscheidung treffen. Zu fünfundneunzig Prozent bin ich sicher, dass hier ein krankes Arschloch am Werk ist, das uns einen Nervenkrieg aufzwingt. Aber dann will ich Gerechtigkeit nach meinem eigenen Gutdünken walten lassen. Die Warnungen der Polizei kann ich in den Wind schlagen. Solcher Abschaum verdient es, sich genauso zu fühlen, wie er es seinen Opfern zumutet. Dafür muss ich aber erst mal mitspielen und mich dichter an diese Jen Hood heranarbeiten.

Ich gehe noch einmal zu Facebook. Wo fange ich an? Schließlich kann ich ja nicht allen schreiben: *Hast du meine Tochter gekidnappt?* Ich nehme wieder mein Handy und schaue auf die E-Mail. Sie kommt von einer gmail-Adresse: jenhood999@gmail.com. Kein Anhaltspunkt, wo diese Person wohnt.

Wieder überkommt mich dieses Gefühl, nichts zu wissen. Jemand hat mir die E-Mail geschickt, und ich tappe im Dunkeln, wer. Ist Jen Hood der richtige Name? Könnte sie eins von den Weibern sein, die mich gerade von meinem MacBook angucken? Wenn ja, welche davon? Hat sie tatsächlich Ellie bei sich, oder trickst sie mich grausam aus?

Nein, ganz sicher ist das nur ein Trick. Von der Lektüre einiger Krimis habe ich in Erinnerung, dass es der Polizei oft Kopfzerbrechen bereitet, wenn sie fixe Ideen von echten Informationen und Hinweisen trennen muss. Es gibt eine ganze Bevölkerungsschicht, in der man sich einen Jux daraus macht, polizeiliche Ermittlungen zu behindern und idiotische Briefe und E-Mails zu verschicken, in denen jemand an den Pranger gestellt wird. Alles dient dem Verlangen, als mächtig und einflussreich dazustehen. Das ist eine psychische Störung, eine gefährliche noch dazu.

Vage erinnere ich mich noch an die Ermittlungen über den Serienmörder von Yorkshire in den Siebzigerjahren. Nachdem zehn Frauen umgekommen waren, bekam die Polizei Briefe und Anrufe von jemandem mit einem nordostenglischen Akzent, der behauptete, der Killer zu sein. Man hat das ernst genommen und die Suche hauptsächlich in diese Richtung gelenkt. In der Zwischenzeit hat der Yorkshire Ripper weiter sein Unwesen getrieben und noch drei Frauen umgebracht.

Einerseits hoffe ich, dass es so ist. Das wäre zwar übelster Schabernack, aber zumindest hieße das, alles wäre nur hohles Tamtam. Andererseits kommt mir die E-Mail, selbst wenn ich es leugnen möchte, keineswegs hohl vor. Ob es ein siebter Sinn oder so etwas ist, kann ich nicht sagen, doch ich spüre förmlich die Ernsthaftigkeit und Entschlossenheit hinter den Worten. Das führt mich zu einer ungeheuerlichen Frage: Warum?

Tasha ist nicht die Liebenswürdigkeit in Person, aber ich wüsste nicht, warum irgendjemand ihr den Tod wünschen sollte. Sie ist nicht bewusst nachtragend, sie geht nur mit Scheuklappen durch die Welt, weil sie hauptsächlich an sich selbst denkt. Vergebens versuche ich, mich darauf zu besinnen, wann sie irgendwann einmal etwas angerichtet oder jemanden so vor den Kopf gestoßen hat, dass es auf der Gegenseite Mordlust ausgelöst haben könnte. Selbst wenn, dann müsste diese Person total geistesgestört sein, um solche Bocksprünge zu vollführen. Aber man bekommt so etwas immer wieder zu Ohren, nicht wahr? Psychopathen, die ein Wort in den falschen Hals kriegen oder den anderen als Inkarnation des Teufels ansehen. Sie sind überzeugt davon, dass sie der Welt einen Gefallen tun. Geht es um so etwas? Oder hat Tasha eine Leiche im Keller? Das bezweifle ich, diese Möglichkeit kann ich aber jetzt nicht ganz von der Hand weisen.

Nehmen wir mal an, es stimmt: Was tue ich dann? Ich kann damit getrost zur Polizei gehen, die würden es entweder ernst nehmen oder als potenzielle Falschmeldung behandeln. Was bliebe mir im ersten Fall zu tun? Aller Wahrscheinlichkeit nach wurde die E-Mail von einem Internetcafé oder einem anonymen Server aus verschickt. Wenn die E-Mail aber als Schwindel einzustufen ist, dann kann ich das selbst regeln. Alles in allem finde ich, keine polizeilichen Ressourcen sollen von der Suche nach Ellie abgezogen werden. Irgendwie schwant mir jedoch, dass es einen anderen Grund gibt, warum ich die Polizei nicht gerade jetzt in Kenntnis setzen will, aber darüber will ich nicht nachdenken.

Nein. Ich muss über diese Person mehr erfahren, ihr eine Falle stellen und herausfinden, wer zum Teufel solch hirnverbrannten Kokolores witzig findet. Falls ich mit der Sache zur Polizei gehe, dann brauche ich zunächst einmal mehr Informationen. Ich muss mich vergewissern, dass es kein Bluff ist.

Deshalb mache ich das einzig Mögliche: Ich drücke auf *Antworten* und beginne Buchstaben einzugeben.

Das, was ich schreibe, lösche ich so oft, dass ich gar nicht mehr weiß, was ich vorher alles geschrieben habe. Als ich fertig bin, hat es sich auf ganze drei Wörter reduziert. Die betrachte ich noch einmal, ehe ich auf *Senden* drücke.

Wer sind Sie?

14 Tasha

Die ganze Nacht habe ich kein Auge zugetan. Das war mir schon vorher klar. Die Warnsignale von vorher sind alle da: die Atemnot, die nicht abreißenden düsteren Gedanken, das überwältigende Bedürfnis, mich vor allem zu verstecken.

Nichts kann ich tun. Gar nichts. Es kommt ganz von selbst. Mein kognitiver Verhaltenstherapeut meinte, es habe mit dem Empfinden von Kontrollverlust zu tun. Ich soll akzeptieren lernen, dass sich einige Dinge meiner Kontrolle entziehen. Bis zu einem gewissen Grad kann ich das auch. Mich befällt keine Angst mehr im Stau, und ich raste nicht mehr so oft aus, wenn mein Computer abstürzt. Aber keinesfalls kann ich jetzt loslassen, wo ich nicht weiß, wo Ellie steckt und ob es ihr gut geht. Ich weiß, dass ich die Kontrolle hätte behalten *können.* Ich hätte nicht zu dieser Konferenz fahren müssen, sondern zu Hause bleiben können, dann wäre ich da gewesen.

In solcher Verzweiflung war ich das letzte Mal ein Jahr vor Ellies Geburt. Wir hatten es mit natürlicher Empfängnis und mit künstlicher Befruchtung probiert, und wir standen vor dem Nichts. Ich kann gar nicht beschreiben, wie uns zumute war. Zu ahnen, dass ich vielleicht nie ein eigenes Kind austragen könnte, war niederschmetternd. Die meisten Frauen sehen das Kinderbekommen als selbstverständlich an und tun in jungen Jahren alles, um es zu verhindern. Für mich dagegen bedeutete es das Ende, als mir eröffnet wurde, dass ich kein eigenes Kind haben könne. Auch das entzog sich also meiner Kontrolle. Ich konnte es weder voraussehen noch beeinflussen.

Es war das einzige Mal in meinem ganzen Leben, dass ich mich mehr als einen Tag von der Arbeit beurlauben ließ. Ich konnte einfach niemandem gegenübertreten. Nicht mal die Haustür öffnen konnte ich. Meine Freundin Emma schlug vor, dass ich den Allgemeinmediziner aufsuchen sollte, bei dem sie arbeitet. Nick und ich waren eine Zeit lang zu einem Arzt gegangen, als es um künstliche Befruchtung und den unerfüllten Kinderwunsch ging. Nach der missglückten künstlichen Befruchtung jedoch empfahl Emma uns Frau Dr. Mirza. Da sie am Empfang arbeitete, konnte sie einen Termin vereinbaren, der uns passte, und sie vertraute uns an, dass Dr. Mirza selbst ähnliche Erfahrungen gemacht hatte, weshalb sie die ideale Ärztin für uns sein könnte.

Dass ich mich noch daran erinnern kann, wie ich an jenem Nachmittag ins Wartezimmer getreten bin, wundert mich. Denn alles, was von da an folgte, ist in meinem Gedächtnis durcheinandergeraten, die Bilder vermischen sich und gehen ineinander über, nichts ist deutlich vor meinem geistigen Auge zu sehen. Mir ist noch gegenwärtig, wie professionell Emma mich im Bestellbuch abhakte und mich aufforderte, im Wartezimmer Platz zu nehmen. Nicht vergessen habe ich Dr. Mirzas wohlwollenden Blick, mit dem sie mich im Sprechzimmer willkommen hieß und auf den Stuhl neben ihrem Schreibtisch wies. Und ich weiß noch, wie alles aus mir heraussprudelte, wirre Sätze und Gedanken und Gefühle, wobei Dr. Mirza lächelnd und nickend dic Stirn runzelte – eine Mimik, die sie sicher schon tausend Mal zuvor gezeigt hatte.

Sie riet uns zu einer Therapie und machte mich darauf

aufmerksam, dass sie mit einem sehr guten Beratungsdienst zusammenarbeite, der Paare therapiere, die mit ihrem vergeblichen Kinderwunsch nicht zurande kämen. Sie empfahl uns die Adoption. Alle möglichen Leute machten solche Vorschläge, als wären wir selbst noch nie darauf gekommen. Ich sagte ihr, dass wir das nicht wollten. Und dass wir mit keinem Berater reden wollten. Ich wollte mit keiner Menschenseele reden, Punktum. Ich wollte mich nur irgendwo vergraben und alles vergessen.

Sie verschrieb mir Fluoxetine und Temazepam. Letzteres sollte mir zu Schlaf verhelfen, und Fluoxetine, so fand ich später heraus, ist bekannter unter der Bezeichnung Prozac. Ich weiß auch noch, welche Wörter sie benutzte: Es handle sich um einen *selektiven Serotonin-Wiederaufnahmehemmer, der alles leichter erträglich macht.* Damals war mir alles egal. Ich wollte mich zusammenrollen und sterben oder alles zum Teufel schicken. Bald schon ging ich wieder zur Arbeit, die Medikamente halfen mir zumindest, wieder zu funktionieren. Mehr richteten sie aber nicht aus. Froh war ich keineswegs. Ich habe kaum etwas empfunden. Und vier Monate später merkte ich, dass ich schwanger war. Achtzehn Wochen und drei Tage danach, genau gesagt. Fünf Tests habe ich gemacht – den zweiten gleich nach dem ersten, und dann je einen an drei aufeinanderfolgenden Tagen. Ich musste ganz sicher sein. Wir hatten uns doch so lange vergebens in Geduld geübt.

Meine letzte Dosis Fluoxetine nahm ich einige Stunden vor dem ersten positiven Schwangerschaftstest ein. In einem fort hatte ich bei Bedarf Temazepam eingenommen, und auch damit hörte ich auf, sobald ich wusste, dass ich schwanger war. Ich wollte nichts machen, was das Leben des Babys in Gefahr bringen konnte. Chemische Stimulation brauchte ich nicht mehr, um über den Tag zu kommen. Die Aufregung und die Schwangerschaftshormone ließen mich gut den Alltag bestehen.

Gestern Abend habe ich mich bei Emma gemeldet. Sie

sagte, sie wolle mir einen Termin bei Dr. Mirza organisieren, aber die mache heute Vormittag Hausbesuche. Ich sagte ihr, ein Hausbesuch sei doch bestens – wo ich doch zu Hause bleiben muss, wegen Ellies möglicher Rückkehr. Allein der Gedanke, jetzt das Haus zu verlassen, jagt mir Angst ein. In einem voll besetzten Wartezimmer zu hocken und dabei die ständig weiter wandernden Uhrzeiger zu sehen wäre unvorstellbar.

Als ich eine Autotür zuschlagen höre, schnelle ich in die Höhe und eile ans Fenster, um hinauszuschauen. Dr. Mirza kommt zu Fuß die Auffahrt hoch. Ich gehe zur Tür, um sie zu empfangen, und bitte sie ins Wohnzimmer. Auf ihre Frage, was denn los sei, sacke ich zu einem Häufchen Unglück zusammen, und eine endlose, zusammenhanglose Flut an Klagen bricht aus mir heraus. Als wiederholte sich die ganze Geschichte von damals, ziehen sich Dr. Mirzas Brauen zusammen. Meine Augen sind tränenverhangen, und auch meine eigenen Worte höre ich nicht mehr.

Sie fragt mich, wie lange wir Ellie schon vermissen, wie die Polizei vorgeht, wie Nick zurechtkommt. Ich beantworte alles, so gut ich kann. Fakt ist aber, dass ich alles als diffus und verzerrt empfinde. Mein Zeitempfinden ist dahin, es entzieht sich meiner Kenntnis, wo die Polizei gerade dran ist, wie Nick sich in dieser Situation zurechtfindet. All das sollte ich aber wissen, wo ich doch so superorganisiert und supereffizient bin, eben eine Supermutter. Heute bin ich weit entfernt von diesen drei Superlativen. Womöglich bin ich überhaupt keine Mutter mehr.

Bei diesem Gedanken drehe ich durch, mein Herz rast, ich hyperventiliere. Dr. Mirza versucht mich nach Kräften zu beruhigen. »Ich weiß ja, dass ich tatenlos dabeistehen muss, aber ich kann nicht schlafen«, bringe ich ihr heulend vor. »Ich kann nicht mehr klar denken, ich kann nichts essen, bei mir geht nichts mehr.«

Dr. Mirza verschreibt mir Diazepam und verspricht mir, dass mir eine Gemeindeschwester später das Medikament vorbeibringen wird. Trotz meines gegenwärtigen Zustandes begreife ich, dass das eher ungewöhnlich ist. Ärzte haben es immer eilig und kommen nicht immer dazu, Hausbesuche zu machen, schon gar nicht lassen sie einem noch am selben Tag Arzneien nach Hause bringen. Daraus muss ich schließen, dass Dr. Mirzas eigene vergangene Erfahrungen ihr Verhalten beeinflusst haben. Ich tue so, als wüsste ich von nichts, deshalb sage ich ihr nur, ich sei ihr unendlich dankbar. Schon wieder breche ich zusammen, rapple mich aber auf, denn ich weiß, dass das Arzneimittel bald schon meine Panik lindern wird. Und ich weiß, dass da jemand ist, der mir hilft, alles durchzustehen. Schließlich geht der einzige Mensch, auf den ich mich verlassen können sollte, gerade selbst in die Knie.

15 Nick

Die ganze Nacht hindurch fand ich kaum Schlaf, das Gegrübel hat mich noch mehr aufgerieben. Wir vermissen Ellie jetzt fast schon vierundzwanzig Stunden, aber es kommt mir viel länger vor. Nachdem Tasha nach Hause gekommen war und die Polizei die Suche über Nacht unterbrochen hatte, nahm die blanke Angst überhand.

Ellie war immer noch weg, und niemand suchte nach ihr, zudem war es dunkel und kalt, und wir hatten keinen Schimmer, wo sie sich befand und ob sie in Sicherheit war. Befremdlicherweise war es ausschließlich die Erpresserbotschaft, die mich geistig einigermaßen fit hielt. Wenn ich mir einredete, dass sie echt war, besagte sie zumindest, dass Ellie wohlbehalten und an einem sicheren Ort war. Dass ich noch keine Antwort bekommen habe, macht mich jedoch allmählich ganz kirre.

Seitens der Einsatzkräfte wurden wir mit den üblichen Sprüchen abgespeist: *Die Mehrzahl der Vermissten kehrt innerhalb von achtundvierzig, wenn nicht sogar von vierundzwanzig Stunden heil und gesund zurück.* Hätte ich jedes Mal, da ich diesen Satz seit gestern zu hören bekommen habe, ein Pfund gekriegt, wäre ich Millionär.

Bei uns vor der Haustür hat sich die Nacht über ein Polizist postiert. Warum, wissen wir nicht so genau. Von Amts wegen hieß es, man wolle uns ersparen, dass die Paparazzi über uns herfallen. In meinem paranoiden Zustand tippe ich eher darauf, dass sie nur uns im Visier behalten wollen. Ich habe genug Krimis gelesen, um zu wissen, dass der engste Familienkreis immer zuallererst als verdächtig gilt. Rein statistisch sind die Angehörigen mit hoher Wahrscheinlichkeit schuldig.

Die lokalen BBC-Stationen bringen die Story in den Nachrichten, und bei Tasha auf Facebook gab es fast tausend Klicks. In unserem Wohnviertel werden überall riesige Poster von Ellie angebracht. Das tut einerseits gut, ist aber auch sonderbar beunruhigend. Inzwischen weiß jeder in der Stadt und in der Umgebung gut Bescheid über Ellie, doch niemand hat sie bislang gesehen. Das ist Anlass zur Sorge ebenso wie zur Beruhigung, denn es bedeutet, dass sie sich wahrscheinlich nicht in dieser Gegend aufhält und dass sie bei jemandem ist. Aber nicht zu wissen, bei *wem*, das bereitet Sorge.

Tasha telefoniert unten mit ihren Eltern, und die Polizisten setzen ihre Tür-zu-Tür-Befragung fort, während ich hier auf dem Bett hocke und nichts mit mir anzufangen weiß. Das ist das Allerschlimmste an der Sache.

Mein Handy vibriert auf dem Nachttisch. Beim Lesen von Absender und Betreff bleibt mir das Herz stehen.

Jen Hood
Re: Ellie

Ich haue mit dem Finger wild auf das E-Mail-Symbol. Es dauert ewig, bis sie hochgeladen ist, aber schließlich kann ich sie öffnen und lesen.

Hoffe vorm Haus postierter junger Polizist ist

nicht zum »Schutz« da.
Sie wissen was passiert wenn ich rauskriege
Sie haben geplaudert.
Schaue grade Ellie an. Sie habe ich auch im
Blick. Ein Wort zu den Bullen und sie ist geliefert.
Nur eine Möglichkeit sie zurück zu bekommen.

Die abgehackten Sätze ängstigen mich. Sie klingen, wie wenn jemand die Nerven verloren hat. Wenn dieser Jemand über Ellie verfügt, dann will ich um nichts in der Welt, dass er oder sie die Nerven verliert. Postwendend schicke ich eine Antwort.

Ich habe keinem etwas gesagt. Verstehe.

Ich hoffe, das sagt alles, wobei ich bewusst uneindeutig bleibe. Im Hinterkopf geistert mir immer noch die Möglichkeit herum, dass ich mich in Bezug auf diese Person an die Polizei wenden muss oder dass es sich um einen makabren Dummejungenstreich handelt, bei dem ich dazu gebracht werden soll, etwas Unbedachtes zu tun, woraufhin dieser Mensch dann selbst die Polizei ruft. Keinesfalls werde ich irgendetwas Verfängliches schwarz auf weiß von mir geben.

Wie bei den anderen E-Mails versichere ich mich, dass ich Jen Hoods E-Mails und meine Antworten lösche, sowohl aus meinem Eingangsordner als auch aus dem Ordner mit den gelöschten Nachrichten. Womöglich will die Polizei irgendwann noch mal mein Handy und meinen Laptop überprüfen, da kann ich nicht vorsichtig genug sein. Ganz sicher stießen sie auf irgendwelche verborgenen Spuren, wenn sie darauf aus wären, aber es gibt keinen Grund für sie, gründlicher zu suchen, es sei denn, ich stünde tatsächlich unter Verdacht. Folglich muss ich sicherstellen, dass das nicht passiert.

Kaum habe ich das letzte Mal auf *Löschen* gedrückt, springe ich auf und haste zum Schlafzimmerfenster, denn plötzlich fällt es mir wie Schuppen von den Augen, dass das geheimnisvolle Wesen, das mir E-Mails schickt, das Haus im Auge haben muss. Wer weiß, dass ein junger Polizist vor der Tür steht, muss in der Nähe sein.

Mein Herz rast wild, als ich versuche, das zu begreifen. Dieser Polizist steht dort, seit sie gestern Abend die Suche eingestellt haben. Folglich gibt es nichts daran zu deuteln, dass diese Jen Hood jetzt gerade da draußen ist. Genau genommen wäre es ziemlich unbedacht von dieser Person, sich dort draußen aufzuhalten. Aber wie bringt sie es zuwege, dicht genug ans Haus zu gelangen, um den Polizisten zu sehen, ohne von ihm gesehen zu werden?

Für mich gibt es nur eine Antwort darauf. Sie braucht nirgendwohin zu gehen. Sie wohnt in dieser Straße.

Ich versuche, die Sichtwinkel einzuschätzen, die sich von den anderen Häusern aus zu dem Standort des Polizisten ergeben. Rechter Hand wäre der Blick schon mal durch die hohe Hecke verstellt, die unser Grundstück von dem des Nachbarn trennt. Linker Hand wäre ein Beobachter auf der einen Seite durch die Straßenbiegung, auf der anderen durch die eigenen Mauern und Hecken abgeschirmt. Plausibel wäre es, denke ich, dass mehrere Häuser geeignete Ausblicke aus den Fenstern im oberen Stockwerk haben, aber nur eines hat einen tatsächlich perfekten Sichtwinkel, nämlich das, das mich geradewegs mit diebischer Freude anglotzt, die Nummer 39.

Ich spüre, wie eine Stinkwut von mir Besitz ergreift, und erinnere mich daran, dass Derek bei der Polizei zu Protokoll gab, er habe mich nicht Ellie ins Auto setzen sehen. Warum hat er gelogen? Ich begreife, dass er irgendwie die Finger im Spiel haben muss. Warum sonst sollte er versuchen, die Polizei in die Irre zu führen?

Ehe ich noch versuche, damit klarzukommen, jage ich die Treppe hinunter und aus der Haustür. Der Polizist dreht sich zu mir und schaut mich an.

»Ach, ich habe schon gehofft, dass Sie bald aufstehen«, meint er. »Hätten Sie was dagegen, wenn ich mal Ihr Klo benutze?«

»Nur zu«, ermuntere ich ihn und laufe schnurstracks an ihm vorbei quer über die Straße.

Und schon hämmere ich an Dereks Tür. Er kann mich nicht haben kommen sehen, denn als er gleich darauf die Tür öffnet, macht er bei meinem Anblick einen ehrlich erschrockenen Eindruck. Ohne abzuwarten, dass er mich hineinbittet, rausche ich an ihm vorbei in die Küche.

Er schließt die Haustür hinter sich und kommt hinter mir her geschlurft, eher verstört als aufgebracht, weil ich mir so rücksichtslos Einlass in sein Haus verschafft habe.

»Wo ist das Ding?«, frage ich und schaue ihn finster an.

»Welches Ding denn?«

»Kommen Sie, spielen Sie nicht den Idioten, wo ist Ihr Computer?«

»Ich besitze keinen Computer«, erwidert er mit verwirrtem Gesichtsausdruck. »Was, verdammt noch mal, sollte ich denn mit so einem Ding?«

Ich stelle fest, dass ich ihn seit zwanzig Jahren nicht so viel habe sagen hören, wo ich doch zweimal täglich an seinem Haus vorbeikomme und gegenüber wohne.

»Diese Jen-Hood-Geschichte, die E-Mails. Wozu das Ganze?« Ich beobachte mich gleichsam von außen und muss beschämt zusehen, wie Ärger und unkontrollierte Affekte in mir hochkochen, die sich meiner vollkommen bemächtigt haben. Ich fühle in den Schläfen das Blut pulsieren, als ich mich vor dem Mann aufbaue, von dem ich annehme, dass er meine Tochter gekidnappt hat.

Alles passt zusammen: wie er Ellie wohlweislich im Auge behielt, sie sich innerhalb einer Minute schnappte und außer Sichtweite brachte, ohne dass ich währenddessen ein Auto hörte. Und er wusste, ein Polizist steht vor meinem Haus. Weil er nämlich die ganze Zeit über da war, genau gegenüber, und mich beobachtete.

»Wo ist sie?«, schreie ich ihn an und stürme durch den Durchgang in sein Wohnzimmer, drehe mich auf dem Absatz um und presche die Treppe hinauf. »Ellie? *Ellie!*«

Die oberen Räume sind voller Gerümpel – alte Dekorationsartikel und Pappkartons mit Akten. Eines erkenne ich jetzt – es gibt keinen Computer in diesem Haus. Der Kerl sieht nicht einmal so aus, als könne er einen Staubsauger bedienen.

Trotzdem ertappe ich mich dabei, wie ich in seinen Habseligkeiten herumwühle, Schubladen aufreiße und seine Sachen herumpfeffere, besessen von meiner verzweifelten Suche nach etwas – *irgendetwas* –, was mich zu Ellie führen könnte.

Wieder auf dem Treppenabsatz, rüttle ich an der Luke zum Dachboden. In dem Moment höre ich Dereks wohlbekannte Stimme heraufschallen.

»Er ist oben«, sagt er.

Bevor ich noch mehr Schaden anrichten kann, zieht mich der Polizist, der vor meinem Haus auf Posten steht, am Arm die Treppe herunter.

16 Nick

Als ich abgeführt und zu meinem Haus gebracht worden bin, sitzen bereits McKenna und Brennan bei mir im Wohnzimmer und warten auf mich. Auch Tasha ist da.

»Was soll denn das, Nick?«, will sie wissen, während ich jedem Blickkontakt ausweiche. Meine Wut ist abgeklungen, ich empfinde nur noch Scham und Verlegenheit.

»Ach, lass mich, Tash«, erwidere ich. McKenna und Brennan sind rausgegangen, um mit dem Polizisten zu sprechen, der mich aus Dereks Haus geholt hat.

»Nein, im Ernst, was sollte denn das? Wir rennen überall herum, klingeln die Leute raus, reichen Fotos von Ellie herum, durchkämmen jeden Zentimeter in der Umgebung, und du durchstöberst die Bude von so einem alten Kerl?«

»Ist schon klar, Tash. Aber du musst mir doch glauben! Ich will Ellie zurückhaben, genau wie du. Mehr als du.«

»Mehr als ich? Meinst du das ernst?«

»Ich trage die Verantwortung dafür, dass sie weg ist, oder?«, frage ich und sehe ihr das erste Mal in die Augen. »Meinst du, das weiß ich nicht? Meinst du nicht, ich mache mir selbst unentwegt die schlimmsten Vorhaltungen? Ich will sie auch wieder hier haben, und ich tue auf meine Weise, was ich kann, damit ihre Rückkehr sicher ist. Du musst mir einfach vertrauen, Tash.«

»Dir vertrauen?« Sie schnaubt verächtlich. »Ich konnte ja nicht mal darauf vertrauen, dass du es mit ihr wenigstens in die Schule schaffst.«

Mehrere Augenblicke vergehen im Schweigen. Dann sage ich: »Das ist unfair.«

»Es ist meine ehrliche Meinung«, entgegnet sie. »Was hattest du überhaupt da drüben vor? Was glaubtest du zu entdecken? Ellie in Dereks Gästezimmer in den Schrank gesperrt?«

»Ich dachte, er wüsste vielleicht was«, erwidere ich im Bewusstsein, dass ich nicht mehr sagen darf. Nicht jetzt.

»Und das wäre zum Beispiel?«, schaltet sich McKenna ein, die geräuschlos mit Brennan eingetreten ist.

»Was weiß ich. Ich dachte bloß … Er muss doch etwas gesehen haben.«

McKenna wechselt seufzend einen Blick mit Tasha, dann wendet sie sich mir zu: »Wir haben noch einmal mit Mr Francis gesprochen, und er versicherte erneut, nichts bemerkt zu haben. Unter anderem«, ergänzt sie, und diese Nachbemerkung hängt in der Luft wie ein unangenehmer Geruch.

Dann bietet Tasha den beiden Tee an, und McKenna folgt ihr in die Küche. Ich nehme zur Kenntnis, dass ich nicht gefragt werde, ob ich auch einen Wunsch habe.

»Wonach haben Sie gesucht, Nick?«, fragt mich Brennan, kaum dass die beiden aus dem Zimmer sind.

»Nichts«, antworte ich.

»Sie müssen doch irgendetwas gesucht haben«, beharrt er und lässt sich in einen Sessel fallen, womit er wohl die Atmosphäre ein wenig auflockern will. »Ich meine, Sie ziehen doch nicht so mir nichts, dir nichts los und durchsuchen die Häuser Ihrer Nachbarn nur so zum Spaß, oder?«

Darauf weiß ich keine rechte Antwort. Was soll ich schon

sagen? *Ich habe eine Erpresser-E-Mail bekommen, in der es heißt, ich könne Ellie zurückhaben, wenn ich Tasha umbringe, und ich dachte, die käme von ihm*? Klar, das könnte ich gut sagen. Aber das will ich eben nicht. Und im tiefsten Seelengrund weiß ich auch, warum nicht. Die beiden Fragezeichen werde ich nicht los, die bedrohlich vor mir aufragen: Wer? Warum?

Ein Großteil dessen, was ich gerade höre, geht zum einen Ohr herein und zum anderen wieder hinaus. Die Wörter schweben außen um meinen Kopf herum und suchen einen Zugang, aber vergebens. Meine Gedanken kreisen einzig und allein um diese E-Mail und die Frage, warum jemand sie geschickt hat. Ich bete, dass das alles nicht das echte Leben ist, und wenn doch, was dann? Wenn dieses Scheusal tatsächlich Ellie gefangen hält und auf Tashas Tod aus ist?

Ein Exfreund? Ein Arbeitskollege, mit dem sie Auseinandersetzungen hat? Ein Kollege, den sie hintergangen hat? Ein dunkler Schatten aus der Vergangenheit, der im Hinterhalt ausharrt und lauert, um im genau richtigen Moment Rache zu üben? Wie man es wendet oder dreht, nichts ergibt einen Sinn.

Nun geht mir auf, warum sich meine Frustration gegen die polizeilichen Untersuchungen und die Suche nach Ellie richtet: weil ich weiß, dass sich mit zunehmender Dauer der Suche die Chancen verringern, dass Ellie gefunden wird. Die meisten vermissten Kinder werden innerhalb von Stunden aufgespürt, danach sinkt die Wahrscheinlichkeit, dass man sie findet, exponentiell. Wenn es sich in diese Richtung entwickelt, bleibt mir nur eines übrig, um Ellie zurückzubekommen: Ich mache der Polizei Mitteilung über die E-Mail von Jen Hood, das könnte dazu beitragen, dass sie schneller gefunden wird. Wenn das Ganze stimmt. Aber wenn es nur ein bösartiger Troll ist? Ich habe absolut keine Lust, die polizeilichen Ermittlungen von der Suche nach Ellie abzulenken, damit ein Troll entlarvt wird. Da muss ich gut abwägen – ist die E-Mail ernst zu nehmen oder eine Irreführung? Im Moment gibt es nur eine Antwort darauf: Es besteht die Möglichkeit, dass mir jemand einen Bären aufgebunden hat. Während dieser kostbaren ersten Stunden muss ich die Ermittler anspornen, dass sie alles daransetzen, nach Ellie zu suchen.

»Lassen Sie uns auf Augenhöhe miteinander reden, Nick«, sagt Brennan, offensichtlich darum bemüht, den guten Freund und Helfer heraushängen zu lassen – im Gegensatz zu McKenna, der Bösen. »Mir ist klar, dass Sie in dieser Situation unglaublich unter Druck stehen. Glauben Sie mir, das sehe ich Ihnen die ganze Zeit an. Das soll jetzt nicht oberschlau klingen. Ich weiß auch, dass die Menschen auf Stress ganz unterschiedlich reagieren. Aber so wie Sie sich verhalten … Tja, sagen wir mal, damit tun Sie sich keinen Gefallen.«

»Was wollen Sie damit sagen?«, frage ich ihn, teils dankbar für sein Bemühen, sich in meine Lage zu versetzen, teils skeptisch, worauf er hinauswill.

»Ich mache das schon lange genug, um ein Auge für die Situation zu haben. Ich habe einen ganz guten Riecher. Dass Sie nichts getan haben, was Ellie hätte schaden können, ist mir klar. Die Art jedoch, wie Sie reagieren, darüber mögen sich andere Menschen so ihre Gedanken machen. Verstehen Sie, was ich meine?«

Nachdem er Ellies Namen ausgesprochen hat, geht der Rest an mir vorbei. Obwohl ich weiß – Derek sei's gedankt –, dass ich bei der Polizei unter einem gewissen Verdacht stehe, bin ich sprachlos, erstmals herauszuhören, dass ich persönlich in den Augen der Polizei etwas mit der Sache zu tun haben könnte. Dass ihnen das in den Sinn kommt, ist mir klar, schließlich drängt es sich ja ständig in Büchern und im Fernsehen auf, wie aus dem Gleichgewicht geratene Eltern ihren eigenen Kinder etwas zuleide tun und sie dann als vermisst melden. Die Polizei muss alles bedenken. Aber wenn man sich das zum ersten Mal selbst anhören muss, dann ist das ein Hammer.

Brennan hat sicher mitbekommen, wie mir die Kinnlade heruntergeklappt ist, denn er rudert etwas zurück. »Ich erwäge die Zusammenhänge, wissen Sie? Das soll nur ein freundlicher Rat sein. Ganz bestimmt wollen Sie ja auch, dass wir unsere Anstrengungen darauf konzentrieren, Ellie zu finden, und uns nicht den Kopf darüber zerbrechen, was Sie als Nächstes vorhaben. Das liegt doch nahe, oder?«

»Ja, natürlich.«

»Sie haben laut Mr Francis einen Computer erwähnt. Angeblich hätten Sie Ellies Namen geschrien und ihn nach einer E-Mail gefragt. Worum ging es denn da?«

Das ist jetzt meine Chance. Ich könnte ihnen von den E-Mails berichten, dann würden ein paar Beamte darauf angesetzt, den Absender zu identifizieren. Aber ich weiß, dass das sinnlos ist. Die E-Mails sind todsicher nicht zurückzuverfolgen. Zwar bin ich kein Fachmann in Sachen Computer, aber es ist anzunehmen, dass der Absender irgendeine Verschlüsselung benutzt hat. Wie auch immer – wen werden sie finden? Ein Bürschchen, das sich seinen Jux im Internet macht. Ellie finden sie ganz sicher nicht.

Von mir schieben kann ich es jedoch nicht mehr: Immer mehr spricht dafür, dass die Angelegenheit ernst zu nehmen ist und diese Jen Hood tatsächlich Ellie in ihrer Gewalt hat. Besonders seit ich begriffen habe, dass diese Kreatur, von der die E-Mail stammt, mein Haus im Blick hat. Oder? Kann sie nicht geradezu darauf wetten, dass ein Polizist vor meiner Haustür steht? War das nur ein Zufallstreffer? Oder gab es einen Fernsehbericht, der den Polizisten im Hintergrund zeigte?

Da die Wahrscheinlichkeit zunimmt, dies alles könnte tatsächlich kein Bluff sein, spüre ich, wie mir die Angst durch den ganzen Körper kriecht. Jetzt geht es ums Ganze. Aber etwas hält mich noch zurück. Wie kann ich denn, da Derek die Kriminalbeamten angelogen und ihnen den Verdacht eingeflößt hat, dass ich mit der Sache etwas zu tun habe, noch Vertrauen zur Polizei haben? Wird alles auf mich zurückfallen? Bis jetzt haben sie einen Scheiß getan, ich kann nicht auf sie zählen.

Mir raucht der Kopf. Der Polizei traue ich nicht über den Weg, aber ich will nicht ihre Ressourcen aufbrauchen. Meiner Meinung nach sind die E-Mails ein Täuschungsmanöver, aber es gibt sie nun mal wirklich. Alles ist so vage, ich möchte schreien und brüllen, alles aus mir herauslassen, jemand anderem die Last übergeben und ihn nach Ellie suchen lassen. Doch ich weiß, dass es nicht so kommt. Genug habe ich hinter mir, um zu wissen, dass ich nur einem Menschen trauen kann, einem, der alles in seiner Macht Stehende unternehmen wird, um Ellie zurückzuholen, und das bin ich.

»Keine Ahnung«, sage ich. »Ich kann kaum schlafen, ich war nur eingenickt und bin ganz verwirrt aufgewacht. Bei Schlafmangel geht es mir öfters so, und es fällt mir nicht gerade leicht, zur Besinnung zu kommen, wo mein fünfjähriges Kind verschwunden ist.«

»Vielleicht sollten Sie mal einen Arzt aufsuchen«, schlägt Brennan vor.

»Vielleicht.«

Die Stimmung zwischen uns verändert sich mit der Rückkehr von Tasha und McKenna, die ihre Kaffeetassen in der Hand halten und Brennan auch eine reichen. Immer noch hat mich keiner gefragt, ob ich auch etwas haben möchte. Oder es ist ihnen bewusst, dann gehört es zu ihrer Taktik. Bei der derzeitigen Funktionsweise meines Gehirns halte ich alles für möglich.

»Also, Nick, wollen Sie uns sagen, worum es ging?«, fragt McKenna und steuert wie immer geradlinig auf ihr Ziel zu. In diesem Moment schießen mir Millionen Gedanken durch den

Kopf. Der entscheidende davon ist der, dass die Beamten sich mehr mit mir und meinen Handlungen beschäftigen als mit der Suche nach Ellie.

»Spielt denn das eine Rolle? Wir sollten doch lieber da draußen suchen, statt uns mit belanglosen Dingen zu befassen«, wende ich ein.

»Sie sind sehr wohl von Belang, Nick. Es ist nicht unerheblich, dass Sie sich gewaltsam Zutritt zur Wohnung eines älteren Herrn verschafft und dort herumgewühlt haben«, gibt McKenna zu bedenken.

»Ich habe mir nicht gewaltsam Zutritt verschafft.«

»Sie wurden nicht zum Eintreten aufgefordert.«

Kopfschüttelnd stoße ich einen Lacher aus.

»Ist daran irgendetwas lustig?«, fragt Brennan.

»Nur die Tatsache, dass Sie Ihre Zeit verschwenden«, antworte ich. »Haben Sie überhaupt mal Derek Francis unter die Lupe genommen? Jeder weiß, dass bei ihm eine Schraube locker ist. Sie sollten lieber ihn befragen als mich.«

»Worüber denn?«, will Brennan wissen.

»Weiß ich nicht«, gebe ich schließlich zurück.

McKenna geht langsam zu dem Fenster, das nach vorn zeigt. »Über Ellies Verschwinden, meinen Sie?«

»Warum nicht? Er hatte einen freien Blick auf unsere Auffahrt. Er als Einziger. Und er sagt, er habe zu dem Zeitpunkt, als Ellie verschwand, am Fenster gestanden. Aber gesehen will er nichts haben – das ist doch etwas seltsam, finden Sie nicht?«

»Nicht sonderlich. Letzten Endes steht doch Ihr Wort gegen seines. Sie sagen, Sie hätten Ellie ins Auto gesetzt und seien noch einmal ins Haus gegangen. Derek Francis sagt, er habe Sie nichts dergleichen tun sehen. Außerdem sagt er, dass er zuvor an diesem Morgen bei Ihnen geklingelt habe, um Ihnen den Brief zu geben, der versehentlich bei ihm abgegeben worden war, und da hätten Sie ihm nicht aufgemacht.«

»Das alles habe ich Ihnen doch schon erklärt«, versetze ich verdrossen. »Ich bin nicht an die Tür gegangen, weil ich dabei war, Ellie anzuziehen. Und dass ausgerechnet er es war, der vorm Haus stand, bezweifle ich stark, wo er doch mit niemandem ein Wort wechselt. Er ist ein Einsiedler.«

»Lag der Brief auf Ihrem Fußabtreter, als Sie herauskamen?«, erkundigt sich McKenna.

»Ja, schon.«

Sie sieht mich nur an. »Dann scheint dieser Teil seiner Story zu stimmen. Warum nicht der Rest davon?«

»Weil er lügt. Ich weiß haargenau, wie der Morgen ablief. Ich war hier. Ich bin kein seniler Schwachkopf, der nicht auseinanderhalten kann, was er vor Augen hat und was nicht.«

»Folglich ist er ein unzuverlässiger Zeuge, und trotzdem legen Sie Wert darauf, dass wir ihn befragen und herausfinden, was er tatsächlich gesehen hat? Das passt für mich nicht zusammen, Nick.«

Das Gewicht von McKennas Kommentar drückt mich nieder. Tasha stehen Verwirrung, Enttäuschung und Schmerz ins Gesicht geschrieben.

»Warum glauben Sie eher ihm als mir? Schließlich ist es meine Tochter, die verschwunden ist. Beschäftigen Sie sich doch mal mit seiner Vergangenheit! Schauen Sie in ihn hinein, dann sagen Sie mir, ob Sie ihm eher vertrauen als mir.«

»Das haben wir bereits getan«, entgegnet McKenna, und damit wird die Luft im Raum noch dicker. »Wir haben seine Vorgeschichte untersucht und Ihre auch. Er ist sauber.« Sie lässt ihre Worte ein paar Sekunden nachwirken, ehe sie fortfährt. »Und möchten Sie mir nun alles erzählen?«

17

Mir will es scheinen, als ob das Auto öfter als üblich die Kurven schneidet, aber das Phänomen ist kein mechanisches, wie ich weiß, sondern resultiert aus den chemischen Substanzen, die in meinem Gehirn herumschwappen. Seit einem Jahr bin ich von Rechts wegen alt genug, Auto zu fahren, aber ich spüre ein kolossales Selbstvertrauen, wie ich so mit spielerischer Leichtigkeit die Kurven der Landstraße nehme.

Ich halte das Lenkrad so fest umklammert, dass die Fingerknöchel weiß hervortreten. In den Schläfen spüre ich das Blut in einem eigentümlich unregelmäßigen Rhythmus pulsieren. Ständig käue ich in Gedanken ihre Bemerkungen wieder. Mit ihnen hatte alles angefangen zu eskalieren. Sie war spöttisch gewesen, fast höhnisch. Ich glaube nicht, dass sie scherzte. Was sie im Folgenden von sich gab, wurde immer ätzender und erniedrigender, bis ich es nicht länger aushielt. Einen Streit hat es nicht gegeben, doch an dem Abend trat mir immer deutlicher vor Augen, was ich zu tun hatte, und ich war mit mir zunehmend im Reinen darüber. Sobald sich der rote Nebel gelegt hatte, lag alles klar vor mir. Es gab kein Zurück. Wenn ich einmal die Grenze überschreite, dann bleibe ich auf der anderen Seite.

Leichte Übelkeit befällt mich, doch mir gelingt es, sie zurück-

zudrängen. Ich weiß, woher sie rührt – Adrenalin, Alkohol, Drogen und höchste Erregung. Natürlich ist diese Erregung pervers, aber das hält mich nicht davon ab, sie als atemberaubend zu empfinden. Es ist dieses Vorgefühl, ehe du Gerechtigkeit einforderst.

In den letzten Jahren habe ich ziemlich viele Gedichte und einige Kurzgeschichten geschrieben. In einer davon wird ein Mann aus dem Bett gekidnappt, in den Wald entführt und an einen Baum gebunden, wo er sich besinnen und für seine Sünden büßen soll. Die Idee dazu war mir vor ein paar Monaten in den frühen Morgenstunden gekommen. Ich konnte nicht schlafen, nicht zur Ruhe kommen. Deshalb bin ich zu einem Spaziergang aufgebrochen. Den Wald kenne ich wie meine Westentasche, und zu dieser frühen Stunde war er ganz besonders friedvoll. Ich empfand nichts Bedrohliches und Unheimliches, wie es vielleicht zu erwarten gewesen wäre. Ich war gut drauf und fühlte mich geistig fit.

Beim Schreiben versetze ich mich immer in meine Figuren hinein, ich werde sie selbst, empfinde ihren Schmerz, ihre Raserei, ihr Hochgefühl. Das heißt, ein paar Stunden lang bin ich nicht mehr ich selbst.

Als sie heute Nacht diese Bemerkungen machte, versetzte mich das augenblicklich in den Kopf des Kidnappers aus meiner Kurzgeschichte. Er lauert schweigend auf den richtigen Moment, geht unerschütterlich seinen Geschäften nach. Doch in ihm lodert ein Feuer. Alles, was dieser Unmensch ihm jahrelang vorgeworfen und angetan hat, spukt ihm im Kopf herum, und er weiß, dass er sogleich Gerechtigkeit einfordern wird.

Flüchtig werfe ich einen Blick in den Rückspiegel. Ihr Kopf hängt herunter, das Kinn schlägt auf ihre Schulter, während sie mit ihrem ganzen Gewicht an den Gurt gedrückt wird. Bei dem Gedanken, dass ich mir tatsächlich die Mühe gemacht habe, sie aufrecht zu positionieren und mit dem Gurt festzuzurren, muss ich schmunzeln. So kann sie wenigstens nicht behaupten, ich sei nicht umsichtig vorgegangen.

Als ich das Auto von der Straße herunter in eine Lichtung zwischen zwei Waldstücken gelenkt habe, mache ich die Scheinwerfer aus und lasse nur noch das Standlicht an, weil ich nicht unnötig jemandes Aufmerksamkeit erregen möchte. Dann bremse ich ab – das muss ich, schließlich habe ich kein richtiges Licht –, und fahre noch ein Stückchen weiter, bis ich den perfekten Standort ausgemacht habe.

Dann schalte ich den Motor ab, lasse aber weiter das Standlicht an. Ich muss sehen, was ich mache. Das gedämpfte Licht der Scheinwerfer strahlt den Baum an wie einen Leuchtturm.

Ich steige aus, gehe ums Auto herum und öffne die hintere Tür, dann lasse ich ihren Gurt aufschnappen. Es kostet Kraft, meine Arme unter ihren Achseln hindurch um sie zu schlingen und sie aus dem Auto zu zerren, doch schließlich gelingt es mir. Sie ist wie ein totes Gewicht. Beim Herauswuchten klacken die Schuhe nacheinander laut auf das Metall der Türöffnung, als ihre Füße aus dem Rücksitz herausrutschen. Dann gibt es nochmals zwei dumpfere Geräusche, als die Schuhe auf dem morastigen Erdboden aufschlagen.

Ich grinse vor mich hin und schlüpfe wieder in die Rolle meiner Kurzgeschichtenfigur. Alles, was dieser Mensch empfindet, spüre auch ich: die Rage, das Gefühl des Ungerecht-behandelt-Seins, die wachsende Lust an der bevorstehenden Wiederherstellung der Gerechtigkeit. Das flößt mir die zusätzliche Stärke ein, die vonnöten ist, um meine Pflicht zu erfüllen. Ich bugsiere sie einige Meter bis zum Baum und lege sie dort ab, um das Seil aus dem Auto zu holen.

Es kostet mich eine gefühlte Ewigkeit, sie an den Baum zu lehnen, die Hände wieder frei zu machen und mich auf das Seil zu konzentrieren. Obwohl sie recht klein ist, kommt sie mir jetzt fünfmal so schwer wie sonst vor. Es gelingt mir, sie rücklings anzulehnen, die Beine ausgestreckt und leicht abgewinkelt. Dadurch verharrt sie gerade lange genug in ihrer stehenden Position, damit ich ihr die

Hände hinter dem Baum zusammenbinden kann. Dann binde ich ihre Füße am Baum fest. Nun kann ich ganz sicher sein, dass sie mir nicht entkommt. Ich beuge mich noch einmal zu ihr vor und gebe ihr einen Kuss auf die Stirn. Warum, weiß ich auch nicht, aber ich finde es gut so.

Und schon sitze ich wieder im Auto und starte den Motor. Wunderbar schnurrend kommt er in Gang und begrüßt mich wie einen alten Kumpel. Beim Starten flackern kurz die Scheinwerfer auf. Ich werfe einen Blick auf Angela, deren Kopf auf die Brust heruntergekippt ist. Mir kommt der Gedanke, dass sie am nächsten Morgen Halsschmerzen haben wird. Vielleicht schaue ich mal mit Schmerztabletten vorbei. Vielleicht auch nicht.

18 Nick

»Das ist schon Jahre her«, beginne ich und schließe die Augen. Ich wünsche mir, dass ich schnellstens aus dieser misslichen Lage herausfinde. »Das ist gar nicht relevant. Damals war ich ein anderer Mensch.«

»Doch, es ist relevant, Nick«, widerspricht McKenna mir. »Und ich möchte die Geschichte aus Ihrem Blickwinkel hören.«

Wozu? Liegt mir auf der Zunge. *Damit Sie den Finger auf die Stellen legen können, die nicht zu dem passen, was Ihnen andere geschildert haben?* Ich frage mich, ob das ein geschickter Schachzug von McKenna ist: Sie stellt mich vor Tasha zur Rede, um herauszufinden, ob ich so ein Typ bin, der solcherart Sachen von seiner Frau fernhält. Nun weiß sie es.

Ich habe Tasha nie absichtlich davon ferngehalten, aber wir sind auch nie im Gespräch darauf gekommen. Diese Episode ist in einem düsteren Lebensabschnitt vorgekommen, ich war nie scharf darauf, mich darüber auszulassen.

»Wovon spricht sie, Nick?«, fragt Tasha. Das hat mir wirklich noch gefehlt.

Tasha und ich haben nie sehr gesprächigen Umgang miteinander gepflegt. In ihrem eigenen Interesse habe ich ihr vieles unterschlagen. Ich weiß ja, wie sie dies und das aufnimmt.

Die Polizei ist also über das damals Vorgefallene im Bilde. Jetzt bleibt mir keine Wahl. Ich schlucke und hole tief Luft.

»Ich hatte mal eine Freundin, Angela hieß sie. Vor etlichen Jahren. Das war mir völlig entfallen«, lüge ich. »Es war eine unvernünftige, unreife Beziehung, die viel früher hätte enden sollen. Wir tranken beide hemmungslos und rauchten Heroin, und eines Abends lief alles aus dem Ruder. Ich habe eine Dummheit begangen, mehr gibt es nicht zu sagen.«

»Was hast du denn gemacht?«, hakt Tasha leise nach.

Ich atme tief ein und schüttle den Kopf. Ich schäme mich, wenn ich daran denke. Über die Angelegenheit habe ich nie ausführlich nachgedacht. Und in der Zwischenzeit habe ich mich so verändert, dass es jetzt müßig scheint. In der Rückschau kommt es mir so vor, als betrachte ich das Leben eines anderen. Eines Taugenichts, der an der Flasche und an Drogen hing und aus dem Vollen lebte, statt Verantwortung zu übernehmen. Jemand, der keine Kontrolle über sich besaß. »Ich wartete ab, bis sie aus den Latschen kippte, dann brachte ich sie im Auto in den Wald, band sie an einen Baum und ließ sie dort allein.«

Tasha reißt vor Entsetzen Mund und Augen auf.

»Ich weiß, es war total bescheuert. Auf dem Rückweg wurde ich an den Rand gewinkt. Da ich ganz offensichtlich zu viel intus hatte, wurde ich festgenommen, und als sie mich fragten, wo ich gewesen sei, gab ich alles zu. Offensichtlich habe ich es diesem Geständnis zu verdanken, dass sie mir eine Bewährungsstrafe statt einer Haftstrafe aufbrummten. Ich bekam Fahrverbot und eine Geldstrafe wegen Trunkenheit am Steuer.«

Tasha versagte fast die Stimme. »O Gott, deshalb wolltest du nicht nach Amerika, oder? Sie hätten dich nicht reingelassen.«

Ich nicke, ohne sie anzusehen. »Ich war eben noch grün hinter den Ohren. Und hatte verdammt viel Glück. Ein anderer Richter hätte mir womöglich eine Haftstrafe aufgebrummt. Aber glaub mir«, flehe ich Tasha an und schaue ihr dabei, solange ich es aushalte, in die Augen, in denen Tränen stehen. »Ich habe so etwas weder vorher noch danach gemacht. Das war das allerletzte Mal, dass ich mich so volllaufen ließ.« Dann sehe ich McKenna an. »Außer einem gelegentlichen Glas Wein trinke ich kaum noch.«

»Deshalb?«, fragt Tasha mit tränenerstickter Stimme.

»Ja, deshalb. Weil ich mich nie wieder in dieses Ungeheuer verwandeln wollte. Wenn ich trinke, verblöde ich. Das war die Grenze, die ich überschritten hatte, Tash, und dann bin ich der neue Nick geworden.« Ich halte den Blick auf McKenna gerichtet. »Und darum hat das absolut nichts zu tun mit dem, was hier und heute vor sich geht.«

»Ich fürchte, das Gesetz sieht es nicht ganz so«, hält McKenna dagegen. »So, wie die Dinge liegen, steht bei den gestrigen Geschehnissen Ihr Wort gegen das Ihres Nachbarn. Und der hat nichts auf dem Kerbholz.«

»Ich habe auch nichts auf dem Kerbholz«, erwidere ich mit Nachdruck. »Das war ein einmaliger Vorfall. Schnee von gestern. Ist lange vorbei.«

»Nick, Sie haben einen Strafregistereintrag, und zwar mit einem Gewaltverbrechen. Ich behaupte nicht, dass Ihr Wort weniger wiegt als das Ihres Nachbarn, aber Sie müssen es mal ganz nüchtern betrachten: Wir kennen Sie beide nicht persönlich, deshalb sind wir auf das Augenscheinliche angewiesen.«

Ich atme tief ein und gehe langsam auf das Fenster zu. »Warum glauben Sie mir nicht einfach? Ich sage Ihnen doch die Wahrheit. Sie kennen mich vielleicht nicht, aber Tasha kennt mich. Und die weiß, dass ich nicht lügen würde.«

Ich drehe mich zu Tasha um und ahne schon, welcher Anblick mich erwartet. Sie schaut mich an, die Augen hinter einem Tränenschleier, und bringt kein Wort heraus.

Stattdessen sagt McKenna: »Ich würde Sie bitten mitzukommen, Nick.«

19 Nick

Mir kommt es vor, als wäre alles vorbei. Als würden sie von jetzt an bei allem, was passiert, argwöhnen, dass ich mit Ellies Verschwinden zu tun habe. Das verstärkt meinen verzweifelten Wunsch, sie zurückzubekommen – umso mehr, als das auch alle Verdächtigungen mir gegenüber ausräumen würde.

Ich rufe mir ins Gedächtnis, was die Polizisten über die Untersuchung meines Laptops und Handys sagten. Es ist mir ein Rätsel, wie die vonstattengeht und ob die E-Mails an und von Jen Hood auffindbar sind oder ob die Polizei nur erkennt, was sich zum Zeitpunkt der bereits erfolgten Untersuchung auf den Geräten befand. Mir geht auf, dass ich von nun an viel mehr auf der Hut sein muss. Keine Kontaktaufnahme mit Jen Hood vom Handy oder Laptop aus. Ich muss mir etwas anderes einfallen lassen. Die Adresse, von der aus die E-Mails verschickt wurden, habe ich mir eingeprägt – mein Lebtag werde ich nicht auch nur einen einzigen Buchstaben dieser ersten E-Mail vergessen.

Der Haken daran ist, dass ich in Computerdingen nicht sonderlich bewandert bin. Ich komme irgendwie zurecht, aber ich könnte bis zum Hals in der Scheiße stecken, ohne es selbst zu merken.

Der Polizei kann ich nichts vorwerfen. Zwar hatte ich

gehofft, dass sie das mit Angela nicht hervorholen, aber nun muss ich dafür bluten. Ich muss sie dazu bewegen, mir zu glauben, dass es nur ein einziges Vorkommnis dieser Art in meinem Leben gegeben hat. Das müssen sie mir einfach abnehmen. Sonst legen sie eine härtere Gangart ein, und gleichzeitig wird es immer unwahrscheinlicher, dass wir Ellie wiedersehen.

Nicht dass ich fürchte, sie finden noch etwas anderes über mich heraus. Es ist reine Zeitverschwendung, wenn sie meine Vergangenheit ausgraben. Das hält sie nur davon ab, ihre Anstrengungen für die Suche nach Ellie zu bündeln. Schon dass die Bullen hier aufs Klo gehen und sich die Nase putzen, geht mir gegen den Strich. Wenn es nach mir ginge, sollten sie alle draußen sein, die Straßen absuchen, die Leute herausklingeln und alles Menschenmögliche unternehmen, um meine Tochter wiederzufinden.

Das Polizeirevier ist nicht weit von unserem Wohnort entfernt, aber man braucht viel zu viel Zeit dorthin. Wiederum ist das alles verlorene Liebesmüh; ich weiß, dass jede Minute zählt, wenn ein Kind verloren gegangen ist, und jede vertane Minute nimmt mir ein Stück Hoffnung, Ellie irgendwann wieder bei mir zu haben.

Mir fiel ein, der Entführer könnte jemand von früher sein. Es gibt kaum Menschen aus meiner Vergangenheit, die mich nicht nur so wenig leiden können, dass ihnen dergleichen zuzutrauen wäre, sondern auch so gestört sind, dass sie es wirklich in die Tat umsetzen würden. Aber ich frage mich, ob es Angela sein könnte. Dagegen spricht, dass sie immer so sanftmütig und unschuldig schien, sie traute sich kaum den Mund aufzumachen. Mit Alkohol und Drogen konnte sie sich auf ihre Weise gehen lassen und brauchte nicht unausgesetzt unter Bewachung ihrer Eltern zu bleiben.

Menschen ändern sich, darin kenne ich mich besser als jeder andere aus. Doch dass Angela sich zu einer Psychopathin gemausert haben sollte, die herumzieht und Kinder entführt, will mir wirklich nicht in den Kopf. Aber kannte ich sie denn wirklich? Wir waren nicht lange genug zusammen. Was mir wiederum suggeriert, dass sie keinen Grund hat, mich aufzustöbern und Ellie zu kidnappen. Als Letztes hörte ich über sie, dass sie nach Australien gegangen sei. Warum hätte sie zurückkehren sollen, um sich mit dem Dauerregen und dem Verkehrschaos hier herumzuschlagen?

Es war der blanke Unfug gewesen. Bis heute fasse ich es nicht, warum ich das verbockt habe. Vage erinnere ich mich, dass sie irgendetwas sagte oder tat und der »rote Nebel« sich auf mich niedersenkte. Damals war ich nicht der Typ, der mit Wut gut umgehen konnte. Ich habe mich immer nur meinen Reflexen überlassen. Warum ich auf diese Weise reagierte, werde ich nie kapieren, aber es liegt mir wie ein Stein auf dem Herzen, und jetzt, da alles wieder ans Licht kommt, verschlimmert es sich.

Seltsamerweise juckt es mich nicht, was Tasha von alledem hält. Ich weiß, dass sie ausflippt. Das ist die ihr gemäße Art, zu bemänteln, dass sie zwar fix und fertig, aber unfähig ist, ihre wahren Gefühle zu zeigen. So war sie schon immer, sie setzt alles daran, die Fassade der starken, taffen, karriereorientierten Frau zu präsentieren. Das ist aber reines Theater, früher oder später geht sie vor die Hunde. Es gibt Dinge, die hält der stärkste Mann nicht aus.

Wenn ich das zusammen mit allem anderen bedenke, komme ich zu dem Schluss, dass diese Sache uns beide wahrscheinlich auseinanderbringt. Ich habe die Statistik gelesen, wie viele Ehepaare, deren Kinder entführt oder sogar getötet wurden, sich letztendlich kurz darauf scheiden ließen. Für eine Ehe ist das eine harte Probe, und unsere Ehe war nie sehr stabil. Zudem sehe ich der Tatsache ins Auge, dass Tasha mir niemals verzeihen wird, was ich mit Angela angestellt habe. Mir klingen schon die Ohren. *Es geht darum, dass du es mir nicht gesagt hast. Wie konntest du nur etwas so Entscheidendes für dich behalten? Ich hatte ein Recht darauf, es zu erfahren.*

Tasha meint grundsätzlich, auf alles Mögliche ein Recht zu haben. Sie meint, sie habe das Recht, ihre gesamte Zeit in ihren dämlichen Job zu stecken und davon auszugehen, dass alle anderen sich ihr fügen.

Vor etwa einem halben Jahr, nicht lange nach Ellies Einschulung, gab es bei uns einen großen Krach. Ich war ins Fettnäpfchen getreten, ich hatte Tasha egoistisch genannt und ihr vorgeworfen, sie setze Ellies Entwicklung aufs Spiel, weil sie immer durch Abwesenheit glänzt. Manchmal geht mir durch den Kopf, Ellie wäre besser dran mit mir als Alleinerziehendem, statt dass sie zwei Elternteile hat und nie weiß, wann der zweite nach Hause kommt. Ungewissheit ist für ein fünfjähriges Kind nicht gut. Für niemanden ist sie zuträglich.

Die Ungewissheit, was Ellie widerfahren ist, macht mich auch jetzt nieder. Ich weiß immer gern, was läuft. Aber gerade jetzt entzieht sich mir völlig, was als Nächstes vor sich gehen wird. Ich weiß nicht einmal, ob die Polizei mich festnimmt und über Angela oder Ellie verhört. Irgendwie ist mir das egal – das mit Angela ist Jahre her, und in Bezug auf Ellie kann ich ihnen nicht helfen. Ebendas finde ich problematisch: Die Kriminalbeamten müssten doch erfahren darin sein, Zusammenhänge herzustellen. Aber mein Zutrauen zu ihnen schwindet minütlich.

Ich denke an die E-Mails von Jen Hood. Und immer öfter frage ich mich, ob es vielleicht einen anderen Ausweg aus der Katastrophe gibt.

20 Nick

Sie sagen, ich sei nicht verhaftet, sondern dass es sich um eine formelle Vernehmung handele. Ich kenne mich mit den Unterschieden nicht aus. Momentan spielt das auch keine Rolle. Während der Fahrt zum Revier herrschte eisiges Schweigen. Aus dem Augenwinkel bekam ich ab und zu mit, wie McKenna im Rückspiegel einen Blick auf mich warf. Vielleicht erhoffte sie sich irgendeinen Fingerzeig.

Der Vernehmungsraum entspricht im Wesentlichen meinen Erwartungen, allerdings ist er ein bisschen behaglicher. Die Stühle sind gepolstert, es gibt einen Teppichboden, das ist schon mal angenehm. In allen Ecken des Raumes sind Kameras, alles wird erfasst. Nervös bin ich nicht, aber mir steht wirklich nicht der Sinn danach, in allen Einzelheiten die Geschichte mit Angela wieder hervorkramen zu müssen. Es ist leichtfertig von mir gewesen, das ist mir klar. Aber es ist lange her und hat nichts mit dem zu tun, was mit Ellie geschehen ist.

»Sie müssen das mal mit unseren Augen sehen, Nick«, dringt McKenna in mich. Ich möchte ihr gern sagen, dass ich das tue. »Ihre fünfjährige Tochter verschwindet. Sie erzählen uns, Sie hätten sie ins Auto gesetzt und seien noch mal ins Haus gegangen. Ihr einziger Zeuge behauptet, das habe sich nicht so abgespielt. Daraufhin durchsuchen Sie seine Wohnung. Und als wir ein bisschen gründlicher recherchieren, stellen wir fest, dass Sie eine Vorstrafe wegen Entführung haben.« Ehe sie weiterspricht, macht sie eine Pause. »Haben Sie eine Vorstellung, wie vielen vermissten Kindern etwas von den eigenen Familienmitgliedern angetan wird?«

Ich schüttle den Kopf. Ich kenne nicht die genaue Zahl, aber ich weiß, es sind sehr viele.

»Den meisten«, sagt McKenna und verstummt wieder, dann beugt sie sich vor und schlägt die Hände zusammen. Brennan sitzt neben ihr und betrachtet mich mit großem Interesse.

»Nick, falls Sie uns etwas mitteilen möchten, dann tun Sie das bitte. Am Ende finden wir immer heraus, was passiert ist. Bei polizeilichen Ermittlungen geht es heutzutage nicht darum, *ob* wir den Täter überführen, sondern *wann*. Je länger es sich hinzieht, desto schwerer wird es für Sie und die restliche Familie, das Vorgefallene zu verkraften.«

Ich hebe den Blick zu ihr. »Nichts ist vorgefallen. Alles, was ich Ihnen gesagt habe, stimmt. Ich weiß nicht, wo sich meine Tochter befindet, ich weiß nicht, warum Derek lügt, und ich weiß kein bisschen mehr als Sie über irgendetwas.«

Nun ja, das zuletzt Gesagte entspricht nicht ganz der Wahrheit.

»Was haben Sie zu verbergen, Nick?«, fragt McKenna, und damit bringt sie mich aus dem Gleichgewicht. Ich muss mich mit einer kaum merklichen unfreiwilligen Zuckung verraten haben, denn Brennan dreht ruckartig den Kopf zur Seite und hebt eine Augenbraue.

»Ich habe gar nichts zu verbergen«, wehre ich ab und klinge dabei wie eine sich übermäßig ereifernde Lady. »Wie Sie bereits sagten, decken Sie am Ende sowieso auf, was passiert ist. Sie haben schon Telefon, Laptop und Handy inspiziert, was wollen Sie denn noch?«

»Wir wollen die Wahrheit, Nick.«

Ein Stoßseufzer entfährt mir. »Damit kann ich nicht dienlich sein, ich fürchte, das ist Ihr Job. Was haben Sie denn genau im Auto gefunden? Hm?« McKenna hüllt sich in Schweigen. »Was ist mit meinem Telefon? Mit dem Laptop? Irgendetwas gefunden? Nein. Nichts. Wozu um alles in der Welt bin ich bloß hier?«

»Damit sind wir doch schon durch, Nick. Wir haben jeden Grund, Sie als Person von besonderem polizeilichem Interesse zu behandeln.«

»Nein. Nein, stimmt nicht!« Ich werde zunehmend erbost. »Meine Tochter ist irgendwo da draußen. Sie ist fünf Jahre alt. Ich weiß nicht, ob sie lebt oder schon tot ist, und wir vergeuden hier Zeit mit der Vernehmung des Menschen, der Ellie mehr als alle anderen auf Erden liebt, statt dass sie gesucht wird und der Dreckskerl, der Ellie gekidnappt hat, dingfest gemacht wird! Oder werden Sie von zu vielen Formalitäten davon abgehalten, Ihren Hintern zu heben und Ellie zu suchen? Warum in Gottes Namen sollte ich sie denn als vermisst melden, wenn ich selbst etwas damit zu tun hätte? Haben Sie sich das mal gefragt?«

»Beruhigen Sie sich, Nick. Wir haben alle verfügbaren Reserven mobilisiert …«

»Nein, das haben Sie nicht!«, falle ich ihr schreiend ins Wort. »Sie beide sind dazu angehalten, die Nachforschungen zu leiten, und Sie tun einen Scheiß! Warum verläuft die Suche im Sande? Am Anfang waren Sie so gut, und jetzt ist alles eingeschlafen. Warum? Worauf richten Sie Ihre Ermittlungen? Auf solchen Humbug! Wenn Sie meinen, ich halte mit etwas hinterm Berg, dann verhaften Sie mich. Verhaften Sie mich und überstellen Sie mich so einem Sesselfurzer, damit er meine Aussage aufnimmt, dann bringen Sie mich vierundzwanzig Stunden hinter Schloss und Riegel. Dazu sind Sie doch befugt, oder? Dann könnten Sie in der Zwischenzeit wenigstens versuchen,

Ellie zu finden.« McKenna und Brennan halten sich zurück. Sie sehen mich nur an. »Na, machen Sie schon. Verhaften Sie mich, oder was?«

Nach ein paar Momenten des Schweigens erklärt McKenna: »Sie können gehen, Nick.«

21 Nick

Brennan hat mich zu Hause abgesetzt und beschlossen, es sei eine gute Idee, mich und Tash eine Weile allein zu lassen. Eine nette Geste. Drück auf den Auslöser und mach die Flocke; und dann setz darauf, dass alles von selbst ans Licht kommt, ohne dass du einen Finger rührst. Ich weiß nicht, ob es nur am Stress der Situation liegt, aber ich werde mit jeder Stunde, die vergeht, zynischer.

»Warum hast du kein Sterbenswörtchen gesagt?«, fragt Tasha schließlich.

»Ich habe es dir nicht verheimlichen wollen.«

»Weich mir nicht aus«, erwidert sie. Ich bin überrascht, wie ruhig und gelassen sie wirkt. Irgendwie macht es auch alles noch beunruhigender. Nur zweimal in der ganzen Zeit, die wir uns kennen, hat sie, soweit ich mich erinnern kann, ihren Zorn und ihre Verzweiflung so beherrscht, dass sie in so einen unheimlichen tranceartigen Zustand geriet.

»Ich habe es dir nicht erzählt, ich meine, wann war denn der rechte Zeitpunkt dafür? Abends beim Essen? In den Werbepausen von *Coronation Street*? Vorm Altar, als wir heirateten, vielleicht?«

»Ich hatte ein Recht darauf, es zu erfahren, Nick. Ich habe

dir mein Leben in die Hände gegeben«, stößt sie zähneknirschend hervor.

»Und das hättest du nicht getan, wenn du davon erfahren hättest? Von dieser einen Jugendsünde? Die sich gerade mal über einen Abend erstreckte? So ein schwachköpfiger Streich, den ich mein Lebtag bereue? Diesen Nick hast du nie kennengelernt. Du kennst den Nick, der jetzt vor dir steht. Der nur *wegen* dieses Ereignisses ein Familienmensch geworden ist. Denn ich habe mich dadurch verändert und bin der geworden, der ich heute bin. Meinerseits bin ich dankbar dafür, und das solltest du auch sein.«

Das war voll daneben, Nick.

»Dankbar? Ich soll dankbar sein?«, kreischt Tasha gleich zwei Oktaven höher. »Nick, ich habe dir mein Leben geschenkt. Und jetzt entdecke ich, dass du – ja, was? – ein Gewaltverbrecher bist?«

Ich vergrabe das Gesicht in den Händen und stöhne wie ein olympischer Gewichtheber im Anlauf zum Weltrekord. »Du weißt genau, wer ich bin, Tasha. Ich habe nichts verheimlicht. Jedenfalls nicht mit Absicht. Verstehst du das nicht? Wenn ich heute zurückblicke auf mein Leben vor dieser Begebenheit, dann schaue ich wie auf eine andere Person. Als würde ich einen Film ansehen. Ich habe das Geschehene nicht bemäntelt, ich habe es aus meiner Erinnerung gelöscht. Ich wollte es vergessen. Ich musste es vergessen.«

Sie schaut mich missbilligend an. »Willst du allen Ernstes behaupten, dass du in der ganzen Zeit, die wir uns kennen, keinen Gedanken an diesen Abend verschwendet hast? Keinen einzigen?«

Ich seufze. »Klar, es huschte immer mal durch meine Gedanken. Natürlich. Aber ich denke nicht jeden Tag darüber nach. Ich überschlage mich auch nicht, um zu vermeiden, dass du mir auf die Schliche kommst.«

»Was war mit Amerika?«, fragt sie, denn ihr geht soeben ein Licht auf. »Das wäre doch die perfekte Gelegenheit gewesen, mir reinen Wein einzuschenken. Du hättest sagen können: *Wir können nicht nach Amerika, weil ich im Strafregister stehe. Vor langer Zeit habe ich mal Mist gebaut, und jetzt erzähle ich dir alles.* Aber nichts dergleichen! Nein, du hast dir eine dusslige Ausrede ausgedacht von wegen Arbeit, Termine, Geld. Sag bloß nicht, du hättest es nicht vor mir geheim gehalten.«

»Hab ich aber nicht«, wiederhole ich. »Ich meine, ja, natürlich hatte das Folgen für alles, aber die Arbeit war mit entscheidend …«

»Halt den Mund, Nick!«, brüllt sie. »Begreif es doch, du hast mich angelogen. Du hast gelogen, weil du nicht wolltest, dass ich die Wahrheit zu hören kriege, und weil du selbst mit der Wahrheit nicht umgehen konntest. Genauso wenig wie du mit der Wahrheit umgehen kannst, dass du gestern Scheiße gebaut hast. Und zwar eine Riesenscheiße.«

»Ich weiß doch, dass ich alles falsch gemacht habe, Tasha. O Gott!« Wie oft presst sie mir dieses Geständnis ab? Ist ihr denn nicht klar, dass ich mich ohnehin hundsmiserabel fühle angesichts dessen, was mit Ellie passiert ist? Und dass ich mir selbst Vorwürfe mache? Ich will doch nur, dass Ellie wieder bei uns ist, gesund und munter. Tashas theatralischer Auftritt hilft uns nicht im Geringsten weiter. Mir ist durchaus bewusst, dass ich die Karre in den Dreck gefahren habe.

»Ach, wirklich? Wirklich, Nick? Ich kaufe dir nicht ab, dass dir das wirklich bewusst ist.« Sie reckt die Nase vor meinem Kinn in die Höhe, höhnisch schaut sie zu mir hoch, die Augen zu Schlitzen verengt. Mit bitterbösem Blick faucht sie: »Ich glaube nicht, dass du überhaupt etwas begreifst.« Geringschätzig zieht sie einen Mundwinkel hoch und rauscht davon.

Kurz darauf höre ich die Schlafzimmertür zuschlagen und schließe die Augen. Sogleich wird mir klar, dass es mir keineswegs guttut, allein in der Stille zu hocken, deshalb sehe ich mich nach einer Zerstreuung um.

Ich laufe in die Küche, schenke mir ein Glas Orangensaft ein und sehe zu Rosie, der Stoffpuppe, hinauf. Früher war mir entfallen, dass sie da oben auf dem Uhrgehäuse thronte, doch seit Ellie verschwunden ist, kann ich nicht in die Küche gehen, ohne dass sie meinen Blick auf sich zieht. Sie kommt mir zehnmal so groß wie sonst vor, und sie gafft mich von da oben an.

Die Versuchung, mir einen Schluck Wodka zu gönnen, ist überwältigend, aber ich widerstehe ihr. Nach zwei Schluck Saft wische ich mir den Mund ab und verziehe mich in mein Arbeitszimmer. Der Laptop ist noch angeschaltet, also klappe ich ihn auf und logge mich wieder ein. Nicht lange, und ich wünschte mir, ich hätte mich auf den Wodka eingelassen.

Eine E-Mail ist da. Noch eine.

Zwei Seelen streiten in meiner Brust – das Verlangen, ruckzuck die E-Mail zu öffnen, und die Zurückhaltung, denn mir ist bange, was mich da erwartet. Schließlich fasse ich mir ein Herz und klicke auf die E-Mail.

Da steht kein Text, nur ein Foto von Ellie. Im Nu weiß ich Bescheid. Ich kenne jedes einzelne Foto, das wir von ihr geschossen haben, und dieses hier ist keines davon. Das Foto hat die Person gemacht, die sie entführt hat – Jen Hood.

Das Bild verschwimmt vor meinen Augen. Als ich zwinkere, lösen sich einige Tränen und rollen mir über die Wangen, sodass ich wieder deutlicher sehen kann. Ellie hält ein Spielzeug umklammert, das ich nicht wiedererkenne, einen Teddy in altmodischem Stil. Sie sitzt allem Anschein nach in einem Speicher oder auf einem Dachboden. Am heftigsten trifft mich, dass sie glücklich aussieht. Sie lächelt.

Mir hämmert es hinter der Stirn, ich weiß nicht, wie viel dieser Art ich noch ertragen kann. In meinem Kopf herrscht ein wüstes Durcheinander, und jeder zusätzliche Gedanke kann das

Fass zum Überlaufen bringen. Alles wirkt trübe und verhängnisvoll, ich vermag die Dinge nicht klar einzuschätzen. In meinem schwummerigen Zustand bin ich unpassenderweise böse auf Ellie. Wäre sie nicht verschwunden, wäre sie nach Hause gekommen, dann wären wir nicht in dieser Bedrängnis. Wir wären wieder glücklich.

Ich schätze, dass die Spannung und der Groll, die ich empfinde, sich in Wahrheit nicht gegen Ellie richten. Ich bin auf mich selbst böse und ebenso auf Tasha. Gerade jetzt bräuchte ich ihre Unterstützung. Wir müssen einander stützen. Jetzt geht mir allmählich auf, warum so viele Ehepaare in derartigen Situationen bei der Scheidung landen. Die um sich greifenden Schuldgefühle und gegenseitigen Schuldzuweisungen sind pures Gift.

Wenn ich Tasha gegen Ellie eintauschen könnte, würde ich das ohne zu überlegen tun.

Ich denke an die erste E-Mail, die ich von Jen Hood bekam, und in diesem Augenblick weiß ich, was zu tun ist.

22 Tasha

Er kapiert es nicht. Er kriegt es nicht in seinen Schädel, dass er uns dieses Unglück eingebrockt hat. Das regt mich am meisten auf. Könnte ich davon ausgehen, dass es auch nur die geringste Chance gäbe, dass er eines Tages mal dahintersteigt, dann wäre ich zufrieden. Das wäre ein Silberstreif am Horizont. Etwas, worauf man zuleben könnte. Aber bei Nick tut sich nichts. Manchmal möchte ich wissen, ob er ein Autist oder so etwas ist.

Es war ein fragwürdiges Gefühl, zum ersten Mal wieder nach diesem Medikament zu greifen. Es hat mich in finstere Zeiten zurückversetzt, aber es wirkte auch seltsam mildernd. Es hat mir eine Art Trost bereitet und mich daran erinnert, dass es damals grauenhaft war, aber zumindest alles verlässlich an seinem Platz war. Wir standen mit beiden Füßen im Leben. Jetzt gibt es nichts Verlässliches.

Ich ziehe mir die Bettdecke über den Kopf und genieße die Dunkelheit. »Genießen« klingt etwas abwegig, aber die Dunkelheit ist ein Labsal. Sie hält die Außenwelt auf Abstand, unsichtbar und unhörbar. Ich bin im Kokon meiner sicheren Hülle, abgeschirmt von allem anderen. Einen flüchtigen Augenblick lang ist mir so, als könne mir nichts etwas anhaben. Nichts hat sich verändert, noch immer fehlt Ellie, und mit meiner Ehe geht es weiter bergab. Für einen kurzen Moment jedoch fühle ich mich wie davor geschützt. Als könnte ich alles außen vor lassen, hier liegen, ruhig durchatmen und mich später wieder ins Getümmel stürzen, wenn ich wieder bereit dazu bin.

Doch lange hält dieser Gefühlszustand nicht an, da sich langsam wieder ein maßloses Unbehagen in den Vordergrund drängt und die rastlos herumwirbelnden Gedanken keine Ruhe geben. Ich bin fuchsteufelswild und weiß nicht, worauf dieses Gefühl gerichtet ist. Auf Nick? Auf die Polizisten? Auf mich selbst? Auf Ellies Kidnapper? Auf Ellie selbst? Tatsächlich kann ich es nicht sagen. Ich weiß nur, dass es höllisch wehtut und dass ich nichts ausrichten kann. Am meisten schmerzt mich die Hilflosigkeit. Dass ich absolut nichts beitragen kann, um meinem eigenen Kind zu helfen, ist am allerschlimmsten. Es kommt mir so vor, als hätte ich als Mutter versagt.

Nicks Unehrlichkeit war auch nicht gerade aufbauend. Ja, das war es: Unehrlichkeit. Es klingt furchtbar und steht im Gegensatz zu allem, was ich über Nick wusste, aber es gibt kein treffenderes Wort dafür. Dass er mir von der Geschichte nicht sofort nach unserem Kennenlernen erzählte, kann ich ja verstehen, doch er hatte weiß Gott reichlich Gelegenheit dazu. Als ich die Reise nach Amerika organisieren wollte, wäre der perfekte Zeitpunkt gewesen. Aber nein, da schob er als hohle Ausrede seine Arbeit vor.

Aber nicht nur, dass er es mir nicht anvertraut hat, wühlt mich auf. Natürlich, ich ahne es: Mein Ärger, dass Nick mir diese Sache vorenthalten hat, schiebt sich vor mein noch größeres Entsetzen darüber, dass mein Mann zu so etwas Perfidem fähig war. Selbst wenn es so lange zurückliegt. Kann sich bei einem Leoparden jemals das Muster seiner Tupfen verändern? Nick sagt, er sei damals in einer jämmerlichen Verfassung gewesen, heute sei alles anders, aber da bin ich mir nicht so sicher.

Er ist schon lange nicht mehr in einer idealen Verfassung,

nicht mehr seit *Schwarze Flut*, und das beeinträchtigt die ganze Familie. In den meisten Fällen taugt das Schreiben, soviel ich weiß, nicht zum Brotverdienen. Das war mir bewusst, als wir heirateten, und ich habe es akzeptiert. Aber manchmal denke ich, dieser Respekt könnte mir auch mal zurückgegeben werden. Meine Arbeit ist nicht nur wichtig, sie ist sogar lebensnotwendig, da Nicks Einkommen eine Berg-und-Tal-Fahrt ist.

Ehrlich gesagt, macht mir der finanzielle Aspekt unserer Lebenssituation Angst. Früher hatte ich immer unsere Kontoauszüge im Auge behalten, seit ein paar Monaten aber habe ich mich nicht mehr damit befasst, vielleicht schon länger. Umso schwieriger wird es, und umso mehr verfestigt sich meine Ahnung, dass uns eine böse Überraschung bevorsteht. Doch was ich nicht weiß, macht mich nicht heiß. Ich muss davon ausgehen, dass alles seine Richtigkeit hat, denn in letzter Zeit steckten keine roten Briefumschläge im Türschlitz. Allerdings bin ich nie zu Hause, wenn die Post kommt. Was weiß ich, vielleicht versteckt Nick einen ganzen Schuldenberg vor mir.

Es ist kurios. Früher hätte ich es nie für möglich gehalten, dass Nick so etwas vor mir geheim halten könnte. Nie hätte ich vermutet, ich könnte unverhofft entdecken, dass wir mit Zehntausenden Pfund in der Kreide stehen. Denn Nick hütet doch nie große Geheimnisse! Jetzt weiß ich nicht einmal, ob auch das nur ein frommer Wunsch ist.

23 Nick

Einen knappen Kilometer von uns entfernt gibt es ein Internetcafé. Ich beschließe, da hin zu gehen. Das schaffe ich sicher, und dort erledige ich das Notwendige, bevor es schließt. Obwohl mir die Beamten mein Handy und den Laptop wieder ausgehändigt haben, stecke ich auf keinen Fall das Handy ein. Meines Wissens könnte man es benutzen, um mich zu observieren, und das gefiele mir gar nicht. Ich will besonnen vorgehen, damit ich keinen Verdacht errege.

Ohne mein Handy fühle ich mich nackt, aber das ist nicht zu ändern. Im Höchstfall bin ich eine knappe halbe Stunde außer Haus, und falls ich gefragt werde, kann ich so tun, als hätte ich es liegen lassen. Ich muss ja den Schnüfflern nicht auf die Nase binden, dass ich bei aller Schussligkeit fast nie mein Handy vergesse.

Im Stadtzentrum ist es recht still, das kommt mir zupass. So kann ich mit mir zurate gehen, was ich in meiner E-Mail schreiben werde. Ich weiß es, und ich weiß auch, wohin es führt, wenn ich es tatsächlich so schreibe. Ich muss dennoch diskret vorgehen und ernst nehmen, was diese Jen Hood schreibt. Aber noch wichtiger ist, dass ich diesem Menschen sanft auf den Zahn fühle und herausfinde, wer dahintersteckt und warum er oder sie das alles tut.

Das *Warum* verwirrt mich am meisten. Um jemandes Kind zu entführen, muss man erst einmal entweder diesen Jemand leidenschaftlich hassen oder komplett umnachtet sein. Von Jen Hoods E-Mails lässt sich bislang nicht ablesen, welchem Lager sie zuzuordnen ist. Ich muss das Letztere annehmen, denn ich habe mir niemanden in meinem Leben zum Todfeind gemacht. Jedenfalls wäre mir das nicht bekannt. Bei Tasha bin ich da eher im Ungewissen.

Ich habe mir den Kopf zerbrochen, wer mir das antun wollte. Die Polizisten haben gefragt, ob ich mich mit jemandem, den ich von meiner Tätigkeit her kenne, zerstritten hätte. Nein. Ich bin Schriftsteller, da gibt es nichts zum Streiten. Sie haben gefragt, ob ein »konkurrierender« Autor die Finger im Spiel haben könnte, worauf ich nur gelacht habe. Bei diesem Handwerk gibt es keine Konkurrenten. Wenn ein Leser zwei Bücher sieht, die ihn ansprechen, dann kauft er sie beide. Er kauft sich Bücher nach Herzenslust. Und, machen wir uns nichts vor, seit *Schwarze Flut* haben wenige Leute meine Bücher gekauft. Wenn es je einen Autor gäbe, der aus Neid Amok liefe, dann müsste ich das sein.

Schwarze Flut war ein Knüller. Das Buch ist in den Randzonen des postindustriellen Horrors anzusiedeln, der vor ein paar Jahren boomte. Es gehörte zu den Schlusslichtern des Booms. Genau genommen lag mir dieses Projekt, das ich neben drei anderen meinem Agenten damals vorstellte, am wenigsten am Herzen. Es ging um eine Jugendliche in Amerika, die im Strandhaus ihrer Tante übernachtet und dort verstümmelte Körperteile entdeckt, die an Land gespült worden sind. Eher abgedroschen und wenig originell, aber ich hatte eine überraschende Wendung eingebaut. Ich führte mit dem Buch die Bestsellerlisten in Großbritannien und den USA an und brachte meinem Agenten und dem Verleger einen Haufen Geld ein. Mir selbst nicht ganz so viel, doch immerhin besorgte ich uns eine Anzahlung auf unser Haus und leistete mir ein neues Auto, aber der Erfolg verpuffte rasch.

Im Jahr darauf gab es noch ein Buch, dessen Veröffentlichung ich schon eine Zeit lang vorangetrieben hatte. Mein Agent und der Verleger waren weniger begeistert, aber ich konnte sie breitschlagen. Nicht einmal der Aufdruck *Vom Autor von Schwarze Flut* und die gleichlautenden Anzeigen machten sich bezahlt. Das Buch fiel glatt durch. Nicht einmal den Honorarvorschuss brachte es wieder herein. In den Kritiken wurde es verrissen. Das war auch das Ende meiner Beziehung zu dem Verleger. Seitdem bin ich von einem zum anderen kleinen Verlag gezogen. Sie haben sich allesamt kein Bein ausgerissen, mich zu vermarkten, und mir noch weniger gezahlt, als ich davor bekommen hatte.

Was also meine Schriftstellerkarriere anbetrifft, so ist kaum Land in Sicht. Trotzdem glaube ich, dass ich nicht die Reihe derer anführen würde, die das Kind eines anderen Schriftstellers kidnappen, egal, wie prekär meine Lage ist. Nein, da muss etwas anderes dahinterstecken. Etwas weit Beunruhigenderes.

Als ich ins Internetcafé komme, zahle ich für eine bestimmte Zeitdauer und logge mich im Computer ein. Ich öffne den Internet-Explorer und fluche, da er dazu eine Ewigkeit braucht, was mich nach meinen Berechnungen allein vierzig Pence kostet. Dann mache ich mich daran, mir einen neuen E-Mail-Account einzurichten. Ich brauche eine anonyme Adresse, die ich später wieder loswerden kann und über die ich mich mit Jen Hood in Verbindung setze. Unter der ich mich nur im Internetcafé einlogge oder irgendwo sonst, wo mich keiner kennt.

Ich registriere die Adresse unter dem Namen Simon Spencer und wähle mich ein, klicke auf *E Mail verfassen* und hocke eine Weile da, auf den Bildschirm starrend, ehe ich anfange zu tippen. Es schreibt sich wie von selbst.

> Warum sind Sie so versessen darauf, dass ich meine Frau töten soll? Wenn Sie ihren Tod wünschen, warum erledigen Sie das nicht selbst? Warum soll sie überhaupt sterben? Was hat sie Ihnen getan? Ich weiß nicht, wer Sie sind, und will es auch nicht wissen. Ellie ist ein Mädchen von fünf Jahren. Sie braucht ihre Eltern. Warum tun Sie uns das an?

Meine unterwegs fein säuberlich zurechtgelegten Worte haben sich verflüchtigt, an ihrer Stelle hat sich ein Gedankenfluss Bahn gebrochen, mit dessen Geschwindigkeit meine über die Tastatur hastenden Finger kaum mithalten können.

> Ich kann Ihnen Geld besorgen. So viel Sie wollen. Aber es ist nicht fair von Ihnen, mich zu so einer Schandtat aufzufordern. Das kann ich nicht. Warum wollen Sie überhaupt, dass ich das tue? Um mich zu bestrafen? Wollen Sie das? Wofür? Was habe ich Ihnen getan? Wer sind Sie?

Nur zwei Absätze habe ich geschrieben, bin aber restlos ausgepowert, sowohl seelisch als auch physisch. Natürlich kommt das nicht vom Tippen der E-Mail, sondern daher, dass ich die Fülle meiner Überlegungen verarbeiten und mir einen Vers auf das, was vor sich geht, zu machen versuche. Es fühlt sich an wie Reizstrom, der mir durch den Schädel gejagt wird, in dem Verwirrung und schreiende Stimmen miteinander wetteifern. Mir ist, als könnte ich jeden Moment aufwachen und die ganze Misere als einen Traum abtun. Doch tief in mir weiß ich, dass das nicht geschehen wird.

Ohne es mir noch einmal zu überlegen, drücke ich auf *Senden*.

Dann lehne ich mich zurück und schaue wie gebannt auf den Monitor. Mein Blick verliert an Schärfe, während ich auf dem harten Plastikstuhl hocke, und allmählich entleert sich mein Schädel, die Augenlider werden vor Müdigkeit schwer, die Glieder umso mehr. Ich sehne mich nur noch danach, dass die Polizisten kommen und mich beim Schlafittchen packen. Ich könnte ja mit irgendeinem krummen Ding nachhelfen, sodass ich im Knast lande. Dem allen entfliehe. Egal, wer sich hinter Jen Hood verbirgt, dieses lichtscheue Element würde mitkriegen, dass es nicht an mir lag. Ich hätte Tasha nicht umbringen können, selbst wenn ich gewollt hätte. Jen Hood könnte meiner nicht mehr habhaft werden oder mir mailen. Sie müsste Ellie freilassen und sich einen anderen Trottel suchen, der sich an ihrer statt die Hände schmutzig macht.

In diesem Moment sehe ich nicht mehr durch. In meinem aufgelösten Zustand scheint der Plan solide zu sein. Doch bei meinem ramponierten Nervenkostüm kann ich keinen Entschluss fassen. Dabei weiß ich, dass Jen Hood genau darauf zählt – Jen Hood stürzt mich im freien Fall in Verwirrung, in einen Abgrund, und setzt darauf, dass ich einen Fehler mache und alles gründlich vermassle, so wie immer. Ich vermassle nämlich immer alles. So bin ich. So verhalte ich mich. Nick Connor.

Ich merke, dass ich die Armlehnen immer fester umklammere. Ich sehe nicht hin, überhaupt wende ich keinen Blick vom Bildschirm, trotzdem dringt mir ins Bewusstsein, dass die Fingerknöchel weiß hervortreten und mir die Plastikkanten in die Handflächen schneiden, weil ich sie so darauf drücke. Ich halte die Kiefer aufeinandergepresst.

Gerade als ich mich gar nicht noch weiter hochschaukeln kann, erklingt ein leises *Ping*, und eine schwarze Schriftzeile erscheint auf dem Bildschirm. Ich schaue darauf, aber meine Augen können sich nicht fokussieren, alles verschwimmt. Nach mehrmaligem Zwinkern treten die Buchstaben klarer hervor, und langsam kann ich die Wörter entziffern.

Eine Antwort von Jen Hood.

Eigentlich sollte ich sie, meiner Intuition folgend, öffnen und mich vergewissern, was darin steht, aber ich bin körperlich und mental zu erschöpft. Doch ich reiße mich zusammen, hebe die rechte Hand und lenke sie zur Maus. Dann bewege ich den Cursor über den Bildschirm und lasse ihn über der Betreffzeile schweben. Ich klicke darauf. Die E-Mail wird heruntergeladen.

> Geld will ich nicht. Ich will Tasha tot sehen. Und ich will, dass Sie das erledigen. Sie MÜSSEN es tun. Es gibt keine Alternative.

Mit glasigen Augen schaue ich ein paar Sekunden darauf. Wer garantiert mir denn, dass diese Jen Hood mir meine fünfjährige Ellie zurückgibt, wenn ich das Verlangte tue? Sie ist dermaßen geistesgestört, dass sie ein Kind von fünf Jahren entführt; dann fordert sie auch noch, dass ihr Vater die Mutter umbringt. Und wenn sie nun wahnsinnig genug ist, auch Ellie zu töten? Kann jemand so wahnsinnig sein, ein unschuldiges kleines Mädchen umzubringen? Ich kapiere nur, wenn ich nicht mache, was mir abverlangt wird, ist Ellie nicht in Sicherheit. Nicht, solange sie in der Gewalt dieses verkommenen Subjektes ist.

Dann klicke ich auf *Antworten*. Viel langsamer als vorher, doch immer noch so zügig, wie ich kann, tippe ich eine Antwort, wohl wissend, dass Jen Hood jetzt vor ihrer Mailbox sitzt.

> Wie wäre es denn, wenn das jemand anders erledigt. Ich kümmere mich darum. Wenn ich es selbst tue, geht es in die Hose, dann schnappen sie uns beide.

Kurz halte ich den Atem an, als mir aufgeht, was ich da schreibe, aber es kommt schließlich von einer anonymen E-Mail-Adresse, und ich muss mich doch kundig machen, welche Hintertürchen es gibt. Ich klicke auf *Senden.*

Ich warte etwa eine Minute, schaue auf die Uhr an der Ecke des Bildschirms, die mir Auskunft gibt, wie viel Zeit mir noch bleibt. Weniger als drei Minuten. Sekunden später trifft mit einem *Ping* eine Antwort in der Mailbox ein.

> Tun Sie, was Sie tun müssen. Ihr Töchterchen schert mich nicht die Bohne. Sie haben sie nicht verdient. Wenn Tasha nicht stirbt, dann eben Ellie. Verlassen Sie sich drauf.

Am unteren Rand der E-Mail sehe ich einen horizontalen farbigen Streifen. Ich brauche einige Sekunden, bis ich begreife, dass es der obere Rand eines Fotos ist. Ich ziehe mit dem Cursor das Bild ganz auf. Im Hintergrund ist eine staubige Backsteinwand zu sehen, voller Spinnweben, die die rote Ziegelfarbe dämpfen. Und unten auf dem Bild ist Ellie, die auf etwas auf dem Boden schaut.

24 Nick

Ich habe mich immer gefragt, wie der perfekte Mord aussieht. Das haben sich bestimmt schon viele gefragt. Kaum zu glauben, wie viele Umstände man dabei berücksichtigen muss. Aber ich schätze mal, wenn jemand einen Mord zustande bringt, dann ich, wo ich doch Jahre damit zugebracht habe, fiktive Figuren in die ewigen Jagdgründe zu befördern. Warum nicht mal ein lebendes Wesen? Der springende Punkt ist etwas anderes, und das habe ich mir nicht eingestehen wollen, auch wenn es mir zusetzt, seit ich von Jen Hood Botschaften bekomme: Die meisten Menschen würden ihre Kinder ganz selbstverständlich noch vor ihren Ehepartnern obenan stellen. Tasha und ich sind schon lange nicht mehr glücklich miteinander. Sie ist selbstsüchtig und karrierebesessen, weder mit Ellie noch mit mir gibt sie sich groß ab. Wie kann sie sich Mutter nennen? Würde Ellie überhaupt mitkriegen, wenn Tasha von der Bildfläche verschwände?

Aber hier geht es nicht um Emotionen. Wenn ich das durchstehen will, so oder so, dann nur durch klares, logisches Denken. Viele Täter werden nämlich geschnappt, weil ihnen die Emotionen durchgehen und sie sich in Schwierigkeiten hineinreiten, sie begehen Fehler. Und wenn ich Jen Hoods Forderung überhaupt in Betracht ziehen will, muss ich logisch abwägen und ausklügeln, welche Möglichkeiten und Auswege es gibt.

Zunächst einmal geht es um die Methode. Vergiften kommt generell nicht infrage, und alles, was schnell und mit Gewalt verbunden ist, würde unverzüglich als Mord erkannt. Natürlich ist das nicht notgedrungen ein Hindernis, falls man ein überzeugendes Alibi hat und sich aus der Affäre ziehen kann. Ich muss mir darüber sehr gründlich Gedanken machen. Da der Ehemann immer ganz oben auf der Liste der Verdächtigen steht, werde ich erst recht darüber nachdenken müssen.

In meiner Verwirrung finde ich es schwer, Richtig und Falsch auseinanderzuhalten.

Vor diesem Problem stand ich schon mehrmals im Leben, aber so akut wie jetzt war es noch nie. Ich möchte schreien und zur Polizei rennen. Aber ich kann nicht, denn ich sehe mich ganz deutlich der Bedrohung durch Jen Hood ausgesetzt. Gehe ich zur Polizei, stirbt Ellie. Die Drohung muss ich für bare Münze nehmen: Diese Person ist so von Sinnen, dass sie am helllichten Tag ein Kind entführt. Kennt so eine Kreatur denn überhaupt moralische Grenzen? Wer sie auch ist, ich werde von ihr beobachtet. Sie beobachtet mein Haus, weiß, ob ich mit der Polizei rede. Sie sieht die Polizisten von dort, wo sie sich befindet und wo sie Ellie gefangen hält, kommen, und beim ersten Aufblitzen des Blaulichts oder beim Eintreffen eines verdächtig wirkenden Autos ist es um Ellie geschehen. Das kann ich nicht riskieren.

Zudem habe ich absolut kein Vertrauen zur Polizei. Schon einmal habe ich mir die Finger verbrannt, und wenn ich erlebe, wie McKenna und Brennan diesen Fall angehen, bin ich vollkommen ernüchtert. Ich meine, dass sie davon ausgehen, das Richtige zu tun, leuchtet mir ein. Aber das ändert nichts daran, dass ich mich furchtbar ärgere, weil sie keine Spur von Ellie gefunden haben. Würde es helfen, wenn ich ihnen die E-Mails von Jen Hood zeigte? Schon möglich. Aber ohne Zweifel hieße das, der Entführer, Mann oder Frau, würde Ellie töten, und ich kann mir ganz und gar nicht vorstellen, dass sich die E-Mails irgendwie zurückverfolgen lassen. Die Polizei könnte rein gar nichts tun, und Ellie wäre in größter Gefahr.

Aber ein Riesenproblem kann ich nicht ausklammern, und das macht mir zu schaffen: Will ich, dass Tasha ihr Leben lässt? Wäre ich glücklicher im Leben ohne sie? Wäre ich dann wieder ich selbst? Will ich dann überhaupt noch ich selbst sein? Der, der ich war, ehe ich Tasha kennenlernte? Egoistischerweise würde ich sagen, ja. Tasha ist nicht die Liebenswürdigkeit in Person, aber möchte ich wirklich, dass sie nicht mehr lebt? Wenn ich zwischen ihr und Ellie wählen soll, bleibt mir nur eine Option.

Als günstig für mich wird sich erweisen, dass sich meine DNA-Spuren überall im Haus und an Tasha finden lassen. Schließlich sind wir verheiratet. In jedem Winkel sind meine Fingerabdrücke, Hautpartikel, Haare.

Einen Einbruch zu simulieren wäre zu gewagt, besonders wenn man Nachbarn wie Derek Francis hat. Was in einiger Entfernung vom Haus passiert, eröffnet wiederum ungeahnte Risiken. Was gibt es für Alternativen? Die Bremsschläuche des Autos kappen? Das wäre aus mehrerlei Gründen keine gute Idee. Als Allerletztes bin ich darauf aus, dass andere Menschen ihr Leben lassen. Und wer zerschneidet schon die Bremsschläuche eines fremden Autos?

Es muss entweder ein ganz zufälliger Tod sein, ein Raubüberfall, bei dem etwas schiefgeht, beispielsweise. Oder es müsste so aussehen, als ob der Täter dieselbe Person wie die ist, die Ellie entführt hat. Wenn ich auf diese Weise durch die Maschen des Gesetzes schlüpfe, dann muss die Polizei niemals von Jen Hoods E-Mails Wind bekommen. Ich habe jede E-Mail gelöscht, das heißt, sie würden sie nicht finden, wenn sie sich noch einmal meinen Laptop oder das Handy vornehmen. Folglich muss ich jetzt nur absichern, dass sie keinen Anlass haben, gründlicher nachzuforschen. Ich muss frei von Verdacht bleiben.

Das mit dem aus dem Ruder gelaufenen Raubüberfall erscheint mir als eine passable Idee. Nur darf ich es nicht gewesen sein. Die Bullen sollen mir bloß nicht noch mehr als bislang nachschnüffeln. Wenn sie das nämlich tun und später an die E-Mails von Jen Hood kommen, muss ich Vorkehrungen treffen, dass sie keinen ursächlichen Zusammenhang herstellen. Ich brauche ein Alibi, und zwar ein hieb- und stichfestes. Wer kann mir das verschaffen? Viele Freunde haben wir beileibe nicht, jedenfalls keine, die nur mit mir und nicht auch mit Tasha Umgang pflegen, und ich gehe ja auch nicht zur Arbeit außer Haus.

In dem Moment fällt mir etwas ein. Jeden Abend um acht bringt Derek seinen Müll hinaus. Er ist ein Gewohnheitstier. Jeden Abend schlurft er von der Haustür bis zur Tonne, die am Rand des Vorgartens steht, und wirft seinen halb vollen Abfallbeutel hinein. Wenn ich es so einrichten könnte, dass er mich dann gut sieht, wird er die Gelegenheit nicht verpassen wollen, ein bisschen zu spionieren, was ich so treibe. Dass Derek mir das perfekte Alibi liefern könnte, stimmt zwar nicht, aber er ist der einzige Strohhalm, an den ich mich klammern kann. Andere Möglichkeiten gibt es nicht.

Ich spinne den Gedanken weiter. Derek hat mir kein Alibi verschafft, als ich wirklich eines brauchte, dafür beobachtet er mich offenbar immer dann, wenn es mir lästig ist. Ich muss nur dafür sorgen, dass er etwas mitbekommt, von dem er meint, dass ich dabei nicht ertappt werden möchte. Ich muss ihm suggerieren, er habe Macht und die Oberhand über mich. Ich darf es ja nicht so aussehen lassen, als ob ich ihn als Alibi brauche, sondern es muss so aussehen, als ob er mich belasten kann, wenn er mich gesehen hat. Dann könnte ich den Spieß umdrehen und aus Dereks Zeugenschaft Vorteil schlagen, doch das muss ich mir alles gut überlegen. Ich muss es klug anstellen. Wenn ich es so deichsle, dass Derek etwas beobachtet, von dem er annimmt, dass ich dabei nicht gesehen werden will, und so beweisen kann, dass ich nicht in Tashas Nähe war, als sie überfallen wurde, dann bin ich aus dem Schneider. Und Derek wäre ein perfektes Alibi, ohne dass ihm das bewusst wäre oder er es beabsichtigte. Ich bräuchte nur irgendeinen Auftragskiller.

Über diesen Gedanken muss ich fast lachen. Ich erwäge also, einen Killer anzuheuern, der meine Frau kaltmachen soll, so eine Art Vorstadt-Al-Capone. Soll ich im Telefonbuch nachschlagen unter K wie Killer oder W wie Waffenverleih?

Ich muss jetzt alles gut abwägen. Überhaupt jemanden umzubringen ist schon schwierig, ungestraft davonzukommen umso mehr. Dass ich sofort als Hauptverdächtiger dastehe, erbaut mich auch nicht gerade.

Ich muss an den Abend mit Angela denken. Von diesem plötzlichen Wahnsinn, der mich aus heiterem Himmel befiel. Wie ich mich blitzartig aus einem vernünftigen Durchschnittsbürger in dieses Monster verwandelte. Wie krampfhaft ich mich auch zu rechtfertigen versuche und daherbete, es sei ja nur ein Ausrutscher gewesen, weiß ich doch, dass ich in dem Moment zu allem fähig war. Ich hätte auch töten können.

Wir alle haben so einen dunklen Fleck auf der Seele. Den Punkt, an dem sich ein Hebel umlegt, die Vernunft ist dabei außer Kraft gesetzt. Der Auslöser spielt keine Rolle, nur wie es ausgeht, zählt. Und ich weiß, dass ein Mensch an diesem Punkt imstande ist, die anrüchigsten, infamsten Taten zu begehen. Jen Hood wird imstande sein, einen Mord auszuüben. Ellie zu töten. Es martert mich, dass ich mir in aller Klarheit vorstellen kann, wozu ein menschliches Wesen fähig ist, wenn es sich von einer Rechtfertigung für seine Handlungen beflügelt fühlt. In diesem Fall bin ich völlig überfragt, womit sich Jen Hood rechtfertigt, aber darin mag die Erklärung stecken. Ellies Kidnapper meint höchstwahrscheinlich einen Grund für die Entführung zu haben. Egal, wie seine oder ihre logische Erklärung ausfällt, es gibt bestimmt eine. Und wenn die sich als effizient genug erweist, dann ist nicht abzusehen, wie weit Jen Hood geht. Deshalb muss ich alles daran setzen, Ellie zu finden.

Die Sonne geht langsam unter, und mir wird der Kopf schwer. Heute stehen meine Chancen, Schlaf zu finden, ziemlich gut, schätze ich. Das klingt vielleicht abartig, aber irgendwo in meinem Gehirnkasten habe ich einen Entschluss gefasst. Es gibt kein Zurück.

25 Tasha

Das Beste an dem Medikament ist, dass ich schlafen kann, selbst wenn es nur wenige Stunden sind. In der vorigen Nacht waren es, glaube ich, nicht mal zwei oder drei. Den größten Teil der Nacht liege ich wach und grüble darüber, was Nick mir und der Polizei über seine damalige Freundin berichtet hat. Ja, heute betrinkt er sich nicht mehr und lässt sich auch nicht zu solchen Eskapaden hinreißen, weil er sich, als er jünger war, genug davon geleistet habe, wie er sagt, aber nicht einmal ich war eingeweiht in seine damalige Verurteilung.

Dass Nick sich zu so einer Gemeinheit hinreißen ließ, jagt mir Angst und Schrecken ein. Dass es einfach so geschah und dann nie wieder ein Wort darüber fiel. Wer legt denn die Hand dafür ins Feuer, dass es sich nicht wiederholt, es sich womöglich bereits wiederholt hat?

Am tiefsten trifft mich, dass er es mir nicht gesagt hat. Ich war davon ausgegangen, dass wir uns alles sagen. Wenn ich so zurückdenke, dann merke ich, dass ich ihm sicher auch manches vorenthalten habe, aber nicht Dinge dieser Art. Und dann muss ich mir die Geschichte anhören, als er sie den Polizisten erzählt. Wie mich das demütigt, als dummes Huhn dazustehen. Was um alles in der Welt hat er sich dabei gedacht? Wenn ich irgendetwas nicht ausstehen kann, dann ist es Unaufrichtigkeit. Nun frage ich mich, was Nick noch so für sich behalten hat. Wenn er schon bei dieser Sache geschwiegen hat, woher soll ich dann wissen, womit er noch alles hinterm Berg hält? Es ist belastend, dass Nick nie mit der Sprache herausrückt. Er kommt nicht klar mit seinen eigenen Schwierigkeiten und Problemen und projiziert sie auf andere. Hinzu kommt, dass er offenbar Geheimnisse aus seiner Vergangenheit hütet, und nun weiß ich nicht mehr, ob ich meinen eigenen Mann noch kenne.

Jede wache Minute seit Ellies Verschwinden zerbreche ich mir den Kopf darüber, wer sie entführt haben könnte. Am Anfang hatte ich darauf gebaut, dass sie sich irgendwohin verkrümelt hat und vielleicht versucht, allein zur Schule zu gehen. Aber inzwischen hätte sie längst jemand gefunden und der Polizei Meldung gemacht. Sobald ein ganzer Tag vergangen ist, hieß es seitens der Polizei, werden zwei Möglichkeiten ins Auge gefasst: Entweder hat jemand Ellie entführt und hält sie irgendwo gefangen, oder etwas Schreckliches ist ihr zugestoßen, dann muss sie noch gefunden werden. Mit jeder Faser meines Körpers bete ich, das Erstere möge stimmen, aber das hieße ja, jemand hat sie uns mit voller Absicht weggenommen, und dann stellt sich die Frage, *warum*.

Darauf weiß ich definitiv keine Antwort. Mein armes Hirn bringt es nicht zuwege, die realen Möglichkeiten zu formulieren, wo ich schon meine liebe Mühe damit habe, überhaupt zusammenhängend zu denken. Der Schlafmangel ist zudem hinderlich, und mir platzt gleich der Kopf, so frustrierend und aussichtslos scheint alles. Ich komme mir wie eine Verräterin vor, weil ich schlafen möchte, statt draußen die Straßen abzuklappern und mein kleines Mädchen zu suchen. Die Polizei riet uns davon ab mit dem Hinweis, das lieber den Fachleuten zu überlassen; das ist jedoch leichter gesagt als getan.

Mein Kopf schaltet fast wieder auf Organisieren und

Logisch-Denken. Ich beschließe, mich zu dem aufzuraffen, was ich immer tue, wenn ich entspannen will. Die Beamten rieten uns, möglichst ein bisschen Normalität aufrechtzuerhalten und nicht hysterisch zu werden. Wenn ich Balance suche und heruntertouren will, gehe ich in die Badewanne, doch wieder fühle ich mich wie eine Verräterin beim bloßen Gedanken daran. Aber ich kann zu dieser nächtlichen Stunde sowieso nichts tun. Fernsehen, Radio und Zeitungen stoßen mich höchstens mit der Nase darauf, wie die gewöhnlichen Sterblichen ihrem Alltag nachgehen, oder sie überbieten sich mit Storys über Ellies Verschwinden. Die Polizei hat einige Informationen an die lokale Presse weitergegeben, damit die Bevölkerung wachsam bleibt, aber wer weiß, ob das etwas bringt. Wenn irgendjemand auf eine Fünfjährige stößt, die mutterseelenallein auf der Straße unterwegs ist, dann informiert er die Polizei, auch ohne dass es ihm irgendein Lokalsender sagt.

Ich muss mein letztes bisschen Grips beisammenhalten. Ich stehe auf und gehe nebenan ins Bad, schließe leise die Tür und beuge mich über die Wanne. Dort öffne ich die Wasserhähne und lasse den heißen Dampf aufsteigen, den ich einatme. Wenn es mir gelingt, wenigstens ein paar Minuten lang alles von mir wegzuschieben, wenn ich mir vormache, dass das alles nur ein Hirngespinst ist, dann schaffe ich es vielleicht, den Bezug zur Realität zu behalten. Wenn ich den jetzt verliere, dann bekomme ich ihn nie wieder zu fassen.

26 Nick

Ein heller Sonnenstrahl, der durch die Vorhänge dringt und mit Laserschärfe meine Augenlider trifft, holt mich in die Gegenwart zurück. Ich habe wie ein Stein geschlafen. Es ist doch bemerkenswert, wie der Verstand zur Ruhe findet, sobald man sich zu einer Entscheidung durchgerungen hat.

Aus dem Bad höre ich das Geräusch plätschernden Wassers und stelle gleichzeitig fest, dass es von oben herrührt. Als ich mich aufrichte, spüre ich, dass Nacken und Schultern steif sind. Langsam stehe ich vom Sofa auf und schlurfe schlaftrunken die Treppe hinauf ins Schlafzimmer. Ich lege das Ohr an das angrenzende Badezimmer und klopfe an.

»Bist du da drin, Tash?«

»Ja«, schallt es laut zurück.

Erst einmal herrscht Schweigen. »Badest du?«, rufe ich.

»Ich dachte, das lockert mich vielleicht etwas auf.«

»Stimmt, gute Idee. Könnte ich mir mal die Zähne putzen?«, frage ich und bin dabei ganz auf meinen nächtlichen Entschluss fixiert.

»Die Tür ist offen.«

Die Klinke quietscht leicht, als ich sie herunterdrücke und

die Tür aufmache. Dampf und der Duft des Schaumbads schlagen mir entgegen.

Ich schaue zu ihr. Sie hat die Augen geschlossen und bietet das erste Mal seit Langem ein Bild des Friedens. Ich kenne sie aber gut genug, um zu wissen, dass sie nicht zu den Frauen gehört, die leicht verzeihen. Am besten komme ich an sie heran, indem ich schrittweise zur Tagesordnung übergehe.

»Bleibst du noch lange im Bad?«, frage ich, greife nach meiner Zahnbürste und quetsche aus der Tube ein langes Stück Paste darauf.

»Ich brauche das einfach mal. Dieses endlose Herumhocken und Gedankenwälzen über Ellie und über dich ertrage ich nicht. Das macht mich bloß wieder krank.«

Zum ersten Mal seit Jahren spielt Tasha auf ihren Zusammenbruch an. Zuletzt haben wir das Thema berührt, als sie ihre Arbeit in London antrat und ich mir Sorgen machte, der vermehrte Stress könnte einen Rückfall auslösen. Tasha wies das kategorisch von sich, und wenn es doch so käme, dann würde sie auf der Stelle den Job wieder aufgeben. Bis jetzt hat sie recht behalten.

Natürlich stand sie – schon bevor Ellie verschwand – in letzter Zeit wegen der Umstrukturierungen bei der Arbeit mehr unter Strom als sonst, aber sie kam mir sehr ausgeglichen vor. Dennoch kann man nie mit Bestimmtheit sagen, was sich hinter der Stirn eines anderen Menschen zusammenbraut. Seit ihrem Zusammenbruch bin ich mir nicht mehr so sicher, ob ich Tasha gut kenne. Wenn man einen Menschen so dramatisch kollabieren sieht, von einer Minute auf die andere, beeinträchtigt das schon die Gewissheit, ob man ihn richtig einschätzen kann.

Da drängt sich mir eine Erinnerung auf.

Alles fing um die Zeit herum an, als uns gesagt wurde, die künstliche Befruchtung sei fehlgeschlagen und unsere Chancen, Kinder zu bekommen, seien verschwindend gering. Tasha schützte Tapferkeit vor, aber ich sah, dass sie innerlich zerbrach. Sie wollte das überspielen, indem sie sich in ihrer Arbeit vergrub, was sie typischerweise tut, um sich von der Außenwelt abzuschotten. Doch Tasha, die Eiserne, konnte nicht so tun, als wäre ihre Welt noch heil.

Es war Donnerstag, das weiß ich noch genau. Ich saß oben im Arbeitszimmer und schrieb. Am besten komme ich voran, wenn ich mich gleich als Erstes morgens daransetze, solange ich noch frisch und munter bin. Das ist das Einzige, was ich am Morgen hinbekomme, wenn auch nach meinem Begriff von »Morgen« und nicht nach dem von Tasha, die ihn schon um Mitternacht ansetzt. Ich hörte das vertraute Geräusch, wie Tasha die Haustür öffnete und wie sie wieder zuging. So wie jeden Morgen. Einige Minuten darauf lief ich hinunter, um mir noch eine Tasse Kaffee zu holen, und sah Tasha zusammengerollt auf dem Küchenboden liegen. Sie hatte zwar schon die Haustür aufgemacht, um zur Arbeit zu gehen, konnte aber der Welt nicht gegenübertreten. Alles, was sich in ihr angestaut hatte, hatte sie mit einem Mal heimgesucht, und sie musste feststellen, dass sie keine Kraft mehr hatte.

Weder davor noch danach habe ich sie in so einer Verfassung erlebt. Sonst geht sie in ihrer energischen Art über Leichen. Sie so zu sehen war ein Schlag für mich. Eine Freundin gab ihr den Rat, sich ärztliche Hilfe zu suchen, den sie auch befolgte.

Ich persönlich hätte ihr schon viel früher ans Herz gelegt, sich professionelle Hilfe zu suchen, denn das Desaster hatte sich bereits angekündigt, aber sie nahm an, wie immer selbst damit fertigzuwerden. Hätte ich dergleichen vorgeschlagen, dann hätte sie mich in Stücke gerissen. Wahrscheinlich war es gut, dass sie endlich selbst darauf kam, Hilfe zu benötigen.

Eine Zeit lang nahm sie Medikamente. Antidepressiva oder

Beruhigungsmittel. Es war für mich sehr ungewohnt, Tasha so gedämpft, so apathisch zu erleben. Ich konnte sie mit so gut wie nichts reizen. Das war ganz schön gruselig. Zwar versetzte sie das in die Lage, mit dem Dasein zurechtzukommen, aber sie war nicht dieselbe wie vorher. Als sie merkte, dass sie mit Ellie schwanger war, hatte sie bereits langsam die Dosis verringert, dann setzte sie das Medikament jedoch ganz ab.

Das mit der Schwangerschaft kam tatsächlich überraschend. Anfangs konnten wir es kaum glauben, doch als der Groschen gefallen war, setzten wir alles daran, dass das Baby glücklich und gesund zur Welt kam. Wir wollten auf Nummer sicher gehen. Abgesehen davon, dass Tasha weiterarbeitete, worüber ich, wie ich ihr auch sagte, nicht glücklich war, nahm anscheinend alles problemlos seinen Lauf. Es sah ganz so aus, als schweißten uns diese Erfahrungen zusammen. Dann aber begann sich Tasha zu verändern.

»Hast du heute früh irgendetwas gehört?«, frage ich sie, bevor ich mir den Mund ausspüle.

»Noch nicht. Es hieß, sie würden sich melden, sobald es etwas Neues gibt. Wir können hier nur abwarten. Mir fällt die Decke auf den Kopf, wenn ich nur Löcher in die Wände starre. Ich muss einen kühlen Kopf bewahren. Könntest du mir einen Gefallen tun? Steck doch bitte die Verlängerungsschnur an das Radio vom Nachttisch und bring es mir, ja? So ein bisschen Musik dazu fände ich schön. Ich muss das Gedröhn in meinem Kopf übertönen.«

»Hörst du denn dann noch das Telefon klingeln?«

Sie guckt mich an wie jemanden von einem anderen Planeten. »Von der Badewanne aus kann ich doch sowieso nicht telefonieren. Ich hatte gehofft, dass du dich darum kümmerst.« Dabei setzt sie eine neckische Miene auf, aber sicher ist sie nicht zum Flirten aufgelegt.

Nachdem ich die Schnüre hinter dem Nachttisch entwirrt

habe, bringe ich Tasha das Radio und stelle es auf den Rand des Waschbeckens. Mir wird heiß und kalt, als ich der einmaligen Gelegenheit gewahr werde, die ich jetzt hätte.

Dass wir die Elektrik neu installieren lassen sollen, gehört zu den vielen Dingen, mit denen mir Tasha dauernd in den Ohren liegt. Vor über einem Jahr hatten wir einen Elektriker da, der eine neue Doppelsteckdose in der Küche eingebaut hat. Er bemerkte nebenbei, das Haus habe veraltete elektrische Leitungen, es gebe weder eine fachgerechte Erdung, noch habe der Sicherungskasten eine Fehlerstrom-Schutzeinrichtung, die den Stromkreis unterbricht und dafür sorgt, dass man keinen tödlichen Schlag kriegt, wenn es einen Stromunfall gibt. Also keine dringend anstehende Aufgabe, aber wir sollten sie irgendwann mal in Angriff nehmen. Tasha meinte, das Haus könne jederzeit lichterloh in Flammen aufgehen, und setzte mir in den darauf folgenden Monaten ständig zu, dass wir im ganzen Haus eine neue Elektroanlage installieren lassen sollten, als sei das ein Klacks, der sich schnell mal an einem Samstagvormittag erledigt. In der Elektrik bin ich wenig bewandert, aber ich weiß, dass das beileibe keine Kleinigkeit ist.

Mit meinen kümmerlichen Kenntnissen versuche ich mir auszurechnen, welche Spannung ein Digitalradio hat. Ein Föhn? Klar, auch ein mobiles Heizgerät. Würde ein Digitalradio ausreichen? Ich habe Zweifel, aber meine Chance, die Antwort ein für allemal zu bekommen, ist immer noch mit Händen zu greifen.

Fügt sich das in meinen Plan eines perfekten Mordes? Vielleicht. Ich würde doch nicht zwingend unter Verdacht geraten? Schließlich ist es schwierig, jemandem ein Bad einzulassen, diese Person in die Wanne zu zwingen und ein elektrisches Gerät ins Wasser zu werfen, ohne dass derjenige sich wehrt. Idiotensicher ist es nicht, aber es würde mir höllisch viel Hin und Her und Selbstüberzeugungsarbeit ersparen. Würde ich aufs Glatteis geraten, wenn der Stecker des Radios aus der Dose an der Wand gezogen und an die Verlängerungsschnur gesteckt worden ist?

Die Uhr stellt sich selbst durch den Digitalempfänger, davon gibt es aber sicher irgendwo eine Spur. Ob die Polizei dann durch die Wassertemperatur oder die Runzeln auf der Haut Rückschlüsse zieht und herausfindet, dass Tasha sich das Radio nicht selbst geholt haben kann? Das scheint mir weit hergeholt.

Schlimmstenfalls geht sicher nur das Radio aus, und Tasha bekommt einen Schlag, nicht heftiger, als wenn sie an einer Batterie lecken würde. Aber wie soll ich erklären, dass ich ein Radio zu ihr in die Badewanne geworfen habe? Ich müsste es so aussehen lassen, als hätte ich es aus Versehen hineinfallen lassen. Vielleicht könnte ich im Vorbeigehen mit dem Ellbogen daran gestoßen sein. Oder mich vornübergebeugt haben, um Tasha einen Kuss zu geben und … hoppla! Nein, zu riskant. Ich hätte doch nicht versucht, sie oder das Wasser zu berühren, wenn ich hätte fürchten müssen, 240 Volt könnten zuschlagen.

Physik gehörte nicht zu meinen Stärken in der Schule. Jetzt rächt es sich, dass ich damals nicht aufmerksamer zugehört habe.

Da kann ich mir auch noch so oft mit dem Waschlappen übers Gesicht wischen, irgendwann wundert Tasha sich, warum ich hier herumstehe und auf das Radio und das Wasser stiere. Wenn ich vorhabe, es zu tun, dann muss es jetzt geschehen.

Ich atme tief ein und lege den Lappen wieder aufs Waschbecken, gleich neben das Radio, falte ihn einmal zusammen, dann noch einmal, und klopfe leicht mit der Handfläche darauf. Natürlich schinde ich nur Zeit.

Als ich mich umdrehe, sehe ich Tasha nackt und mit geschlossenen Augen in der Wanne liegen, die Haare bilden einen Ring um Hals und Brüste und bewegen sich im Wasser hin und her. Sie schlägt die Augen auf und lächelt mir zu.

»Es tut mir leid. Ich liebe dich wirklich, Nick«, sagt sie; am Ende hebt sie fragend die Stimme.

Ich muss schlucken. »Ich dich auch.«

Auch ich bringe ein Lächeln zustande und gehe hinaus.

27 Nick

Ich weiß, wozu Medienappelle bei Vermisstenfällen gut sind. Besonders bei vermissten Kindern. McKenna meinte, es würde dabei helfen, Ellies Verschwinden publik werden zu lassen und die Menschen zu alarmieren, damit sie nach Ellie Ausschau halten und gegebenenfalls Informationen zu ihrem Aufenthaltsort weitergeben. Natürlich ist das Quatsch, denn die meisten Leute können doch keine Fünfjährige von einer anderen unterscheiden.

In Wirklichkeit gibt es nur einen Grund für landesweite Suchaufrufe nach Kindern: Es gibt einen Verdächtigen. Diesmal haben sie nicht nur einen Verdächtigen, sondern einen, der am Schreibtisch sitzt und diesen Appell tätigt.

Darum gibt es immer irgendeinen x-beliebigen Onkel, Großvater oder Freund der Familie, der sich mit den Eltern zusammen mit dem Appell an die Öffentlichkeit wendet. Sie wollen sehen, wie sich ihr Verdächtiger vor einer Kamera verhält. Ob er Krokodilstränen weint. Die Kriminalpsychologen schauen zu, den Notizblock in der Hand, und analysieren jedes Blinzeln, jedes Kratzen an der Nase.

Aber diesmal sitzt kein Onkel, Großvater oder Hausfreund mit auf dem Podium. Nur ich und Tasha. Und ich wette, ich gelte als Hauptverdächtiger.

Auch McKenna weiß das. Und sie weiß, dass ich es weiß. Sie ist nicht auf den Kopf gefallen. Als sie uns das von dem Suchaufruf sagte, nahm sie mich aufs Korn wie der Boxer seinen Gegner, wenn die Glocke ertönt, auf dessen erstes Zucken lauernd. Natürlich befürwortete ich die Idee überschwänglich wie alles, was bei Ellies Auffinden hilfreich sein könnte. Und das habe ich durchaus so gemeint, auch wenn sich die Aussicht, dass der Aufruf direkt auf ihre Spur führt, sehr in Grenzen hält.

Ehe ich die Nachricht erhielt, hatte ich keinerlei Sorge. Jetzt aber weiß ich genau, was mir, während wir den Medienappell vorbringen, durch den Kopf gehen wird, und das wird man mir ansehen. Unmöglich, es zu verbergen. Wenn die Psychologen es als Schuldbewusstsein auslegen, na dann gute Nacht. Die Polizei wird mich mit allen Mitteln zu durchleuchten versuchen, um mir irgendetwas im Zusammenhang mit Ellies Verschwinden anzuhängen. Von einem ganz egoistischen Standpunkt aus gesehen juckt mich das nicht, da ich nichts damit zu tun habe. Aber es würde bedeuten, dass die Polizei am falschen Ort sucht, und damit nimmt die Wahrscheinlichkeit noch weiter ab, dass Ellie aufgespürt wird.

Nun ist die Gelegenheit verpasst, über die E-Mails von Jen Hood zu berichten. Wäre ich am Anfang damit herausgerückt, hätte es eine geringfügige, lächerliche Chance gegeben, dass die Polizei der Spur hätte nachgehen und den Absender identifizieren können. Aber da der Kidnapper mich gewarnt hat, er werde Ellie töten, wenn ich das ausplaudere, nehme ich das Risiko nicht auf mich. Und jetzt, da so viel Zeit vergangen ist, würde die Polizei, selbst wenn ich meine Aussage so hinbiegen könnte, dass Ellie nicht in Gefahr gerät, von mir wissen wollen, warum ich das nicht früher erzählt habe. Sie würden sich meine Auskünfte anhören und beschließen, dass ich das zu Ende bringen soll. Ich würde mich mitschuldig machen. Könnten sie mich für das Zurückhalten von Beweismitteln belangen? Wahrscheinlich.

Keine Ahnung. Aber ich weiß, dass Ellie – auch wenn es absurd klingt – an ihrem gegenwärtigen Aufenthaltsort am sichersten aufgehoben ist, solange nämlich der Entführer glaubt, dass ich tue, was von mir gefordert wurde. Das gibt mir ein bisschen Luft, um zu ergründen, wer dahintersteckt, oder der Polizei, um diese Person mit ihren eigenen Methoden ausfindig zu machen.

Nur schuldlos zu sein reicht nicht aus. Zu wissen, dass man verdächtigt wird, macht einen fertig. Jeder, der schon einmal im selben Raum gewesen ist, als ein anderer merkte, dass sein Handy oder sein Portemonnaie weg war, weiß, wovon ich spreche. Selbst wenn man gar nichts damit zu tun hat, geht jeder davon aus, dass man auch der Missetäter sein könnte. Das ist eine ganz unangenehme Art von Ausgeliefertsein: ein gegenstandsloses Schuldgefühl. Die Psychologen kennen sich damit sicher aus. Der Teil meines Verstandes, mit dem ich noch rational denken kann, höhlt sich langsam aus.

Nach meinem Ermessen wurde der Medienauftritt ein bisschen übereilt eingeleitet. Das habe ich McKenna auch gesagt, doch sie meinte, es sei wichtig, so rasch wie möglich zu handeln, da so die Umstände günstiger seien, Ellie in guter Verfassung aufzufinden. »Auf die ersten Tage kommt es an«, so war ihr Kommentar, als wüsste ich das nicht auch selbst. Sie redete mir auch gut zu, dass sie das bereits etliche Male zuvor erlebt habe und ich mir keine Sorgen zu machen bräuchte. Der am Wahnsinn kratzende Teil meines Verstandes flüstert mir ein, dass sie das so dahersagen, um ihren Verdächtigen unter Druck zu setzen. Damit er nicht zur Besinnung kommt. Platzier ihn vor ein Mikrofon und eine Kamera und die neugierigen Blicke der Nation.

Ich vermag nicht einmal zu sagen, ob die Sendung live übertragen oder für die Abendnachrichten aufgezeichnet wird. In Anbetracht dessen, dass ich Ellies Vater bin, halten sie sich mir gegenüber recht bedeckt. Das erregt gleich wieder meinen

Argwohn. Ich muss das aus meinen Gedanken zurückdrängen. Jetzt bin ich der Vater des kleinen Mädchens, das seinen Eltern weggefangen wurde. Im Brennpunkt steht jetzt, Ellie lebend und unversehrt wiederzufinden.

McKenna moderiert den Fahndungsaufruf an und stellt sich sowie Brennan vor. An der Wand hinter ihr prangt stolz das metallisch blitzende Emblem der Polizeikräfte des County. Entschlossen beugt sich McKenna hinter dem Tisch nach vorn, die Hände verschränkt.

Am meisten empört mich, dass sie mir eine vorgefertigte Erklärung gereicht hat. Und die ist nicht einmal von mir selbst vorgefertigt. Angeblich habe die Polizei sie »mit größter Umsicht erstellt, um die Erfolgschancen zu maximieren«, so McKenna. Die Erklärung klingt eher wie ein Werbespruch als wie ein Fahndungsaufruf für ein Kind, aber ich lasse mich darauf ein, es gehört nun mal zu ihrer Masche.

Tasha sieht mich an, und ich ergreife ihre Hand, dann schaue ich geradeaus über den Tisch. Mein Blick trifft den eines Journalisten, einen Moment lang sehen wir uns an, dann senkt er den Blick auf seinen Notizblock und kratzt sich hinterm Ohr. Er ist informiert, sicher hat er so etwas schon hundert Mal erlebt. Nichts Neues für ihn.

Was McKenna sagt, rauscht an mir vorbei, doch dann dringt mir ins Bewusstsein, dass sie aufgehört hat zu sprechen und zu mir schaut. Tasha knufft mich unauffällig. Nach mehrmaligem Zwinkern falte ich den Bogen Papier vor mir auseinander und beginne abzulesen, was darauf steht.

»Seit Ellie verschwunden ist, ist unser Leben aus den Fugen geraten.« Ich bin unsicher, wie viel Gefühl ich in meine Worte hineinlegen sollte. »Unser Töchterchen war in den vergangenen fünf Jahren eine Konstante in unserem Leben, und wir wünschen uns nichts anderes, als dass wir sie wieder in die Arme schließen können, gesund und munter. Wenn Sie wissen, wo sie sich aufhält, dann soll es nicht Ihr Schaden sein, es uns mitzuteilen. Wir wollen nur unsere Kleine zurückhaben.« *Den Arsch reiße ich dir auf.* »Wenn du das siehst oder hörst, Ellie, bitte lass jemanden wissen, dass du in Sicherheit bist. Es ist alles in Ordnung, Liebes.«

Bei den letzten Worten versagt mir die Stimme. Das setzt Tasha vollends außer Gefecht, und schon geht ein Blitzlichtgewitter los. Das wird ein einträgliches Titelfoto. Eine herzerwärmende Aufnahme von zwei trauernden Eltern. Darauf sind sie doch geil. Bastle dir ein Drama zusammen und verkauf es der Zeitung. Wie viel davon stimmt, ist egal.

In diesem Augenblick weiß ich nicht, wie viel davon stimmt.

Ich tröste Tash. Mein Kopf ist von den Geräuschen und dem Aufblitzen der Kameras angefüllt. Irgendwo, weit weg und gedämpft, kämpfen McKennas Worte gegen den Sog meiner Sinneswahrnehmungen an.

»… wer irgendwelche weiterführenden Angaben machen kann, soll sich bitte an unsere Einsatzzentrale wenden …«

Ich schließe die Augen und schiebe alles von mir weg.

28 Tasha

Der Fahndungsaufruf nimmt mir in gewisser Hinsicht eine große Last von der Seele. Von den Schultern. In anderer Hinsicht jedoch empfinde ich ihn als gewaltige Bürde, da wir von nun an den wachsamen Blicken der britischen Öffentlichkeit ausgesetzt sind. Ganz automatisch fällt mir ein, wie Zeitungen und Gesellschaft in der Vergangenheit auf ihre Opfer losgegangen sind. Wie bis heute im Fall Madeleine McCann die Eltern verunglimpft werden. Sie wurde im Urlaub aus dem Hotelzimmer in Portugal entführt, und ihre Eltern mussten sich sowohl mit den unfähigen portugiesischen Beamten als auch mit der Bosheit und Gehässigkeit der britischen Medien herumschlagen. Ich kann nur beten, dass uns das erspart bleibt.

Mir ist klar, dass hier und da bereits böse Zungen behaupten, dass wir etwas mit Ellies Verschwinden zu tun haben. So was gibt es immer. Die Polizei hat uns schon vor der Pressekonferenz gewarnt. Wir sollen nicht auf die Websites der sozialen Netzwerke gehen, uns keine Nachrichten anschauen und uns ganz darauf konzentrieren, Ellie zu finden. Das braucht mir keiner zu sagen – fraglos gibt es solche Blödmänner. Denen werde ich mitnichten zugestehen, dass sie mir ein noch elenderes Gefühl einjagen, als es mich ohnehin schon beherrscht. Wobei das fast unmöglich ist.

Das alles in weiteren Bevölkerungsteilen bekannt zu machen hat selbstverständlich seine Vorteile. Man geht davon aus, dass mehr Menschen die Augen offen halten wegen Ellie, und womöglich schüchtert es den Entführer so weit ein, dass er sich der Polizei stellt. Allerdings wäre es auch möglich – diese Vorstellung versuche ich aber abzuschütteln –, dass der Entführer vor lauter Angst etwas Wahnwitziges anstellt. Sollte die Medienhatz noch einmal so wie bei Madeleine McCann ausufern, dann geht wohl kein einziger Kidnapper mehr davon aus, er könne die gesamte Bevölkerung an der Nase herumführen. Sosehr ich hoffe, der Fahndungsappell möge hilfreich sein, Ellie aufzuspüren und sie wieder bei uns zu haben, so sehr fürchte ich auch, der Entführer könnte dadurch in die Ecke getrieben und in Zugzwang gebracht werden, sodass er genau das Verkehrte tut. Wir können nur darauf bauen, dass die Ermittler Ellie finden und nach Hause bringen, da sie die Profis sind.

Nick ist eher ratlos. Er war schon immer skeptischer, das ist der Schriftsteller in ihm. Als die Polizei ihn festnahm, war er außer sich. Aber ich weiß, dass er wieder viel von sich selbst nach außen projizierte. Er ärgert sich über sich selbst. Irgendwie weiß er schon, dass er sich falsch verhalten hat, als er Ellie allein im Auto ließ und mir die Sache mit Angela verheimlicht hat. Ich bin hin und her gerissen zwischen dem Wunsch, meinen Mann zu trösten, und andererseits dem, dabei zuzugucken, wie er in seinem hausgemachten Jammer schmort. Und das ist einer Ehe nicht zuträglich.

Bei diesem Aufruf an die Bevölkerung war ich nicht in der Lage, etwas beizutragen. Was hätte ich auch sagen sollen? Ich kenne mich nicht mehr in meinen Gefühlen aus, und ausdrücken kann ich sie schon gar nicht. Ich schwanke zwischen Zorn und Angst, Panik und Verzweiflung. Aber über allem steht das Empfinden der Desorientiertheit. Nichts ergibt einen Sinn. Vorher war alles gut, war alles so wie immer. Es gab keinerlei Vorwarnung. So etwas passiert doch nicht unsereinem. Wie kann denn eine Durchschnittsfamilie wie wir innerhalb weniger Sekunden aus ihrem Alltag gerissen werden? Und warum? Diese Frage steht wie eine Wand vor mir. Auch den Gedanken an diese Angela werde ich nicht los. Zwar streitet Nick rundweg ab, dass sie dahinterstecken könnte, aber kann ich ihm glauben, wo er die Sache doch vollständig unter den Teppich gekehrt hatte? Woher weiß ich denn, ob er mich nicht wie üblich in seiner erbärmlichen Art mit Dingen verschonen will, die mich verletzen könnten? Falls er das im Sinn hat, hätte er längst damit beginnen können, gründlich nach unserer Tochter zu suchen.

Ich stoße mich immer wieder daran, dass es niemanden gibt, wir haben eigentlich keine Feinde. Keinem wäre zuzutrauen, dass er so durchgeknallt wäre, unser Kind zu verschleppen. Dann bleibt ja nur ein Gelegenheitstäter. Dieser Ausdruck klingt so unterkühlt und sachlich, aber es fällt mir leichter, als das Wort Sexualverbrecher in den Mund zu nehmen. Nick hat ja Derek verdächtigt, doch das will mir auch nicht in den Kopf. Die Polizei hat sein Haus durchsucht und nichts gefunden.

Egal, wie man es betrachtet, Nick muss sich mäßigen, damit er nicht austickt. Es gehört schon etwas dazu, einem alten Mann auf eine bloße Vermutung hin die Bude einzurennen und auf den Kopf zu stellen. Auch darüber mache ich mir Sorgen. Bis gestern oder vorgestern hätte ich schwören können, dass Nick keine gewalttätige Ader hat. Innerhalb weniger Minuten höre ich jedoch, dass er das Haus des Nachbarn umgekrempelt und vor Jahren ein junges Mädchen entführt hat.

Entführt. Schon wieder dieses Wort. Es schert sich einfach nicht davon. Bis vor Kurzem wirkte es trotz seines anrüchigen Beiklangs noch fantasielos und unauffällig, jetzt ist es mit ungeheuerlichen Bedeutungen belastet. Ich werde es einfach nicht los. Ebenso wenig wie das Erstaunen, dass Nicks Name immer im Zusammenhang damit auftaucht. Egal, von welcher Seite ich es betrachte, Nick hat zugegeben, früher einmal ein junges Mädchen sozusagen entführt zu haben. Ja, er war blau und stand unter Drogen, ja, es kam nie wieder vor, das glaube ich ihm, warum auch nicht? Aus welchem Grund sollte er auch unsere eigene Tochter entführen? Mir fällt partout keiner ein. Will er sich in den Medien wichtig machen? Ein PR-Gag? Ein Hilferuf? Nichts davon hat Hand und Fuß. Nick ist in den letzten Tagen ziemlich unausgeglichen, aber erst, seitdem Ellie weg ist. Und wer würde keinen Knacks wegbekommen, wenn ihm sein eigen Fleisch und Blut entrissen worden ist? Diese Reaktion ist absolut nachvollziehbar, oder?

29 Nick

Ich bin jetzt ungewohnt vorsichtig, wenn ich auf dem eigenen Computer irgendetwas recherchieren will. Die Bullen haben mir das Auto zurückgebracht, aber sich die Liebenswürdigkeit erspart, mir mitzuteilen, dass sie nichts daran entdeckt haben. Zwar habe ich den Wagen wieder, kann mich jedoch nicht des dummen Gefühls erwehren, dass sie ihn auf dem Schirm behalten. Also ziehe ich mir die Schuhe an und gehe zu Fuß in die Stadt.

Meine erste Anlaufstelle ist die Bibliothek. Ich gehe hinein und wende mich an die junge Frau am Schalter, um sie zu fragen, ob ich einen Computer benutzen darf. Ich soll mich als Leser anmelden. Ja, klar. Ein Schriftsteller, der keinen Leserausweis hat.

Es stellt sich heraus, dass die Anmeldung lediglich fünf Minuten dauert. Ich brauche nur, so erklärt mir die junge Dame, meine Personalausweisnummer und das Passwort in Druckbuchstaben hinzuschreiben, dann kann ich schon an den Computer. Das höre ich aber nicht so gern, denn es gefällt mir gar nicht, dass meine Recherchen in einer öffentlichen Einrichtung unter meinem Namen laufen.

Das Internetcafé, in dem ich neulich war, möchte ich

meiden. Man soll mein Gesicht nicht wiedererkennen. Meine Spuren muss ich weiter verwischen. Leider gibt es heutzutage Internetcafés nicht mehr wie Sand am Meer.

In der Nachbarstadt gibt es eines, das weiß ich. Zumindest gab es das noch vor einem halben Jahr, als ich das letzte Mal dort war. Es sind reichlich acht Kilometer bis dahin, und ein Spaziergang könnte mir nicht schaden, denke ich.

Als ich ankomme, stoße ich die Tür auf und trete ein. Niemand hockt hier, nur der Typ, der vermutlich den Laden betreibt, er sitzt hinten an einem Tisch. Besonders überrascht mich das nicht – wer frequentiert denn noch Internetcafés, wo doch heutzutage jeder einen eigenen Computer und ein Smartphone besitzt.

Ich gehe auf den Typen zu und frage, ob ich eine Weile an einen Computer kann. Ich reiche ihm das Geld, und er weist mir einen Rechner zu.

Es zieht sich hin, bis der Internet-Explorer hochlädt – deshalb benutze ich sonst auch einen Mac –, doch irgendwann endlich kann ich meine Suchwörter eintippen. Zum Glück ist mein Monitor auf die Wand gerichtet, deshalb muss ich keine neugierigen Blicke des Besitzers oder von Passanten auf der Straße fürchten.

Eine Weile sitze ich davor und weiß gar nicht recht, wonach ich suche. Mein Kopf ist leer, ich kann keinen klaren Gedanken fassen. Ich versuche mich auf die Achtsamkeitsübungen zu besinnen, mit denen ich mich mal beschäftigt habe, und einige Techniken fallen mir auch wirklich noch ein, aber wie sehr ich mich auch zusammennehme, der Nebel in meinem Gehirn hängt fest.

Dann hole ich mein Notizheft aus der Tasche und fange an, darin herumzukrakeln. Auch Minuten später habe ich noch nichts in den Computer eingegeben, dafür jedoch meine Geistesblitze auf dem Papier festgehalten. MORD steht in der Mitte und ringsherum alle möglichen Tötungsmethoden. Bislang stehen da Erwürgen, Stromschlag, stumpfe Gewalteinwirkung, Erstechen sowie, in Anführungszeichen, »Unfall«.

Da habe ich nun jahrelang beschrieben, wie Menschen auf verschiedensten schrecklichen, grausigen Wegen ihr Leben lassen, aber wenn es mal wirklich darauf ankommt, dann bin ich offenbar nicht fähig, dergleichen selbst in die Tat umzusetzen. Es sieht so aus, als ob mir die indirekten Methoden, so könnte man sie nennen, näherliegen: »Unfall« kommt mir am verlockendsten vor.

Ich blättere eine Seite im Notizheft um und kritzele weiter, diesmal fließt aus meinem Kugelschreiber eine ziemlich zusammenhanglose Kette von Wörtern und Einfällen.

Problem mit dem Auto? Inszeniertes Verschwinden. Notiz oder Brief – müsste idiotensicher sein oder Fälschung erkennen lassen. Langfristig geplant?

Beim Niederschreiben erscheinen die Wörter logisch, verlieren jedoch rasch ihren Sinn. Meine Schreiberfahrungen sagen mir eines: Der perfekte Mord muss vor allem minutiös geplant sein. Man darf keinen Aspekt unberücksichtigt lassen. In meinem momentanen Geisteszustand kann ich keinen perfekten Mord begehen. Jedenfalls nicht allein.

30 Nick

Der lange Nachhauseweg beschert mir viel Zeit zum Nachdenken. Mein soeben ausgeheckter Rettungsversuch lässt sich wie die am leichtesten ausführbare Option an, doch bringt sie mich womöglich in Teufels Küche. Wenn mir jemand anders die Drecksarbeit abnehmen soll, dann stellt sich als Erstes die Frage: *Wer?* Das *Wie* kann ich dann ihm überlassen.

Eine Idee hat sich irgendwo in meinem Hinterkopf festgesetzt, um die ich noch wie die Katze um den heißen Brei schleiche. Ein alter Schulfreund von mir hat mal im Gefängnis gesessen. Ich nenne ihn alten Schulfreund, weil wir uns zwar seit damals kaum über den Weg gelaufen sind, aber in der Schule dicke Freunde waren. Die allerbesten Kumpels. Keiner von uns beiden war ein Musterschüler, doch Mark Crawford war etwas Besonderes, er war nie gewalttätig oder aggressiv, aber er hatte eine rebellische Ader.

Mark kannte sich aus. Auf dem Pfad der Tugend blieb er selten und hatte ein gutes Gespür für Wettbewerbsvorteile. Wenn wir im Sportunterricht Kricket spielten, hatte er immer einen Schlüssel im Hosenbund stecken, bestens geeignet dafür, Furchen in den Ball zu ritzen und seine Oberfläche zu beschädigen, damit er sich noch unberechenbarer drehte. Außerdem war er der einzige Schüler, der nie im Unterricht aufpasste und es trotzdem durch alle Prüfungen schaffte. Irgendwie ging es nicht ganz mit rechten Dingen zu. Wo Mark seine Finger im Spiel hatte, war immer etwas Windiges im Spiel. Mit zweiundzwanzig flog er auf, weil er ein raffiniertes Geldwäscheprojekt auf die Beine gestellt hatte, in das ein geschlossener Kreis von mehreren Firmen eingebunden war, die Mark allein für diesen Zweck gegründet hatte.

Seit der Schulzeit sind wir uns nur selten persönlich begegnet, aber dank der Wonnen von Facebook, die ich zugegebenermaßen sehr selten genieße, blieben wir in Verbindung. Ich habe Tasha nie viel über ihn erzählt. Wenn sie seine Geschichte wüsste, wäre er bei ihr unten durch, noch ehe sie ihn persönlich kennenlernte. Deshalb habe ich sie niemals mit Einzelheiten behelligt. Bis jetzt war es auch belanglos. Mark Crawford beschäftigt mich nur deshalb so vordringlich, weil er Leute kennt. Ganoven. Die mir aus der Patsche helfen und Ellie zurückholen könnten.

Nichts wäre mir jetzt lieber, als Vertrauen in die Polizei zu haben. Nur kann ich mich auch in ihre Lage versetzen: Ein kleines Kind geht verloren, und niemand hat es gesehen. Dazu kommt noch, dass der Hauptzeuge – ein *zuverlässiger* Zeuge ohne wechselvolle Vorgeschichte – behauptet, der Vater habe das Kind nie ins Auto gesetzt. Wer muss folglich der Verdächtige Nummer eins sein? Meine Wenigkeit. Zähneknirschend denke ich an Derek.

Wo soll ich überhaupt anfangen zu suchen, wenn ich nicht mal weiß, in welche Richtung Ellie verschwunden ist? Der nächste logische Schritt ist, mich schlau zu machen, wer sie gekidnappt haben könnte, um sodann herauszufinden, wo die beiden sich aufhalten.

Ich muss der Polizei klarmachen, dass Derek spinnt. Dass sie kostbare Zeit verlieren, wenn sie mich ins Visier nehmen, statt Ellie aufzuspüren.

Alles in allem täte die Polizei gut daran, überall hinter die Sträucher zu spähen und Plakate aufzuhängen. Es war schon die Rede davon, noch mehr medialen Druck zu machen, aber damit könnten sie eventuell denjenigen, der Ellie in seiner Gewalt hat, zu Panikhandlungen treiben, sodass er Ellie Schaden zufügen könnte. Als man mir das erklärte, habe ich unumwunden zugestimmt. Ich weiß ja, dass jemand Ellie gefangen hält und möglicherweise in Panik gerät, so, wie die Polizei sich das vorstellt. Das konnte ich nur nicht zugeben.

Ganz ehrlich, oft habe ich mich gefragt, wie das Leben ohne Tasha aussehen würde. Ich habe immer gesagt, hätte ich mich nicht häuslich niedergelassen und geheiratet, würde ich weit weg sein und in Ostasien oder Australien herumreisen. Ganz gewiss würde ich nicht bis zum Hals in Schulden stecken, in demselben beschissenen Nest, in dem ich aufgewachsen bin, ohne die Aussicht, ihm jemals zu entkommen. In vielerlei Hinsicht wäre ich besser dran, wenn es Tasha nicht gäbe.

Wir konnten keine Reisen machen, seit wir verheiratet sind und ein Kind und eine Hypothek haben, ganz zu schweigen von dem Ballast, der daran hängt. Tasha würde wohl auch kaum ihre kostbare Karriere an den Nagel hängen wollen. Aber Ellie und ich allein? Nur wir beide? Ja, das ginge. Besonders, wenn uns hier nichts und niemand mehr hielte.

Noch etwas geht mir durch den Kopf: Tasha hat eine Lebensversicherung. Darauf hatte sie bestanden, als wir heirateten und das Haus kauften. Wir haben auch sichergestellt, dass unsere Kinder, sollten wir welche haben, versorgt sind, für den Fall, dass einer von uns ums Leben kommt. Zahlen Versicherungsgesellschaften auch bei Mord? Immerhin muss ich davon ausgehen, dass der Urteilsspruch darauf hinausläuft, falls ich nicht den Anschein eines Unfalls wahren kann. Nein. Weg mit solchen Erwägungen. Ich *muss* es wie einen Unfall aussehen lassen. Entweder wie einen Unfall oder wie einen Mord, den sie mir nicht anhängen können. Ich könnte das Haus verkaufen und das Versicherungsgeld einstreichen und dann mit Ellie unbeschwert durch die Welt reisen. Ich könnte sogar einen Privatlehrer für sie anheuern, der uns begleitet.

Das klingt wie Hirngespinste, weit entfernt von unserem üblichen Trott, aber verweilt man mal bei solchen Plänen und bringt sie zu Papier, geht einem auf, mit welch simplen Maßnahmen sich entscheidende Veränderungen im Leben auf den Weg bringen lassen. Wenn man nur will. Bis uns Ellie verloren ging, habe ich mich so verhalten wie vermutlich die meisten anderen Leute auch und war in meinem Hamsterrad gefangen. Ich sage mal, es war die reibungsloseste Variante. Aber jetzt gibt es keine Frage. Ich kann den Dingen nicht mehr ihren bisherigen Lauf lassen. Jetzt *muss* ich das Ruder herumreißen. Und ich brauche Ellie.

Mark erwähnte mal einen Burschen aus der Gegend hier, eine Knastbekanntschaft. Der behauptete, er könne ihm gelegentlich einen Gefallen tun, falls er Bedarf habe. Ich halte im Laufen mein Handy in der Hosentasche zwischen die Finger gepresst, wohl wissend, dass ich, wenn ich es herausziehe und Marks Nummer wähle, einen folgenschweren Schritt tue. Doch in diesem Augenblick kommt er mir nicht so gravierend vor. Gravierend ist allein der Fakt, dass meine kleine Tochter vermisst gemeldet ist und sich in den Fängen eines durchgeknallten Psychopathen befindet. Um sie zurückzuholen, muss ich einen Anruf tätigen und meiner sogenannten Ehe ein Ende bereiten, wodurch ich endlich frei sein und mein eigenes Leben leben kann, gemeinsam mit meinem Töchterchen. Frei von Sorgen und Bedenken.

Wäre ich aber wirklich frei? Wie geht es weiter, wenn Tasha stirbt? Die Polizei verdächtigt mich natürlich, aber ich könnte beweisen, dass ich es nicht war; bestimmt halten sie mich für irgendwie involviert und kriegen auch heraus, dass der Mord auf mein Konto geht. Aber das müssen sie hinreichend beweisen. Sie bräuchten Belege. Wenn ich akribisch vorgehe, haben sie keine Handhabe gegen mich.

Ich überlege, wie ich Mark am besten anrufen kann. Am zuverlässigsten wäre es, eine Telefonzelle aufzusuchen oder ein fremdes Telefon zu benutzen, aber diese Option verwerfe ich wieder. Wenn die Bullen aufs Ganze gehen, kriegen sie heraus, dass ich Mark angerufen habe. Und wie soll ich ihnen erklären, warum ich ihn von einer Zelle aus angerufen habe? Auf den ersten Blick ist nichts Absonderliches daran, wenn ich mich bei ihm melde. Wir sind gemeinsam zur Schule gegangen, wir sind per Facebook verbunden, und ich habe mich nicht zu rechtfertigen. Den Nachweis müsste die Polizei führen, während ich einfach aussage, ich hätte mit einem Kumpel telefoniert. Meine Freunde kann ich an den Fingern einer Hand abzählen, warum also nicht Mark? Der Gang zu einer Telefonzelle sähe allerdings verdächtiger aus. Davon abgesehen, ist nicht Mark derjenige, der die Aktion ausführen soll.

Ehe ich michs versehe, scrolle ich bereits durch meine Adressdatei zu M und tippe auf Marks Namen, halte mir das Handy ans Ohr und warte auf das vertraute Summen. Nach viermaligem Klingeln nimmt Mark ab.

»Nick! Wie geht's denn so, Alter?«

»Gut, ja«, lüge ich. »Nun ja, es könnte besser sein. Hör mal, bist du in der Stadt? Ich kann am Telefon nicht gut reden.«

»Mensch, da lässt du fünf, sechs Jahre lang nichts von dir hören und meldest dich nur, um mir zu sagen, dass du am Handy nicht reden kannst?« Er lacht.

»Tja … ich erkläre es dir persönlich, das fällt mir leichter«, heuchle ich. Es ist ja möglich, dass mein Handy abgehört wird, umso mehr, wenn die Polizei mich im Zusammenhang mit Ellies Verschwinden für nicht ganz sauber hält. Schlimm genug, erklären zu müssen, warum ich einen überführten Straftäter erstmals nach sechs Jahren anrufe, nachdem meine Tochter verschwunden ist. Allerdings kann ich mich da mit einer – zugegeben schwachen – Erklärung herausreden: »Mir geht es zurzeit echt beschissen, ich stehe quasi neben mir, deshalb versuche ich mich so intensiv wie möglich mit Schreiben zu befassen, damit ich zurechnungsfähig bleibe. Ich muss einfach meine sieben Sinne zusammennehmen und etwas recherchieren. Gerade bin ich bei einer Geschichte, die im Gefängnis spielt, weißt du …«

»Aha, tja, schon gut. Ich bin grade auf dem Rückweg vom Bahnhof. Wir können uns um fünf oder so im Jubilee-Park treffen, wenn du willst.«

Ich bin erleichtert. Da sind wir immer nach der Schule hingegangen, um die Enten im Teich zu füttern. »Okay, bis dann.«

31 Nick

Als ich in den Jubilee-Park komme, sitzt Mark bereits auf der Bank, von der aus man auf den Teich schauen kann. Er fläzt sich an die hölzerne Rückenlehne und hält mit geschlossenen Augen das Gesicht der wärmenden Sonne entgegen.

»Entschuldigen Sie, mein Herr, es ist nicht gestattet, dass Stadtstreicher hier schlafen«, sage ich, als ich von hinten an ihn herantrete. Ich schlage ihm auf die Schulter. Er lacht, denn auf Anhieb erkennt er mich an der Stimme.

»Wie geht's so, Alter?«, fragt er und streckt mir die Hand entgegen, als ich mich neben ihn gesetzt habe.

»Ging schon mal besser.«

»Ja, ich hab die Sache auf Facebook gesehen. Schlimm. Ich kann mir kaum ausmalen, was ihr gerade durchmacht.«

»Ich auch nicht.«

»Haben die Bullen eine Spur?«

»Keine einzige. Kein Wunder.«

»Manches ändert sich nie. Du musst ganz schön in den Seilen hängen.«

Fast muss ich lachen. »Das kannst du wohl sagen.«

»Also, was für Recherchen betreibst du?«, erkundigt er sich, weil er meint, dass ich gern das Thema wechseln möchte. Aber das möchte ich nicht.

»Um ganz ehrlich zu sein, mein Lieber, recherchiere ich gar nichts. Ich war sozusagen gezwungen, das am Telefon zu sagen, weil die Polizei mich wahrscheinlich abhört.«

»Scheiße, warum? Ellie?«

»Ja. Sie stellen mir komische Fragen. Wahrscheinlich sind die Angehörigen automatisch verdächtig, aber das versetzt mich auch nicht gerade in eine Hochstimmung.«

»Was für komische Fragen stellen sie denn?«, hakt Mark nach.

»Ich bin skeptisch, ob sie mir glauben. Ein Problem ist, dass so ein alter Knacker von gegenüber irgendwelchen Argwohn gegen mich hegt. Er muss auf jeden Fall gesehen haben, wie ich Ellie ins Auto setzte, aber das hat er gegenüber der Polizei abgestritten. Sein Wort steht also gegen meins. Und er gilt als Hüter von Sitte und Anstand in der Nachbarschaft, wohingegen ich … tja …«

»Geht's um die Sache mit Angela?«, fragt Mark.

»Ja, genau.«

»Lass dir da keine grauen Haare wachsen, alter Freund. Mit dieser Masche probieren sie es immer. Da musst du drüberstehen.«

»Du hast leicht reden.« Ich beuge mich vor und stütze die Ellbogen auf die Knie. »Hör mal, wir haben jahrelang nicht miteinander geredet, aber ich kann dir doch immer noch vertrauen?« Als Mark die Stirn in Falten legt, füge ich sofort hinzu: »Nein, Mensch, um Gottes willen. Nichts dergleichen. Ich verspreche dir hoch und heilig, ich hänge nicht mit drin, was Ellies Verschwinden betrifft. Aber ich habe eine E-Mail bekommen. Eine Erpresserbotschaft.«

Dann berichte ich Mark, was darin stand. An jedes Wort, jedes Satzzeichen kann ich mich erinnern.

»Scheiße«, meint Mark.

»Das kannst du wohl sagen.«

»Denkst du, dass du die ernst nehmen musst?«, fragt er.

»Sagen wir mal so: Dieser Typ befand sich irgendwo in der Nähe meines Hauses, denn er machte eine Bemerkung über den Bullen, der auf meiner Auffahrt stand.«

»Oje.« Mark schaut auf den Teich, wo eine Stockente einige Sekunden lang den Kopf ins Wasser steckt, als wolle sie von unserem vertraulichen Gespräch verschont bleiben.

»Pass auf! Ich brauche jetzt keinen Vortrag oder kameradschaftlichen Rat. Ich habe viel nachgedacht. Wenn ich mich zwischen Tasha und Ellie entscheiden muss, habe ich keine Wahl. Und … tja, du erwähntest mal vor langer Zeit einen Kerl, der einem gelegentlich einen Gefallen tun kann.« Ich bereue auf der Stelle meine alberne ganovenhafte Ausdrucksweise.

Mark muss natürlich lachen. »Na hör mal, du machst jahrelang einen Bogen um mich, tauchst glattweg ein paar Tage nach dem Verschwinden deiner Tochter auf und bist selbst verdächtig, und ich soll dich mit einem Auftragskiller zusammenbringen, der deine Alte in die ewigen Jagdgründe schickt? Hast du dir irgendein Kraut reingezogen, Mann?«

Nur ruhig Blut. »Klar klingt das wahnwitzig. Aber irgendetwas sagt mir, dass der, der Ellie in seiner Gewalt hat, sie nicht hergibt, wenn ich mich nicht darauf einlasse. Er wird Ellie umbringen, wenn ich mich nicht füge. Die Polizei hat keine Chance mehr, sie zu finden. Der einzige Hinweis ist die E-Mail, und wenn ich ihnen die gebe, dann wird Ellie von ihrem Entführer, wer immer das auch ist, getötet. Das kann ich nicht riskieren. Wie könnte ich? Ich meine, verdammte Scheiße, wenn Tasha sterben müsste … Aber im Vergleich mit dem Gedanken an ein Leben ohne Ellie ist das nichts – das könnte ich nicht ertragen.«

»Also deine Frau kaltzumachen wäre besser?«

»Ja«, sage ich rundheraus.

»O mein Gott.« Mark lässt den Blick über den Teich schweifen, die Stirn gerunzelt, vornübergebeugt und sich die Hände reibend, als spülte er sie sich unter einem imaginären Wasserhahn ab. »Puh, ich weiß ja nicht. Ich meine, in so einen Haufen Scheiße will ich nicht reingezogen werden, begreifst du das?«

»Er ist ein Freund von dir, oder?«, frage ich.

»Kommt drauf an, was du unter Freund verstehst. Kennen tue ich ihn, ja. Aber ich würde ihn nicht unbedingt zu Hähnchen mit Jägersoße und einer Partie Mensch-ärgere-dich-nicht einladen.« Mark schüttelt den Kopf. »Schau mal, ich habe eine saubere Weste, klar? Ich mische bei solchen kriminellen Sachen nicht mit. Ich bin kein gewalttätiger Mensch.«

»Ich ja auch nicht«, halte ich dagegen und schaue ihn an. Er hebt eine Augenbraue. »Das ist lange her, Mark, das weißt du.«

»Ja, ich weiß, tut mir leid. Ich bin nur etwas geschockt, verstehst du?«

»War mir klar, dass du dich zu nichts hinreißen lässt.« Ich grinse ihn schief an. Mark hat sich immer etwas darauf eingebildet, ein Mann von Welt zu sein – der ehrbare Frevler, könnte man sagen.

»Nun ja, tagtäglich führst du sicher kaum solche Gespräche. Hör zu, ich mache da nicht mit, klar? Einen Scheiß werde ich tun. Wenn du so einen Vogel suchst, mit dem du einen Deal machen kannst, dann ist das deine Angelegenheit. Das geht mir am Arsch vorbei. Kapiert?«

Ich schlucke und nicke schnell. »Ja. Danke, Mark.«

»Der Typ heißt Warren McKenzie. Seine Stammkneipe ist das *Talbot Arms*. Eine Handvoll Serben arbeiten für ihn schon seit einigen Jahren. Zuverlässig, denke ich. Keiner kennt sie außer ihm, und so muss es sein.«

Mir kommt alles surreal vor. Wie eine Szene in einem Gangsterfilm, ich muss fast feixen. Vielleicht will Mark mich verarschen und spielt sich wie der Pate auf. Nimmt er mich auf den Arm? Aber ich kenne Mark schon lange, und ich merke es ihm an, dass das nicht stimmt. Jetzt erst erkenne ich in seinen Augen Angst.

32 Tasha

Nick ist schon mehrere Stunden außer Haus, wer weiß, wo – er wollte sich mal gründlich auslüften. Der Fahndungsaufruf soll heute in den Abendnachrichten ausgestrahlt werden, uns bleibt danach sicher nicht viel Zeit. Bis nach den Aufnahmen war ich nicht darüber aufgeklärt, dass sich die Ausstrahlung so verzögert. Ich war davon ausgegangen, sie würden es sofort auf allen Kanälen senden. Jede Sekunde zählt, meiner Ansicht nach ist es überlebenswichtig, dass die Botschaft unverzüglich über sämtliche Nachrichtensender jeden erreicht.

Die Polizisten sagten, sie müssten mit großem Bedacht operieren und die Informationen in richtiger Weise und in der richtigen Reihenfolge freigeben. So ganz blickte ich nicht durch, wie sie das meinten, aber ich unterstelle ihnen mal, dass sie Hinweise haben, denen sie auf der Spur sind, und den Aufruf im Fernsehen dazu nutzen wollen, sie zu prüfen. Ich fühle mich zurückgesetzt, weil sie die neu hereinkommenden Informationen nicht an uns weiterreichen, wo es doch um unsere Tochter geht. Ich habe absolut keine Ahnung, wie viel sie wissen oder was sie zu wissen glauben, aber man sollte davon ausgehen, uns das mitzuteilen habe Vorrang. Es sei denn, wir selbst stehen unter Verdacht.

Ich hüte mich zu sagen, ich wäre auf diese Idee noch nicht gekommen. Klar. Wenn man logisch denkt, muss man schon mit einigen Fangfragen rechnen. Ich spüre nur noch schiere Verzweiflung. Diese Leute sind dazu abgestellt, uns Ellie wieder nach Hause zu bringen. Gebetsmühlenartig leiern sie ihren Vers herunter, wir sollen alles ihnen überlassen. Sie seien doch die Spezialisten. Aber wenn sie auch nur ein Quäntchen ihrer Zeit damit zubringen, uns zu verdächtigen und uns nachzuspionieren, dann ist es gestohlene Zeit, die der Suche nach Ellies wirklichem Entführer gelten sollte.

Seltsam, was sich alles ändert, wenn so etwas passiert. Alles Vertraute nimmt ein anderes Gesicht an. Im Grunde bin ich kein Mensch der vielen Worte. So wie Nick behalte ich meine Gefühle eher für mich. Eigentlich haben wir uns einander nie geöffnet. Ein Problem war das nie, glaube ich, aber seit wir Ellie vermissen, brauche ich ihn um mich. Wenn nicht ihn, dann einen anderen Menschen. Als hätte ich alles in mich hineingefressen und müsste es jetzt einem anderen Menschen gegenüber herauslassen. Jemandem, der sich in den letzten Tagen um mich gekümmert hat und es nicht an Aufmerksamkeit hat fehlen lassen. Einer weiblichen Person, aber keiner behämmerten Polizistin.

Ich beschließe, Emma anzurufen. Sie hat sich schon ein paarmal gemeldet und weiß, dass ich zu kämpfen habe, sie hat mir ja auch bei dem Gang zur Ärztin beigestanden. Emma ist da, wenn ich sie brauche. Auf sie ist immer Verlass. Jetzt schäme ich mich, dass ich ihr keine treue Freundin gewesen bin. Befreundet waren wir schon, aber das beschränkte sich mehr auf Weihnachtskarten und gelegentliche Plaudereien. So eine Bekannte, wie sie wohl die meisten Erwachsenen haben. Sehr eng verbandelt waren wir nie, doch im Moment kann ich nur auf sie zählen.

Sie verströmt Ruhe von dem Augenblick an, in dem sie den

Hörer abnimmt. Am meisten mag ich an Emma, dass sie immer ruhig bleibt und mir wohltut. Sofort erkundigt sie sich nach Nicks und meinem Befinden und ob es etwas Neues wegen Ellie gibt. Ich verneine. Sofort spürt Emma, dass etwas nicht stimmt.

»Hast du was auf dem Herzen?«, fragt sie mit sicherem Gespür. Sie weiß ja, dass ich nicht von der Sorte bin, die sich bloß meldet, um zu quatschen.

»Ja, ein, zwei Dinge schon«, antworte ich etwas bissig. Als könnte ich angesichts der Umstände unverkrampft und unbeschwert sein.

»Du kannst mir getrost alles sagen, das weißt du doch? Wir sind nicht mehr so vertraut miteinander wie früher, aber ich bin immer für dich da, wenn du mit mir reden möchtest.«

»Ich weiß das, danke dir.« Es stimmt durchaus, was sie sagt. An der Universität waren wir eine eingeschworene Vierergemeinschaft. Wir erfüllten alle Klischees: Ich war die Anführerin, die Starke, Selbstbewusste, die am meisten Beachtung bei den Jungs fand. Emma war die Stille, Anspruchslose, Hippiehafte, der die Eltern zugesetzt hatten, bis sie zur Uni ging, die jedoch mit ihrem Abschluss keine anderen Ambitionen hatte, als ihre Eltern glücklich zu machen. Cristina war die Trinkfreudige, die mitten in der Nacht abtauchte, entweder in die eigene oder in die Wohnung von jemand anderem. Leanne schließlich war die Sportskanone, die nie trank, auf sich aufpasste, sich aber trotzdem ein schönes Leben gönnte. Ich wohnte bei meinen Eltern zu Hause, da die Universität nur fünf Kilometer entfernt war. Emma kam aus Droitwich, Cristina aus Wales und Leanne aus Devon. Wie Pech und Schwefel hingen wir zusammen. Alle vier blieben wir nach der Uni in der Gegend hängen, was uns den Irrglauben eingab, wir blieben auch in alle Ewigkeit Freundin nen. Diese Selbstzufriedenheit war unser Verhängnis.

Gegen Ende des Studiums lebten wir uns schon langsam auseinander. Kurz vor dem Abschluss lernte ich Nick kennen, und zwar beim Studentenwerk, obwohl Nick nicht studierte. Er hatte dort ein paar Freunde, da er ein Einheimischer war. Zunächst quatschten wir bloß, ehe wir uns näherkamen. Schon damals öffnete er nicht sein Herz, wenn ich es mir so überlege. Nie fragte ich ihn, ob er eine Freundin habe, was seine Familie mache, nichts. Ich war keine Fragestellerin, und er war kein Fragenbeantworter. Zunächst sagten wir den anderen nicht einmal, dass wir ein Pärchen waren. Wir waren Bekannte, dann Freunde, und dann machte es irgendwann Knall. Den Drang, es herumzuerzählen, hatten wir nicht. Eigentlich gab es auch keinen regelrechten Anfang. Mir ist nur noch erinnerlich, dass es mich immer unwiderstehlicher zu diesem Burschen mit dem Szenetouch hinzog, der so unaufgeregt war, sich selbst genügte und sich vollkommen wohl in seiner Haut fühlte. Ein Typ, der ein gesundes Selbstbewusstsein hat, aber nie vor Arroganz überschäumt, ist unglaublich sexy.

»Ehrlich gesagt, hat es mit Nick zu tun«, rücke ich heraus und halte das Telefon dicht an den Mund, obwohl niemand zuhören könnte. »Er macht alles schlimmer, weil er sich immer so in den Fokus rückt. Und sein Benehmen ist so ... verstörend.«

»Verstörend? Inwiefern?«

»Da gibt es mehreres«, antworte ich und überlege fieberhaft, wie ich es ausdrücken soll. »Du kennst ihn ja. Ich werde nicht aus ihm schlau.«

»Warum, was macht er denn?«

Ich atme tief ein. »Ich weiß nicht, ob ich das weitersagen darf, verboten haben sie es mir nicht. Der alte Kerl von gegenüber hat Nick in hellen Aufruhr versetzt. Nick ist überzeugt, dass der Alte nicht ganz astrein ist. Weil er angeblich seine Aussage geändert oder behauptet hat, dass er Nick nicht gesehen hat, als er Ellie ins Auto setzte. Jedenfalls stürmte Nick zu ihm rüber und fragte nach. Er war davon ausgegangen, dass der Mann wüsste, wo Ellie steckt. Er hat den armen Kerl tüchtig verschreckt und ihm das ganze Haus auf den Kopf gestellt. Die Polizei musste ihn abführen.«

Emma stößt den Atem aus. »Mannomann!«

»Und dann kommt er heim, die Polizei ist da, wen wundert's, und sie fragen ihn aus. Es stellt sich heraus, dass er früher mal eine Bewährungsstrafe bekam, als er seine Freundin verschleppte und an einen Baum fesselte. Die beiden hatten sich vollaufen lassen und waren high.«

»O Gott! Und das war, bevor ihr euch kanntet?«

»Ja. Offenbar hält ihn das davon ab, sehr oft zu trinken. Dass er Cannabis und anderes Zeugs geraucht hatte, war mir bekannt, aber auch das tat er damals schon viel seltener als zur Zeit dieser Vorfälle. Und ich hatte null Ahnung. Wie kann er das so lange vor mir geheim halten? Als hätte er es aus seinem Gedächtnis gestrichen.«

»Nun ja, das soll ja vorkommen«, erwidert Emma. »Hättest du ihn anders eingeschätzt, wenn du es früher erfahren hättest?«

Ich seufze. »Es kommt darauf an, wie viel früher. Wäre er gleich am Anfang damit herausgerückt und hätte mir eröffnet: *Hör zu, ich bin Nick, ich habe mal meine vorherige Freundin entführt*, dann wäre ich wohl nicht lange bei ihm geblieben.«

»Vielleicht war es nicht seine vorherige Freundin. Es könnte ja auch viel eher passiert sein.«

»Schon möglich«, gebe ich zu. »Woher soll ich das wissen. In die Einzelheiten bin ich nicht eingeweiht. Über seine Exfreundinnen wollte ich nie Auskunft von ihm. Wer will das schon?« Im selben Moment wird mir klar, dass ich eigentlich wenig über Nicks Vergangenheit weiß. Nur Grundsätzliches – wo er aufwuchs, wo seine Eltern wohnten, wo er zur Schule ging. Aber nicht Details. Nicht die Anekdoten, die lieb gewonnenen Geschichtchen und Erinnerungen.

»Verzeih mir, wenn ich das sage, aber das klingt so, als ob du an Nick zweifelst.«

»Frag mich was Leichteres. Ich weiß wirklich nicht. Das ist sicher der Schock. Als ich das erfahren habe, flog mir alles um die Ohren. Ich komme damit nicht zurande. Und jetzt fängt er an, unter dem Vorwand, dass er Luft braucht, irgendwo herumzustreunen. Ich weiß nicht, wo er ist, was er treibt. Ich weiß auch gar nicht, ob ich das überhaupt wissen will.«

»Kann ich irgendwas für dich tun?«, fragt Emma nach kurzem Schweigen.

»Das bezweifle ich. Ich wollte das bloß mal loswerden. Da ist zwar diese Polizistin Jane, aber ob ich mich der anvertrauen kann? Ich fühle mich ständig von ihr beobachtet, als liege sie auf der Lauer, bis ich mich verplappere.«

»Das ist typisch Polizei. Sie machen ihre Arbeit, denke ich mal. Da würde ich mir keine allzu großen Sorgen machen. Wenn du etwas loswerden willst, kannst du dich immer bei mir melden, ja? Ich bin für dich da.«

»Danke«, sage ich, was sonst. Mir ist so, als bräche ich vollständig zusammen, wenn ich mehr sagen würde.

33 Nick

Das *Talbot Arms* ist eine Kneipe, in die es mich noch nie verschlagen hat. Mein ganzes Leben wohne ich in dieser Stadt, die Kneipe gab es schon immer, aber ich kenne keinen Menschen, der dort sein Bier trinkt. Es ist eine richtig schäbige Spelunke. Ein Betonbunker, über und über behängt mit Georgskreuzen und Transparenten von *Sky Sports*. Mindestens eines der Fenster ist immer mit Brettern zugenagelt, und man riecht die Zigaretten und alte Pisse schon im Vorbeifahren.

Der Parkplatz ist von Kippen und Bierdosen übersät, bloß Autos gibt es auffällig wenige. Ich stehe nur einen Fußbreit von der Tür entfernt und frage mich, was um alles in der Welt mich hierher verschlagen hat. Ich bin im Begriff, einen extremen Schritt zu tun. Dass dieser Entführer darauf beharrt, ich und kein gedungener Killer solle diesen Schritt tun, bedeutet, dass er mich leiden sehen will. Folglich ist es jemand, den sowohl Tasha als auch ich provoziert haben. Bloß komme ich nicht darauf, wer es sein könnte. Woher weiß ich eigentlich, ob das nicht eine Falle ist? Das ist nicht ganz von der Hand zu weisen, aber höchst unwahrscheinlich. Wahrscheinlicher ist es, dass ich Ellie nicht wiedersehe, wenn ich mich nicht auf die Sache einlasse. Was kann ein kleiner Plausch in der Kneipe schon schaden?

Ich stoße die Tür auf und trete ein. Augenblicklich bleibe ich wie angewurzelt stehen, ich fühle mich beobachtet. Hier gibt sich nicht viel Laufkundschaft die Klinke in die Hand, deshalb falle ich auf. Im Unterschied zu den anderen habe ich zum Beispiel keine Glatze.

Dann gehe ich möglichst lässig und selbstbewusst an die Theke und bestelle mir ein Lagerbier. Der Wirt guckt mich eine Sekunde länger an, als mir lieb ist, dann zapft er das Bier. »Bin gerade in die Gegend gezogen.« Weiß Gott, warum mir das herausrutscht. Ich bekomme mein Pint und zahle dafür. Der Wirt setzt sich etwa einen Meter entfernt von mir auf einen Barhocker und behält vier glatzköpfige Kerle im Blick, die zusammen Billard spielen.

»Ich suche jemanden«, taste ich mich vor. »Warren McKenzie heißt er. Kommt er manchmal hierher?«

»Wer sucht ihn denn?«, fragt der Wirt zurück, ohne den Blick vom Billardtisch abzuwenden.

»Ich.«

Gemächlich erhebt er sich, stellt sich mir gegenüber und beugt sich zwischen den Zapfhähnen der Schankanlage über den Tresen. »Und wer sind Sie?«

»Ich bin ein Kumpel«, antworte ich und strecke ihm aus einem unerfindlichen Grund die Hand entgegen, als fordere ich ihn auf, sie mir zu schütteln. Zu meiner Überraschung tut er das tatsächlich. »Ich muss mit ihm reden. Ein Kumpel von mir hat mir den Kontakt vermittelt.«

»Ihr Kumpel hat also vermittelt? Sie sagten doch erst, Sie seien selbst ein Kumpel von ihm.«

»Nun ja, der Kumpel … von einem Kumpel«, stammele ich.

Der Wirt setzt ein schiefes Grinsen auf, seine Schultern heben und senken sich, er schnauft wie ein Taucher durch seinen Schnorchel und ruft dann laut zum Billardtisch hinüber: »Warren, der Typ hier will mit dir reden.«

Einer von den Jungs reckt sich und kommt langsam herüber, wobei er mich kritisch beäugt.

»Ja?« Er ist ein Hüne und trägt ein kurzärmliges kariertes Hemd, das meinen Blicken entzieht, ob sich darunter Fett oder Muskeln verbergen. Am rechten Bizeps schaut unter dem Ärmel eine Tätowierung hervor, aber ich kann nicht erkennen, was da abgebildet ist.

»Hi«, sage ich und reiche ihm die Hand wie zuvor dem Wirt. Warren, nicht ganz so entgegenkommend, sieht darüber hinweg und nagelt mich weiter mit seinem Blick fest.

»Ein Freund meinte, Sie würden ein bisschen Arbeit übernehmen und mir vielleicht aushelfen.«

»Sie wollen also einen Erweiterungsbau hochziehen, was?«, sagt er. Ich höre vom Billardtisch her seine Kumpane leise kichern.

Da ich nicht recht einordnen kann, ob er sich mit mir anlegen will oder ob es sich um eine Art Geheimcode handelt, blinzele ich ihn an. Was muss ich jetzt antworten?

»Ich bräuchte jemanden, der mir einen Gefallen tut«, bringe ich hervor. Etwas anderes fällt mir nicht ein.

»Tut mir leid, Freundchen, einen Gefallen tue ich niemandem. Nur bezahlte Arbeit. Der Ziegelpreis ist letztens in die Höhe geschossen, verstehen Sie.« Aus dem Gekicher der Kumpane ist vernehmliches Johlen geworden.

»Können wir vielleicht draußen weiterreden?«, bitte ich ihn. »Ein Freund hat mich hergeschickt und gesagt, Sie seien zuverlässig. Am besten reden wir unter vier Augen.«

»Ach ja?« Er rückt mir auf die Pelle. »Das sehe ich anders. Wenn Sie was zu sagen haben, dann raus mit der Sprache, und zwar hier. Wer ist denn Ihr Freund?«

»Das darf ich nicht sagen, er bat mich darum.«

Nun gibt er diesen Schnorchellaut von sich, der zuvor von dem Wirt kam. »Sie haben Schwein, dass ich gut drauf bin. Raus jetzt!« Er weist mich zur Tür.

Da ich die Drohung in seinen Augen flackern sehe, lasse ich mich auf keine Diskussion ein. Ich habe es vermasselt.

Dann öffne ich die Tür und trotte über den Parkplatz, lasse mich auf eine niedrige Mauer fallen und schließe die Augen. Die Sonne brennt mir auf den Hinterkopf.

Wenig später höre ich ein schrammendes Geräusch wie von Metall, drehe mich um und sehe, wie der Wirt ein leeres Bierfass außen an die Wand seiner Kaschemme stellt. Er schaut sich zu mir um, dann kommt er herüber.

»Machen Sie sich keinen Kopf wegen Warren«, beruhigt er mich. »Der geht nur auf Nummer sicher, auf seine Art.«

Ich zwinge mich zu grinsen und behalte die vorbeifahrenden Fahrzeuge im Auge.

»Warum haben Sie behauptet, dass Sie gerade erst zugezogen sind?«, erkundigt er sich und lässt sich neben mir auf dem Mäuerchen nieder.

Ich zucke mit den Schultern. »Keine Ahnung. Es sollte nicht so auffallen, wenn ich ganz zufällig hereinschneie.«

»Warren hatte mehrfach Zusammenstöße mit den Bullen. Sie können sich vorstellen, dass er da Fremden gegenüber misstrauisch ist. Ich habe aber Ihr Foto in der Zeitung gesehen, ich weiß, wer Sie sind. Warten Sie mal kurz.« Damit entfernt er sich, ehe ich gerafft habe, was er meint. Mist! Er weiß, wer ich bin. Das ist äußerst unerfreulich. Also muss ich wachsam sein. Auf jeden Fall findet er es absolut normal, dass Berufsverbrecher in seiner Kneipe ein und aus gehen. Nun gilt es, Augen zu und durch. Den Schwanz einziehen geht nicht mehr. Ich muss da jetzt durch.

Innerhalb einer Minute ist er wieder da, gefolgt von Warren. Ich stehe auf und gehe ihnen entgegen, in der Mitte des Parkplatzes treffen wir aufeinander.

»Richard meint, Sie sind in Ordnung«, sagt Warren.

»Ja. Tut mir leid, dass wir uns nicht gleich verstanden

haben. Na ja, solche Sachen gehören nicht zu meinen täglichen Geschäften.«

Warren wechselt einen Blick mit Richard, worauf der Wirt wieder zurück in die Kneipe stiefelt und uns beide allein lässt. Warren sieht mich an und wartet, dass ich mich erkläre.

»Ich brauche jemanden, der …«, stammle ich und gebe mir Mühe, nicht wie der Bösewicht aus einem Gangsterfilm dazustehen. »Der sich meiner Frau annimmt.«

Einige Augenblicke herrscht Schweigen, ehe er zu einer Antwort ansetzt. »Richard hat mich aufgeklärt, wer Sie sind. Dass wir uns gleich richtig verstehen, von Mann zu Mann: Ehre und Vertrauen bedeuten mir viel, kapiert? Ich habe mein Geschäftsmodell, aber auch meine Moral. Mit diesem Gesülze, dass die Weiber alle Engel sind, kann man mir den Buckel runterrutschen. Meist sind sie fieser als Kerle. Was da zwischen Ihnen und Ihrer besseren Hälfte vorgefallen ist, ist Ihr Problem, ich halte mich da raus. Aber ich lege fest, wem ich unter die Arme greife, wenn es andere Gründe gibt, klar? Also schauen Sie mir mal tief in die Augen und sagen Sie mir ins Gesicht, dass Sie keinen Schimmer haben, was mit Ihrem Balg passiert ist.«

Es soll einschüchternd und kompliziert klingen, doch so leicht ist mir eine Antwort lange nicht mehr gefallen. Ich blicke ihn gerade an. »Ich schwöre, dass ich keine Ahnung habe. Ich will nur meine Tochter zurückhaben. Und etwas anderes bleibt mir nicht übrig.«

Er nickt.

»Was machen Sie? Ich meine, wie lange brauchen Sie dafür? Ist es mit Gewalt verbunden? Das muss ich wissen.«

»Ich weiß nicht, wovon Sie sprechen«, entgegnet er mit nicht zu deutendem Gesichtsausdruck, doch sehr wohl erkenne ich hinter seiner starren Miene, dass er in Wirklichkeit sagen will: *Darüber wird Stillschweigen gewahrt.* Dass er vorsichtig ist, leuchtet mir ein, aber er kann mich doch kaum für einen verdeckten Ermittler oder so etwas halten, denn dafür stelle ich schon mal zu viele unmissverständliche Fragen. Das wäre höchst tollpatschig für einen Ermittler.

»Wie viel verlangen Sie für … Ihre Dienstleistung?«, frage ich.

»Fünfzehn Riesen«, antwortet er, ohne mit der Wimper zu zucken.

Ich gebe mich völlig ungerührt. »In Ordnung«, stimme ich zu.

»In bar und im Voraus.«

»Was, den vollen Betrag?«

»Ja, wie ich gesagt habe. Entgegen Richards Aussage kenne ich Sie nicht über Adam.«

Was bleibt mir übrig? Aber wenn Tashas Leiche gefunden wird und es einen Kontoauszug gibt, aus dem ersichtlich ist, dass ich einen riesigen Geldbetrag abgehoben habe, dann gerate ich in Erklärungsnot.

»Das ist eine ganze Menge«, gebe ich zurück. »Welche Story soll ich mir aus den Fingern saugen, um zu erklären, wo das ganze Geld hin ist?«

»Eine Story für wen?«, fragt er.

»Für die Polizei.«

»Warum sollte die Polizei danach fragen? Sie behalten doch eine reine Weste, Freundchen. Sie liefern niemandem einen Anlass, verdächtig zu sein.«

Ich schlucke. »Ein bisschen Dreck klebt schon an meinen Händen«, wende ich ein.

Seine Augen verengen sich zu Schlitzen. »Dann sollten Sie sich die mal gefälligst waschen. So läuft's bei mir. Das ist meine Geschäftsmethode. Mit unsicheren Kandidaten tue ich mich nicht zusammen.« Irgendetwas muss er in meinen Augen entdeckt haben, denn er hält inne und mustert mich eine Weile. »Hören Sie, mein Bruder hat ein Wettbüro drüben in der Dunhill Road. Der nimmt nur Bares. Sie wissen ja, wie so was funktioniert. Du machst eine schlimme Zeit durch, wirst schwach, bist total neben der Spur. Da fängst du an zu zocken. Pferde, Windhunde, was weiß ich. Da kannst du mal dem Elend entfliehen, dir einen kleinen Rausch gönnen. Und, schwuppdiwupp, sind fünfzehn Tausender futsch. Geht ganz einfach.«

Schlagartig wird mir klar, worauf er hinauswill. »Aber wie soll ich das anstellen? Die Bullen kriegen doch raus, dass ich nie beim Buchmacher war. Die haben Überwachungskameras.«

»Ach, wenn Sie wüssten, wie oft die Dinger außer Betrieb sind«, hält er mir feixend entgegen. »Auf jeden Fall ist mein Bruder ein verlässlicher Zeuge. Ist seit zwanzig Jahren dabei. Die Gewinnquoten sind lachhaft, aber er hat Stammkunden, die da gerne ihre Knete ausgeben, Sie verstehen, was ich meine.«

»Geldwäsche?«, frage ich.

Er zuckt mit den Schultern, als hätte er von alldem keine Ahnung. »Ich weiß ja nicht mal, was dieses Wort bedeutet, Mann. Also, klappt es mit den fünfzehn Riesen, oder was?«

»Ja, geht klar«, beeile ich mich zu bekräftigen und rechne mir hastig zusammen: Wir haben etwas Geld auf der hohen Kante, aber nicht allzu viel. Bei Kontoüberziehung käme ich noch mal auf fünftausend, und mit meinen Kreditkarten bekäme ich eventuell auch noch etwas extra. »Bis wann brauchen Sie es?«

»Kommt drauf an, wie dringlich die Sache ist.«

»Ziemlich«, antworte ich. »Wichtig ist, es darf nicht im Entferntesten mit mir in Verbindung gebracht werden. Ein Unfall oder etwas in der Richtung.«

Warren nickt. »Was für eine ist sie so, Ihre Frau? Arbeitet sie? Geht sie zu Abendkursen? Hobbys?«

»Ähm, das eher weniger. Sie arbeitet, abends ist sie jedoch nicht viel unterwegs. Meistens kommt sie ohnehin erst spät heim. Warum?«

Warren runzelt die Stirn.

»Oh«, sage ich verlegen. Ich raufe mir die Haare, um auf eine Idee zu kommen. »Wie schnell können Sie das denn erledigen?«

Warren wechselt das Standbein. »Wie schnell können Sie denn die Kröten zusammenkratzen?«

»So schnell Sie wollen«, heuchle ich. »Momentan ist sie nicht auf Arbeit …« Ich verstumme und baue darauf, dass Warren das Heft in die Hand nimmt. Jedes Wort aus meinem Mund schmeckt wie Gift.

»Gehen Sie in den Imbiss *Crazy Chicken* auf der Northway Street. Das ist eins meiner Geschäfte. Kaufen Sie irgendwas und bitten Sie, einen Brief an mich weiterzuleiten. Sie geben denen einen zugeklebten Umschlag mit dem Foto Ihrer Frau drin. Sie sagen, Sie heißen George und dass Sie an dem und dem Tag anrufen, an dem Sie sich mit mir treffen wollen, an dem Sie die Sache durchgeführt haben wollen. Kapiert?«

»Ja, ich glaube schon.« Ich gebe mir Mühe, mir alles einzuprägen.

»Sehen Sie zu, dass Sie's nicht vergessen«, mahnt er mich. »Regeln Sie alles, so schnell Sie können. Lassen Sie das Geld in dem blauen Abfallcontainer in der Gasse hinter dem *Crazy Chicken*. Tun Sie es um Himmels willen in einen Beutel oder so was. Ich werde mich hüten, mit bloßen Händen da drin rumzuwühlen. Dann rufen Sie schleunigst diese Nummer an«, weist er mich an und reicht mir eine Visitenkarte, die ganz weiß ist bis auf eine darauf gedruckte Zahlenreihe und das Wort *John*. »Von einer Zelle aus. Wenn jemand abnimmt, fragen Sie nach John. Die werden Ihnen sagen, Sie hätten sich verwählt. Und dann hängen Sie einfach auf.«

»Gut.« Ich kann kaum noch denken, aber von diesem Gespräch werde ich in Gottes Namen sicher kein Wörtchen vergessen.

»Egal, was Sie machen, Sie rufen diese Nummer nur einmal an. Nie wieder. Und nehmen Sie ja nicht meinen Namen in den Mund. Verstanden?«

»Ja«, sage ich und atme tief ein. Es fühlt sich unglaublich beängstigend an, aber auch kinderleicht.

34 Nick

Als ich nach Hause komme, hoffe ich im Stillen, dass Tasha nicht da ist. Außer mir vorzustellen, was noch bevorsteht, kann ich keinen Gedanken fassen. Aber ist das nicht genau der Punkt, an dem der Mensch einen Fehler macht? Uns behagt unsere aktuelle Situation nicht, wir sehen am Horizont das fest umrissene Bild eines guten Endes, aber das, was dazwischenliegt, sträuben wir uns zu ertragen. Wenn ich Ihnen einen Fünfpfundschein anbiete oder eine Ohrfeige plus einen Zehnpfundschein, was hätten Sie lieber? Wenn Sie lieber die fünf Pfund nehmen, sind Sie wie die meisten Menschen. Wenn Sie den Zehner nehmen, dann sind Sie vom selben Schlag wie ich.

Beim Eintreten dringt mir schon ihre Stimme ins Ohr. Sie telefoniert, aber mit wem, höre ich nicht. Ich ringe mir ein Lächeln ab, hebe im Vorbeigehen die Hand zu einem kümmerlich angedeuteten Gruß und lenke meine Schritte an der Wohnzimmertür vorbei in die Küche. Dort stütze ich mich mit den flachen Händen auf die Arbeitsfläche und durchbohre die Kaffeemaschine mit meinem Blick, wie um sie zu zwingen, mir gefälligst eine volle Tasse vorzusetzen. Von oben auf der Uhr spüre ich Rosies Anwesenheit. Sie guckt auf mich herunter, davon brauche ich mich gar nicht mit einem Blick zu überzeugen.

Was Tasha redet, verstehe ich von hier aus nicht, aber das gelegentliche »Genau« oder »Das ist es ja gerade« höre ich durch die Wände. Und bei aller Liebe muss ich sagen: Mein Frieden und meine Ruhe sind mir heilig, aber Tashas Stimme nie wieder zu hören, muss mir später eigenartig vorkommen. Alles klingt so nach Endgültigkeit, aber so ist es nun mal. So ist das mit dem Tod.

Was in Tasha vorgeht, kann ich nicht ergründen. Es ist mir immer schwergefallen, aber jetzt umso mehr. Ich habe keinen Orientierungspunkt. Dass sie das Handtuch geworfen hat und Ellie für tot hält, glaube ich zwar nicht; ihre merkwürdig gelassene Art, sich nicht aus der Ruhe bringen zu lassen, bringt mich aber auf die Palme. Das ist Tashas Bewältigungsstrategie. Als meine Eltern starben, war es genauso. Mit einem Schlag wird sie *very British* und wechselt in den Organisationsmodus, gleichzeitig schaltet sie fast vollständig ihre Gefühle ab. Ich müsste lügen, wenn ich nicht zugäbe, dass mich diese Form von Stabilität momentan erdet. Natürlich wird das nicht lange vorhalten, schon gar nicht, sobald Tasha nicht mehr unter den Lebenden weilt.

Ich habe Herzflattern, ein Adrenalinstoß erfasst mich, als mir bewusst wird, dass ich jetzt schon fast gänzlich die Kontrolle über das Künftige aus den Händen gegeben habe. Sobald ich Warren seiner Forderung gemäß das Geld ausgehändigt habe, sind die Würfel gefallen. Dann hängt von mir nichts mehr ab und bleibt mir nichts mehr zu tun. Nur abzuwarten. Das ist tröstlich und unsagbar furchteinflößend zugleich.

Muss ich Jen Hood mailen, um auszurichten, dass alles seinen Gang geht? Lieber nicht, beschließe ich. Sicherheitshalber. Ich wäre schön blöd, eine E-Mail zu schicken und mitzuteilen, ich lasse meine Frau umbringen. Was ich bislang gemailt habe, kompromittiert mich nicht zwingend. Jedenfalls glaube ich das nicht. Aber warum hat sich Jen Hood nicht wieder bei mir gemeldet, um sich zu vergewissern, dass ich es tue? Warum setzt sie mir keine Frist? Ist das eine bewusste Taktik, um mich in Zugzwang zu bringen? Sich in Schweigen zu hüllen, bis ich klein beigebe?

Das Geld. Fünfzehn Tausender. Wo soll ich bloß in den letzten Lebenstagen meiner Frau fünfzehn Riesen hernehmen, ohne dass sie etwas mitkriegt? Das Geld von der Bank abzuheben ist eine unsinnige Idee, aber ich werde ja nun nicht gerade Warren darum bitten, dass er mir Ratenzahlung gewährt.

Damit nicht nachzuweisen ist, wo das Geld hin ist, und damit es sich in das Wettspielmärchen fügt, muss ich an Bargeld kommen, idealerweise aus diversen Quellen. Das hat allerdings einen Pferdefuß: Es gibt mehr Spuren und mehr Zeugen. Das Auto verkaufen kann ich nicht, das wäre suspekt. Ja, und außerdem war es gerade erst ein mutmaßlicher Tatort. Die entsprechende Anzeige sehe ich vor meinem geistigen Auge: *Nur ein umsichtiger Vorbesitzer, kriminaltechnisch auf Kinderblut hin geprüft und für frei davon befunden.* Aber es dürfte keine leichte Übung sein, fünfzehntausend für das Auto zu kassieren, ohne dass man herausfinden könnte, wo es geblieben ist. Im zuvor erwogenen Falle dagegen würde Tasha sicher merken, wenn ich fünfzehntausend Pfund vom Konto abheben würde.

Wenn ich nicht vertuschen kann, wie das Geld in dunkle Kanäle taucht, muss ich vertuschen, wo es wieder auftaucht. Die ganze Wettgeschichte kommt mir reichlich an den Haaren herbeigezogen vor. Vielleicht kann ich Häppchen davon unter den Tisch fallen lassen, aber das Ganze verheimlichen? Wie ich mich innerhalb weniger Tage von einem Nichtspieler zu einem Spieler mausern soll, der mit fünfzehntausend Pfund bei den Buchmachern im Ort in der Kreide steht, kommt mir nicht ganz plausibel vor. Ganz verständlich wäre, dass ein Mann, dessen Tochter gerade als vermisst gilt und im Mittelpunkt landesweiter Fahndungen steht, sich mit finanziellen Aufwendungen konfrontiert sieht. Aus diesem Grund richtet man auch Treuhandfonds ein. Solange es rechtens ist, dürfte es egal sein, wie ich das Geld auftreibe, wenn ich es nur aussehen lasse, als täte ich es zu dem Zweck, Ellie zurückzuholen. Streng genommen, verhält es sich ja auch so, ob die Polizei das allerdings auch so sieht, bleibt dahingestellt.

Schon versteige ich mich zu irrwitzigen Ideen, beispielsweise einem Banküberfall, die ich jedoch sogleich wieder verwerfe. Mit allen Wassern gewaschene Gangs wagen sich an solche Coups und werden geschnappt; was soll ich als kleines Licht da schon ausrichten? Im Übrigen sind die Strafen für bewaffneten Raub und Mord gar nicht so verschieden voneinander.

Fünfzehn Riesen. Mannomann. Im Safe in unserem Schlafzimmer befindet sich etwas Geld – dreitausend etwa –, gedacht als *Notfallfonds*. Tasha verfiel in leichte Panik, als die Bankenkrise zuschlug und Northern Rock in Schwierigkeiten geriet. Wir hatten etwas auf einem Sparkonto angelegt, und es gelang uns noch, es abzuheben, doch seitdem hält Tasha unbeirrt daran fest, dass wir zumindest einen Notgroschen in bar vorrätig haben sollten. Wir sind die einzigen Menschen, die davon wissen, und wenn Tasha nicht da wäre, dann wüsste nur ich davon. Für andere existiert dieses Geld nicht.

Drei Tausender sind allerdings noch nicht fünfzehn. Nur ein Fünftel dessen, was ich brauche, damit Warren zur Tat schreitet. Diese Erkenntnis macht mich nieder: Ich brauche fünfzehntausend, damit Warren seinen Schlag ausführt. Die Stadt steckt voller verzweifelter Rauschgiftsüchtiger und verlorener Seelen, die sich schon für fünfhundert Pfund den rechten Arm abhacken würden, da muss es doch jemanden geben, der eine Unbekannte für dreitausend um die Ecke bringt.

Aber wie, zum Teufel, soll ich das bewerkstelligen? Ich kann doch nicht einfach so auf der Straße jemanden anhauen, mich erkundigen, ob er drogenabhängig ist, und ihm Geld anbieten, damit er meine Frau umbringt. An der Stelle wird es skurril. Das Risiko wäre viel zu hoch. Einer wie Warren weiß, was er tut. Man bekommt das, wofür man zahlt, das ist überall so. Wenn man sich aber am Ende aller Überlegungen nicht das Allerbeste leisten kann, dann muss man sich eben mit dem begnügen, was man zum Schnäppchenpreis kriegt.

Bei meinen Überlegungen, wie ich es anstellen soll, jagt ein Gedanke den nächsten. Ich muss die Sache vorantreiben, weil ich Ellie wiederhaben will. Heikel ist, dass ich inzwischen dank der Berichterstattung über Ellies Verschwinden bekannt wie ein bunter Hund geworden bin, zumindest unter den Einheimischen.

Wenn sich ein zwielichtiger Halunke aus der Gegend hier bereit erklärt, eine ihm unbekannte Frau für Geld zu ermorden, dann wird er auch bereitwillig den Mund aufmachen und seine Story für Geld an den Mann bringen. Das Schicksal will ich aber nicht herausfordern. Folglich bleibt mir nur eine Möglichkeit: es selbst zu tun. Aber mit dieser Idee will ich mich gar nicht erst abgeben.

Wieder geht mir durch den Kopf, dass der Killer offen alles ausplaudern könnte. Das wäre nur eine Gefahr, wenn jemand nachweisen könnte, dass ich der Auftraggeber war. Natürlich wäre ich der Hauptverdächtige, aber könnte ich ein perfektes Alibi vorweisen und wäre de facto mit dem Mörder nie in direkten Kontakt getreten, dann …

Anonymität ist vonnöten, und dazu muss ich meine Spuren gut verwischen. Vor ein paar Monaten bin ich, wie ich mich jetzt erinnere, mal im Darknet gewesen, so einem Schlupfloch im Internet, das sich den Suchmaschinen und den meisten Browsern entzieht und zu dem man nur über eine Reihe von Vermittlungsservern anonym Zugang findet. Klingt komplizierter, als es ist.

Wenn Sie oder ich an unseren Computern ins Internet

gehen, baut der Rechner direkt eine Verbindung zum Internetanbieter auf, der uns mit der Website verbindet, auf der wir surfen. Nutzt man das Darknet, gibt es da Dutzende, ja Hunderte von Zwischenverbindungen, die von China bis nach Kanada, von Frankreich bis zu den Philippinen reichen. An jeder Schaltstelle wird die Verbindung weiter verschlüsselt, um die Quelle zu verbergen. Kurzum: Wenn man schließlich auf seiner Website landet, dann ist bis dahin der Datenverkehr innerhalb weniger Sekunden mehrfach um die Welt gejagt, und sein Urheber ist absolut anonym geworden. Wenn ich einen Killer im Darknet auftreiben könnte, wäre ich fein raus.

Selbst bei der Anonymität im Darknet wage ich aber nicht, meinen eigenen Rechner und meinen Internetzugang zu benutzen. Den Laptop haben sie mir zurückgegeben, aber es lohnt sich nicht, mit dem Feuer zu spielen. Mir kommt mein in Informationstechnik extrem beschlagener Kumpel in den Sinn, den rufe ich an.

35 Nick

Alans nach hinten gehendes Schlafzimmer ähnelt eher dem Raumschiff Enterprise als einem Raum, in dem jemand schläft. Das einzige Einrichtungsstück, das gar nicht an diesen Ort der Spitzentechnologie samt ihren blinkenden Lämpchen passt, ist ein ramponierter Esszimmerstuhl. Alan hat vier Flachbildschirme, zwei nebeneinander und darüber noch zwei leicht nach vorn geneigte, sodass ein elegant geschwungener Eindruck entsteht.

»Das ist nicht gut, dass sie dir deinen Laptop noch nicht wiedergegeben haben«, meint Alan, in einem Schrank herumwühlend.

»Das kannst du wohl sagen. Ich werde verrückt, weil ich nicht schreiben kann. Das ist das Einzige, was mich zurzeit ablenkt.«

»Ja, Mann, kann ich mir vorstellen«, bestätigt er. Alan stammt aus bürgerlichen Verhältnissen, hat jedoch eine eigene Art, sich salopp auszudrücken.

»Wir müssen alle mal auf kreative Weise Dampf ablassen, klar, was ich meine? Ach, hier steckt er.« Alan taucht wieder aus dem Schrank hervor, in den Händen einen schwarzen Laptop, um den das Stromkabel gewickelt ist.

»Der war mal mein Schätzchen. Vierkernprozessor mit Sandy-Bridge-Architektur und Grafikprozessor von Radeon. Ein Prachtstück! Etwas in die Jahre gekommen, aber noch immer gut. Keine Eile mit der Rückgabe. Ich benutze ihn ja nicht mehr.«

»Wunderbar«, freue ich mich. »Sag mal, könnte ich vielleicht gleich hier bei dir ein bisschen arbeiten? Bei uns zu Hause geht es wie im Tollhaus zu, alle fünf Minuten klingelt das Telefon, und die Pressefuzzis wollen auch dauernd was von mir. Es wäre schön, einfach wieder ein bisschen herunterzukommen, weißt du?«

»Ja, klar, null Problem.« Er klopft mir auf den Rücken. »Setz dich unten an den Esstisch, wenn du magst. Da hast du deine Ruhe.«

»Ach, eventuell könntest du mir behilflich sein«, taste ich mich vor, den Laptop unter den Arm geklemmt. »Ich versuche mich gerade an einem Cyberthriller. Eine von meinen Figuren soll so einen obskuren Waffen- und Drogendealer im Darknet verkörpern. Aus naheliegenden Gründen will ich nicht allzu offen danach recherchieren, aber zumindest will ich dahintersteigen, wie das rein technisch funktioniert. Ich nehme an, du könntest mir mal die Grundlagen erklären?«

»Klar. Eigentlich ziemlich simpel«, stimmt er zu, nimmt mir den Laptop ab, klappt den Deckel hoch und schaltet ihn ein. »Die anonymisierende *Tor*-Software ist schon installiert, wenn ich mich recht erinnere. *Tor* bedeutet *The Onion Router*. Das ist ein Browser, mit dem man ins Darknet kommt. Der Name kommt daher, dass sich wie bei einer Zwiebel Schicht um Schicht von Netzverbindungen über deine Suchchronik legt, damit deine Identität und deine Ausgangsposition verdeckt bleiben.«

»Und das nutzen manche für illegalen Handel, ja?«, hake

ich nach.

»Logo. Die Spuren werden so gut wie vollständig verwischt, besonders wenn man Bitcoin nutzt. Das ist eine digitale Währung, es gibt folglich keine registrierten Bankkonten oder irgendwas dergleichen. Dadurch ist alles anonym und der Nutzer so gut wie gar nicht auffindbar.«

»Das ist ja irre«, sage ich mit einem Lächeln und tue so, als hätte ich das nicht schon gewusst und wäre jetzt vor Staunen von den Socken.

»Ja, echt, es gibt so was wie den Silk-Road-Schwarzmarkt, das ist quasi eine illegale Version von eBay, wo man Knarren und fremde Kreditkartendaten und allen möglichen Mist verhökert.«

»Wurde das nicht abgeschaltet? Ich dachte, ich hätte was in den Nachrichten gesehen.«

Alan lacht. »Im Darknet wird nie etwas abgeschaltet. Mann, das ist ein Katz-und-Maus-Spiel. Sie machen es dicht, jemand anders fängt woanders wieder damit an. Kein Problem.«

»Wahnsinn! Was kann man sonst so damit machen? Ich meine, wenn mit gestohlenen Kreditkarten gehandelt wird und mit Waffen und anderen Sachen, dann sind diesem Pack ja keine Grenzen gesetzt?«

»Absolut nicht. Das ist eine richtig abgefuckte Scheiße. Wenn du meinst, das Internet ist schon übel, dann spielt das Darknet noch in einer ganz anderen Liga. Wenn du dir das Allerabgefuckteste im Internet vorzustellen versuchst, dann ist es nur ein laues Sommerlüftchen, verglichen mit dem Darknet.«

»Wie wird es überwacht?«, frage ich ganz nebenbei.

»Im Prinzip gar nicht. Na ja, natürlich drücken sich da Bullen herum und versuchen an Informationen zu kommen, wer diese Brut ist. Aber die echten Schlitzohren lassen sich nicht identifizieren. Das ist das Schöne am Darknet – nur du selbst kannst dich identifizieren. Es ist ein Leichtes, dich komplett bedeckt zu halten.«

Der Laptop ist jetzt hochgefahren, Alan hat den *Tor*-Browser geöffnet und scrollt emsig durch eine ganze Reihe von Websites. »Hier, probier die mal«, ermuntert er mich und öffnet einen Link. »Sozusagen eine Darknetversion von Craigslist. Wenn du denkst, das Original sei schon übel, dann ist das hier total abgedreht.«

Craigslist ist mir nur flüchtig bekannt, es ist im Prinzip ein Online-Kleinanzeigenkatalog. Alles von Gebrauchtwagen über Münzsammlungen bis hin zu Escortservice und Nutten. Mir schwante schon, dass es bei dieser Version hier weniger um Münzsammlungen geht.

»Ganz klasse, danke«, sage ich. »Das liefert mir einige Anregungen und hilft mir, mich an die Realität zu halten.«

»Ja, das ist ein guter Vorsatz. Es stinkt mich an, wie in Büchern und Filmen der Computerkram dargestellt wird, weißt du? *Ach, lass mich mal dieses körnige Bild heranzoomen, dann kann ich die Schrift auf dem Ring von dem Typen lesen.* Oder*: Lass mich mal kurz auf die Tasten hauen, ich will mich in die NASA einhacken*. Alles Quatsch, Mensch.«

Ich schmunzle. »Wem sagst du das! Hast du was dagegen, wenn ich mal ein bisschen surfe? Ich halte mich fern von dem, was nicht ganz koscher ist«, versichere ich.

Alan lacht und setzt sich wieder an seinen Computer. »Einen Scheißjob hast du.«

36 Tasha

Ich kriege Zustände. Arbeiten gehen ist einfach nicht das Richtige im Moment. Die Polizei hat uns geraten, keine Zeitungen zu lesen und nicht fernzusehen. Herumlungern und die Hände in den Schoß legen, so etwa stelle ich mir die Hölle vor. Den größten Teil des Tages hänge ich am Telefon, rede mit Freunden und Verwandten und halte Kontakt zu den Kollegen. Zwar haben mir alle versichert, dass sie da sind, wenn ich sie brauche, und dass ich mich jederzeit bei ihnen melden kann, langsam jedoch spüre ich, dass es sie langweilt, ständig mit demselben Kram zugetextet zu werden. Aber mit etwas anderem kann ich momentan nicht dienen.

Ich muss mich der Tatsache stellen, dass das Leben anderer Menschen weitergeht. Sie kommen weiter von der Arbeit nach Hause zu ihren Kindern, setzen sich wie bisher vor den Fernseher und führen ihr Tagwerk fort. Das kommt mir so abwegig vor, und gleichzeitig schürt es meine Erbitterung und das Gefühl der Einsamkeit. Wie können sie denn ungerührt ihren Geschäften nachgehen? Ich weiß, sie meinen es gut und versuchen freundlich zu sein, aber wie könnten sie auch nur ansatzweise verstehen, was ich durchmache? Sie können es nicht, so viel steht fest.

Die sich allmählich herauskristallisierende Erkenntnis, dass meine Freunde die Geduld verlieren und mir weniger zur Seite stehen, macht wir wirklich Angst. Wenn sie wegbrechen, was dann? Der Medienhype verliert sich bestimmt auch bald. So ist das immer. Und dann? Hören sie dann auf, Ellie zu suchen? Wird die Suchaktion heruntergefahren? Schließt die Polizei die Akte und wendet sich dem nächsten vermissten Kind zu? Und ich und Nick – was wird aus uns? Wie gehen wir mit dem Fakt um, dass unsere Kleine nicht wiederkommt? Ja, je mehr Zeit vergeht, desto unwahrscheinlicher wird das. Man wird die Suche aufgeben. Die Menschen hören auf, sich dafür zu interessieren. Und ich glaube nicht, dass ich mit dieser Endgültigkeit fertig werde.

Ich teile mir den Tag schon mit Teetrinken ein. Es hilft ein bisschen, Routine einzuhalten und das Alltagsleben stückchenweise aufrechtzuerhalten. Keine große Sache, aber eine Stütze. Wiederum empfinde ich tiefe Schuld und Scham, weil ich ein gewisses Gleichmaß hochzuhalten versuche. Was ist denn die richtige Art und Weise klarzukommen? Es gibt keine.

Es klingelt an der Tür. Unwillkürlich spähe ich durch die Vorhänge, kann aber nichts sehen. Ich gehe zur Haustür. Durch den Spion erkenne ich, wer es ist. Jane McKenna. Ich öffne die Tür und lasse McKenna herein, ohne die Außenluft an mich heranzulassen.

»Warm hier drin«, sagt sie als Allererstes. »Wie geht's Ihnen, Tasha?«

»Was denken Sie denn?«, antworte ich, und obwohl es freundlich klingen soll, kommt es anders heraus. Sie ignoriert das.

»Ich habe mir überlegt, dass wir uns vielleicht kurz unterhalten sollten. Neues im eigentlichen Sinne gibt es nicht, aber ich würde mir gerne über Verschiedenes Klarheit verschaffen. Kann ich rein?« Sie deutet zum Wohnzimmer.

Ich nicke, und sie geht durch, ich dicht hinter ihr. Wir setzen uns separat jede auf ein Sofa. Sie schlägt ein Bein über das andere, legt sich einen Notizblock in den Schoß und klopft mit ihrem Kugelschreiber darauf.

»Wie läuft es zwischen Ihnen und Nick?«, will sie wissen. »Ich meine, in den letzten Tagen?«

Ich hebe die Augenbrauen und seufze. »Es ist schwer, klar. Was erwarten Sie?«

»Ist er da?«

»Äh, nein, ich glaube, er ist weggegangen. Er war kurz hier und ging wieder weg.«

»Wo ist er denn?«

»Weiß ich nicht«, antworte ich nach einer Pause. Mir dringt ins Bewusstsein, wie seltsam das klingt. Als wüsste eine Ehefrau nicht, wo ihr Mann steckt, während sie zu Hause einem Lebenszeichen von ihrer entführten Tochter entgegenfiebert.

»Hat er Ihnen das nicht gesagt?«, fragt Jane im Ton einer besorgten Freundin.

»Oh, nein«, gebe ich zurück. »Um die Wahrheit zu sagen, viel reden wir zurzeit nicht miteinander.«

McKenna lächelt wohlwollend. »Haben Sie schon mit dem Opferschutzbeamten gesprochen? Wir können Sie mit Leuten in Kontakt bringen, die da helfen können.«

»Wir brauchen keine Hilfe, vielen Dank. *Sie* brauchen wir, weil Sie unsere Tochter finden sollen.« Mein eigener Ton erschreckt mich. »Tut mir leid.«

»Wir tun, was wir können«, bestätigt mir Jane. »Ich weiß, dass es vielleicht von Ihrem Standpunkt aus nicht danach aussieht, aber hinter den Kulissen ist ein ganzes Team eifrig dabei, Ellie zu suchen. Und diese Leute verstehen etwas von ihrem Handwerk.«

Ich nicke.

»Was ist mit Nicks Freunden?«, fragt sie.

»Was soll mit ihnen sein?«

»Trifft er sich regelmäßig mit einem? Den er heute eventuell besucht? Wir müssen den Rahmen größer stecken. Sie würden sich wundern, wie das zuweilen weiterhilft.«

Ich denke einen Augenblick lang nach. »Nein, mit niemandem. Eigentlich nicht. Es gibt keinen, mit dem er sich regelmäßig trifft. Meistens bleibt er für sich.«

»Tasha, wissen Sie, wo er manchmal etwas trinken geht?«

»Das macht er nicht. Kaum. Hin und wieder genehmigt er sich vielleicht ein Bierchen, aber wenn wir zu Partys oder Veranstaltungen oder dergleichen gehen, dann fährt immer er. Er trinkt nicht viel. Und gar nicht, seit …« Den Rest verschlucke ich. Wir beide wissen, warum Nick nicht mehr viel trinkt.

»Aber wenn er mal weggeht, wohin dann?«, bohrt McKenna weiter und notiert dabei etwas auf ihrem Block.

»Keine Ahnung. Im *Flag* war er ein paarmal mit Kumpels. Und den *Old Red Lion* kann er auch ganz gut leiden. Warum?«

»Und das *Talbot Arms*?«

Unfreiwillig entfährt mir ein Lacher. »Das bezweifle ich. Hängen da nicht die Junkies und Sozialbetrüger herum?«

Jane McKenna hebt eine Augenbraue. Mir ist nicht klar, ob im Einvernehmen oder wegen meiner Wortwahl, betreffend die Klientel dieses Pubs. »Auf jeden Fall gehört es zu den belebteren Kneipen der Stadt, soweit wir wissen. Weshalb ich auch verblüfft war, Nick heute dort hineingehen zu sehen.« Sie blickt mich an, als erwarte sie, dass ich davon längst Kenntnis hätte. Da irrt sie sich aber gewaltig.

»Ich habe keine Ahnung. Warum fragen Sie ihn nicht selbst?«

»Das würden wir ja gern tun, aber wir wissen nicht, wo er sich gerade aufhält. Wir hatten darauf gebaut, dass Sie uns vielleicht weiterhelfen könnten.«

»Ich? Wenn Sie ihn haben hineingehen sehen, dann haben

Sie doch sicher auch mitbekommen, wohin er danach ging? Beschatten Sie ihn etwa?«

McKenna setzt ein breites, strahlendes, unschuldiges Lächeln auf. »Nein, nichts dergleichen. Ich bin bloß zufällig dort vorbeigekommen. Auf dem Weg zu jemand anderem.« Ich sehe ihr an, dass sie lügt.

»Und die Beamten, die uns im Auge behalten sollen? Und das Haus? Wo waren die denn?«

»Die waren um diese Zeit nicht da«, antwortet sie nach kurzem Zögern. »Wir müssen gut überlegen, wo wir unsere Kräfte einsetzen, und es gab keine Übergriffe seitens der Presse oder dergleichen, deshalb haben wir die Überwachung etwas zurückgefahren. Aber wenn sie da sind, dann behalten sie das Haus im Auge, wie Sie sagen. Sie können Nick nicht überallhin folgen. Warum sollten wir ihn denn beschatten? Sie meinten doch, Sie würden ihn nicht verdächtigen.«

McKennas Worte stürzen mich in Verwirrung. Presseübergriffe? Die Überwachung zurückfahren? Nick verdächtigen? Meine grauen Zellen sagen mir, McKenna versucht mich zu bedrängen und etwas aus mir herauszuquetschen, und ganz sicher darf sie das nicht, doch sie ist allein gekommen und hat mich mit ihrem Besuch überrumpelt.

»Sie sollen uns doch beschützen«, bringe ich hervor und kann mich kaum der Tränen erwehren.

»Wir bemühen uns«, entgegnet sie und beugt sich zu mir vor. »Aber in erster Linie müssen Sie sich selbst schützen.«

37 Nick

Als ich an Alans Esstisch Platz genommen habe, recherchiere ich ein bisschen weiter. Als Erstes fällt mir auf, dass das Darknet ein ganz schön übler Laden ist. Da hatte Alan recht. Viel kapiere ich nicht davon, aber das bisschen, was ich verstehe, würde ich lieber nicht verstehen.

Die ganze Anordnung des Darknets ist höchst eigenwillig. Alan wies mich auf ein Verzeichnis hin, in dem die Seiten aufgelistet sind, aber auf mehr wollte er sich nicht einlassen. Als ich die Links durchklicke, stoße ich auf so etwas wie einen Online-Markt. Er ist angelegt wie ein altmodisches Anschlagbrett für Notizen und Bilder, ganz wie im Internet Ende der Neunziger. Ich bin verblüfft, wie marktschreierisch die Rubriken betitelt sind: *Falschgeld, Drogenzubehör, Urkundenfälschungen, Waffen.* Erstaunlich, wie unverblümt das alles aufgeführt wird, als seien es Allerweltsangelegenheiten.

Es ist ganz egal, ob die Behörden es sehen – und das tun sie ja ausnahmslos ständig –, sie kommen ja ohnehin niemandem auf die Spur. Es gibt keine belastenden Unterlagen. Kein Geld wechselt die Hände, alles geschieht mit Bitcoin oder anderen Währungen, deren Wege nicht auszukundschaften sind. Wenn die Behörden einen Verkäufer auffliegen lassen wollten, könnten sie es nicht. Wenn sie etwas von ihm kaufen würden, könnten sie nur einen anonymen Nutzernamen erkennen, und das wär's. Die Verkäufer können theoretisch sehen, wer von ihnen etwas erworben hat, aber dank des eBay-artigen Rückkopplungssystems auf dem Markt wäre es nahezu unmöglich, von einem Lockvogel der Polizei etwas zu kaufen, ohne dass die Polizei zuvor riesige Mengen Drogen und Waffen kauft, damit ihre Punktebewertung in die Höhe schießt. Das ist in etwa so, als wenn diese Jungs über die Grenze gerannt wären, von dort aus Grenzern zuwinkten und riefen: *Ihr kriegt uns nie.*

Ich finde eine Rubrik unter der Überschrift *Gefälligkeiten gegen Naturalien*, wo anscheinend hauptsächlich nichtfinanzielle Transaktionen aufgeführt sind, an denen jemand Interesse haben könnte. Die Sprache ist größtenteils merkwürdig volkstümlich und nimmt unbestimmten Bezug auf Drogen und Waffen, doch auch solche Posten finden sich darunter, die noch viel krasser klingen.

Ich beschließe, den Sprung ins kalte Wasser zu wagen, und klicke auf den Anmeldebutton. Als Erstes erstaunt mich gleich, dass dies die einzige Website meines Lebens ist, auf der ich nur nach zwei Dingen gefragt werde: einem Benutzernamen und einem Passwort. Keine E-Mail-Adresse, kein Name, nichts. Ich schaue mich im Zimmer nach etwas Ominösem um. Mein Blick fällt auf die Bar, und obwohl ich nicht weiß, aus welchem Holz sie ist, tippe ich *Walnuss6676* in das Fenster für den Benutzernamen, und als Passwort wähle ich eines, das ich gut im Gedächtnis behalten kann, sonst jedoch nie irgendwo verwendet habe.

Fertig. Ich bin angemeldet und befinde mich auf der Website wieder in der Rubrik *Gefälligkeiten gegen Naturalien*. Nun arbeite ich mich durch die diversen Ortslagen durch, bis ich hier im Umkreis lande und sicher sein kann, dass meine Anzeige von hiesigen Nutzern zur Kenntnis genommen wird. Sobald ich auf der regionalen Ebene und dann auf der County-Ebene bin, verringert sich unübersehbar die Zahl der Anzeigen. Anscheinend gibt es nicht so viele Einheimische in diesem Marktwinkel. Das ist ganz beruhigend. Ich will es ja nicht gleich übertreiben, deshalb lasse ich noch Ausweichmöglichkeiten offen. Ich bin mir ziemlich sicher, dass sich irgendeiner für drei Riesen aus der Reserve locken lässt.

Ich klicke auf *Neues Thema* und gebe die Überschrift meiner Anzeige ein. Ich möchte es gern kryptisch, mysteriös klingen lassen. Muss ich? Schließlich bin ich im Darknet. Am Ende entscheide ich mich für *Müllentsorgungsexperte gesucht. Bargeld verfügbar.* Der Anzeigentext lautet wie folgt:

> Möchte dringend ein besonders widerliches Abfallobjekt loswerden. Großzügige Bar-Entlohnung für erfahrenen und fachkundigen Müllentsorger.

Ich lese es noch einmal durch. Es klingt kryptisch, aber man kann sich einen Reim darauf machen, worauf ich hinaus will. Es reicht vielleicht, um die auszusortieren, die es nicht ernst meinen. Wenn jemand diesen Job für mich übernehmen kann, dann schnallt er auch, wovon ich rede. Auch die Behörden wüssten Bescheid, wenn sie es zu sehen bekämen. Würde es ausreichen, um mich zu überführen? Kann sein, aber ich habe mich ja vergewissert, dass der Auftraggeber auf keinen Fall ausfindig zu machen ist. Mehr kann ich nicht tun. Ich muss mich darauf einlassen, sonst sehe ich Ellie nie wieder. Bei den Problemen, die sich über mir auftürmen, kann ich nicht anders.

Ich spüre, wie aufgewühlt ich bin und wie meine Beklemmung wächst. Ich versuche ein paarmal, tief und ruhig durchzuatmen. Ich muss mich bemühen, die Dinge wieder in der Normalität zu verorten, und aufpassen, dass meine Fantasie nicht mit mir durchgeht. Ich muss meine Selbstbeherrschung wiedererlangen.

Eine Stunde etwa verbringe ich damit, im Darknet zu surfen, nach meinen E-Mails im Internet zu schauen und ein bisschen nachzuholen, was ich versäumt habe. Von den Nachrichtenseiten und den sozialen Medien halte ich mich tunlichst fern, aber einer kurzen Sichtung kann ich nicht widerstehen. Ich versenke mich nicht in die Kommentare zu den Meldungen über Ellie, zumal es nur wenige sind. Ich will nicht wissen, ob es mich ärgert und aufregt, dass die Unterstützung dahinschwindet, oder ob es mich erleichtert, dass das Medieninteresse abflaut und die Polizei wieder angemessen ihre Arbeit verrichten kann. Sie sind sicher die Fachleute in diesen Dingen. Wenn sie dächten, dass sie davon profitieren, wenn der Mediendruck erhalten bleibt, dann würden sie dafür sorgen. Sie wissen schon, was sie tun. Und das beunruhigt mich.

Als ich fertig bin, gebe ich Alan den Laptop zurück und frage, ob ich ihn eventuell bei Bedarf noch einmal benutzen darf, bis ich meinen eigenen wiederhabe.

Es ist immer praktisch, wenn man jemanden hat, auf den man sich verlassen kann.

38 Nick

Als ich nach Hause komme, werde ich bereits von McKenna erwartet. Sie lächelt eine Spur zu eifrig, als ich ins Zimmer trete. Tasha scheint sich nicht sehr wohlzufühlen.

»Hallo, Nick«, begrüßt mich McKenna und trinkt ihren Tee aus. »Gerade habe ich Natasha über den letzten Stand der Dinge aufgeklärt. Unsere Leute wurden losgeschickt, um das Waldgebiet in Richtung Autobahn zu durchkämmen, und die Fahndungen werden jetzt landesweit über das Radio ausgestrahlt. Man muss davon ausgehen, dass derjenige, der Ellie in seiner Gewalt hat, sie sehr gut versteckt hält oder sie inzwischen weiter weg gebracht hat.«

Gut und schön, das hätte ich dir auch sagen können, denke ich. Ja, ich erinnere mich sogar daran, dass ich das gleich am Anfang gesagt habe. »Und das war's?«, gebe ich zurück. »Sie sind gekommen, um uns die Neuigkeit zu überbringen, dass es nichts Neues gibt?«

»Es wird alles Menschenmögliche unternommen«, sagt Tasha. Ich wundere mich, warum sie plötzlich die Polizei verteidigt. Bei mir kommt das so an, als ob sie von den Bullen überzeugter ist als von ihrem eigenen Ehemann. Ihre Reaktion auf den Zwischenfall bei Derek und diese Angela-Geschichte war verständlich, aber trotzdem hätte ich erwartet, dass sie entschlossener auf meiner Seite steht. Erneut befällt mich ein Gefühl wie Nick gegen den Rest der Welt. Ich bin mir immer sicherer, dass ich auf dem richtigen Weg bin, um reinen Tisch zu machen. Ein für allemal.

»Alles in Ordnung«, sagt McKenna und legt begütigend eine Hand auf Tashas Bein. Anscheinend sind die beiden in der Zeit, da ich weg war, Busenfreundinnen geworden. »Allerdings habe ich überlegt, Nick, ob ich Sie Verschiedenes fragen darf.«

Tasha schnallt die Zwischentöne schneller als ich. »Ich geh mal Tee kochen.«

»Nein, nicht nötig«, wende ich ein. »Ich mache das schon. Wir können uns in der Küche unterhalten.«

Zwar glaube ich nicht, dass einer von uns tatsächlich Tee will, aber ich frage auch nicht nach. Ich mache die Küchentür hinter uns zu und horche auf das, was McKenna zu sagen hat. »Wie kommen Sie zurecht?«, fragt sie, an den Geschirrschrank gelehnt, den Kopf leicht zur Seite geneigt.

»Wie man sich das eben so vorstellen kann.«

»Nun, meiner Meinung nach machen Sie das prima. Das ist ja das Problem, dass die Eltern nicht viel ausrichten können. Wahrscheinlich fühlen Sie sich ganz schön verzweifelt und hilflos.«

»So kann man es nennen, ja.«

»Ich höre, dass Sie in den letzten Tagen öfters mal draußen waren.«

Observieren sie mich? »Ja, stimmt. Tapetenwechsel. Frische Luft schnappen.«

»Einer von unseren Einsatzkräften sah Sie ins *Talbot Arms* gehen«, fährt sie fort und erwischt mich eiskalt. Ganz sicher hat sie meine Augen zucken sehen. Dieses Miststück.

»Ach ja? Tja, da habe ich mir schnell was hinter die Binde gekippt. Ich wollte mal abschalten, wissen Sie. Wie Sie bereits sagten, viel können wir nicht tun, und zu Hause werde ich verrückt.«

»Kann ich mir vorstellen«, meint McKenna lächelnd. »Trotzdem ein ausgefallenes Wirtshaus, das Sie sich da ausgesucht haben, nicht wahr? Am anderen Ende der Stadt?«

»Ich bin da vorbeigekommen«, entgegne ich vorschnell. Wenn die Bullen mir nun die ganze Zeit hinterhergelaufen sind? Die würden rauskriegen, dass ich Unsinn rede. »Da gehe ich sonst nie hin, aber in eine mir vertrautere Kneipe wollte ich nicht. Mir war wahrscheinlich eher an Weltflucht gelegen.«

McKenna nickt. »Sie wohnen schon lange hier in der Stadt, oder?«

»Mein ganzes Leben.«

Wieder nickt sie. »Diese Kaschemme hatte noch nie den besten Ruf. Zugegebenermaßen habe ich im *Talbot* öfter als anderswo bei Prügeleien Raufbolde auseinandergejagt.«

»Das passiert in jeder Kneipe irgendwann«, sage ich, mich zu einem Grinsen zwingend.

»Ja, aber dort häufiger als woanders. In dieser Kneipe ändert sich nichts, vermutlich nie. Deshalb wundert es mich eben, dass Sie in diesem absonderlichen Lokal ein Bier trinken. Die Stammgäste im *Talbot* dürften nicht die Gesellschaft sein, mit der Sie gerne abhängen.«

»Wie schon gesagt, es ging um Tapetenwechsel. Ich war nicht scharf darauf, irgendwo hinzugehen, wo Leute sind, die mich kennen.«

»Das leuchtet mir ein«, antwortet McKenna. »Also kennen Sie dort im *Talbot* gar keinen von den Gästen?«

Ich sehe ihr in die Augen, solange ich es aushalte, und versuche zu erkunden, ob sie mehr weiß, als sie durchscheinen lässt.

»Nein, keinen.«

»Gut zu hören. Da treiben sich einige durchaus zwielichtige

Gestalten herum, müssen Sie wissen. Von der Sorte, von der Sie sich lieber fernhalten sollten.«

»Tja, lange bin ich nicht dort gewesen«, gebe ich zurück.

»Ich weiß.« Sie mustert mich ein wenig länger als notwendig. »Trotzdem besser, als zu Hause allein zu trinken, was?« Sie lächelt, löst sich von dem Geschirrschrank und streckt sich. »Ich halte Sie auf dem Laufenden über eventuelle neue Hinweise. Bleiben Sie tapfer, ja?«

Mit geballten Fäusten schaue ich ihr nach, wie sie das Haus verlässt. Am Hinterkopf spüre ich Rosies sengenden Blick und empfinde geradezu körperlich die Missbilligung durch meine Mutter. Ich drehe mich um, lange hinauf, packe die Puppe und stopfe sie in den Schrank, in dem die Cornflakes stehen, sodass die Stimmen in meinem Kopf für ein Weilchen zum Verstummen gebracht sind.

39 Nick

»Was hat das alles zu bedeuten?«, fragt Tasha, als die Tür ins Schloss fällt, und kommt zu mir in die Küche.

»Keine Ahnung«, wehre ich ab. »Ich weiß wirklich nicht.«

Sie setzt den Wasserkessel auf, nun hat sie tatsächlich Appetit auf Tee. »Sie hat sich sehr sonderbar verhalten, bevor du aufgekreuzt bist, und undurchsichtige Fragen gestellt.«

»Was für welche?«, frage ich sie so unaufgeregt wie möglich. Ich sehe, dass Tasha geweint hat, aber ich will nicht in der Wunde rühren. In der gegenwärtigen Situation klänge es auch dämlich, zu fragen, warum.

»Wo du in den letzten Tagen so gewesen bist und ob du mir das gesagt hättest. Und nach deinen Freunden hat sie sich auch erkundigt.«

»Freunde?« Womöglich ist mir die Rückfrage etwas vorschnell herausgerutscht.

»Ja. Sie wollte wissen, mit wem du dich regelmäßig triffst, dein Umgang und so«, erklärt sie mir und versenkt dabei Teebeutel in zwei Becher.

»Seltsam«, sage ich und versuche dabei unbeeindruckt zu wirken. »Was hast du gesagt?«

»Na was schon? Nur dass du nicht oft weggehst. Dass du dich im Prinzip mit niemandem regelmäßig triffst.«

Das irritiert mich etwas. Ich weiß, dass sie die Wahrheit sagt, aber sie zu hören gibt mir ein ungutes Gefühl ein. Sie hat recht – bei dem Versuch, ein glückliches Familienleben zu gestalten, habe ich vielen Freunden den Rücken gekehrt. Das Komische daran ist, es hat nicht mal hingehauen. Meine Tochter wurde von einem Psychopathen entführt, und ich sinne auf Methoden, wie ich am besten meine Frau aus dem Weg räume. Eine schöne Familie.

»Was hat sie dir denn sagen wollen?«, fragt Tasha, während sie die Teebeutel mit kochendem Wasser übergießt.

»Oh, offensichtlich hat mich einer ihrer Leute in eine Kneipe gehen sehen«, antworte ich. Oberste Regel beim Flunkern ist, dass man die absolute Wahrheit sagt bis zu dem Punkt, mit dem man den anderen verschonen will. Auf diese Weise braucht man weniger Stuss im Kopf zu behalten, an den man sich klammern muss. »Ich musste ein bisschen raus, da bin ich bis ans andere Ende der Stadt gebummelt, um mal was andres zu sehen. McKenna hielt das für merkwürdig – das war es wahrscheinlich auch –, deshalb wollte sie wissen, warum ich dort war.«

»Mein Gott, was geht sie das denn an?«, ereifert sich Tasha. Ich bin nicht sicher, ob sie es ernst meint oder das gleiche Spielchen wie McKenna spielt.

Wieder muss die oberste Regel des Flunkerns herhalten. »Na ja, ich denke mal, sie hat ihre Verdachtsmomente. Egal, von welcher Seite aus man es betrachtet, rein theoretisch muss ich der Hauptverdächtige sein. Statistisch gesehen, steckt in den meisten Fällen einer der Elternteile mit dahinter, wenn Kinder verschwinden.«

»Guck mich nicht an«, entgegnet sie, ohne sich darum zu scheren, ob ich sie überhaupt anschaue. »Ich war unterwegs zur

Arbeit. Ich habe ein Alibi.« Wieder weiß ich nicht, ob sie das absichtlich sagt oder sich gar nicht bewusst ist, was in ihren Worten mitschwingt.

»Alibi? Was meinst du mit Alibi? Du hörst dich schon an wie beim Verhör.«

»Fang nicht so an, Nick«, gibt sie zurück. »Du weißt sehr genau, was ich meine.«

»Ja. Nun ja, ich meinte, ich hätte eins, bis dieses Arschloch von gegenüber beschlossen hat, die Bullen anzulügen.«

»Warum sollte er, Nick?«, hält Tasha dagegen und richtet den Blick direkt auf mich, die Hand auf die Hüfte gestützt. Jetzt weiß ich, dass ihr überaus bewusst ist, was sie sagt.

»Ich weiß es doch nicht, keine Ahnung. Dauernd denke ich darüber nach, womit ich ihn verärgert haben könnte, aber mir fällt nichts ein. Ich meine, möglicherweise hat er gar nichts gesehen, ich kann mir aber keine Sekunde lang vorstellen, dass er ausgerechnet an dem Tag, als Ellie verschwand, mal nicht aus dem Fenster geglotzt hat.«

»Glaubst du wirklich, dass er damit irgendwie zu tun hat?«, fragt Tasha nach kurzem Schweigen.

»Ich hoffe nicht. Ich weiß nicht. Ja, er ist ein bisschen schräg, aber wäre er der Kindesentführer, hätte man inzwischen doch irgendetwas unternommen, oder? McKenna behauptet ja, er sei nicht vorbestraft. Im Unterschied zu mir, sag es bitte nicht.«

»Ich wollte es gar nicht sagen«, schwindelt sie.

Etliche Sekunden lang herrscht vollständiges Schweigen, während ich in den Schränken nach Keksen suche. Das von Tasha nicht Gesagte schrillt lauter als alles, was gesagt werden könnte, und der Teufel soll mich holen, wenn ich als Erster den Mund aufmache.

40 Nick

Ich will keinen weiteren Tag zu Hause hocken und Trübsal blasen, sondern nachschauen, ob meine Anzeige im Darknet bereits Resonanz gefunden hat, deshalb beschließe ich, mich auf den Weg zu Alan zu machen. McKenna wird davon Kenntnis bekommen – irgendwie –, aber man nimmt es mir sicher ab, dass selbst der Ungeselligste mal in den Armen von Freunden Trost sucht, wenn seine Tochter verschwunden ist.

Als ich bei Alan eintrudele, sehe ich den Laptop noch an derselben Stelle auf dem Esstisch stehen, unberührt. Das überrascht mich nicht; Alan ist ein vertrauenswürdiger Mensch. Dass er nicht zu denen gehört, die oft Gebrauch von ihrem Esstisch machen, kann ich an den leer getrunkenen Dosen und Packungen mit Fertiggerichten sehen, die sich auf der Anrichte in der Küche türmen.

Ich klappe den Laptop auf und warte, bis er hochgefahren ist, lade den *Tor*-Browser und klicke mich zu meiner Website durch. Das dauert eine gefühlte Ewigkeit, aber es liegt, wie ich weiß, nur an meiner Ungeduld. Dann logge ich mich ein und sehe eine *1* neben meinem Benutzernamen. Es ist anzunehmen, dass das die Zahl der Rückmeldungen ist, die ich zu verzeichnen habe. Aber besser als nichts. Ich klicke auf die *1*, woraufhin die Meldung auf dem Bildschirm erscheint.

Um wie viel geht es? Hängt von der Art Müll und der Entsorgungsmethode ab, die Ihnen vorschwebt. Wir können uns darüber unterhalten.

Raffiniert, aber vielversprechend. Ich klicke auf *Antworten* und schreibe schnell.

Drei Riesen. Kann nicht verhandeln – das ist buchstäblich alles, was ich habe. Methode bleibt Ihnen überlassen, je nachdem, was am schnellsten geht. Einzelheiten später, aber der Müll wiegt nicht schwer.

Es ist grotesk, dass wir uns so verklausuliert ausdrücken, wenn man die Geheimhaltung und Anonymität im Darknet bedenkt, doch ich will nicht meckern. Soweit ich es beurteilen kann, gibt es bis jetzt nichts Verfängliches. Klar, dass es bei einem Bullen, wenn er auch nur einen Deut gesunden Menschenverstand besitzt, klingeln würde, da ist allerdings rein gar nichts, was mich vor Gericht überzeugend belasten würde. Im Übrigen sichert mich die Anonymität erst einmal vollkommen ab.

Aber die Anonymität werde ich ausschalten müssen. Sobald ich Tasha als Angriffsziel bestimme, richtet sich das Risiko gegen mich, da der Killer sich dann ausrechnet, wer ich bin. Ich kann ihn ablenken, indem ich mich als jemand anderen ausgebe und ihm verklickere, Tasha habe mich bei einem Geschäftsabschluss übers Ohr gehauen. Nichts würde auf mich verweisen. Nicht, wenn ich vorsichtig bin.

Tief sitzt in mir die Sorge, dass dieser Typ eventuell mit falschen Karten spielt. Was wäre, wenn er sich meine dreitausend unter den Nagel reißt und sich davonmacht? Woher weiß ich, dass er es wirklich durchzieht? Und wenn nun ein Polizeispitzel dahintersteckt?

Diesen letzten Gedanken schiebe ich von mir. Das ist unmöglich. Ich habe schließlich das Ganze in Gang gesetzt. Aber woher weiß ich, dass dieser Bursche vertrauenswürdig ist? Ich kenne ihn nicht und habe keinerlei Garantie, dass die Sache ordnungsgemäß über die Bühne geht, doch was bleibt mir übrig? Wenn ich Warrens Rückversicherung haben will, kostet es mich noch mal zwölftausend Pfund, die ich nicht besitze. Außerdem werde ich keinen Vertrag mit einem namenlosen Auftragsmörder aufsetzen, den ich im Internet aufgegabelt habe. Hier geht es allein um blindes Vertrauen. So muss es sein. Ein Gentleman's Agreement. Das Wort gilt.

Das Geld zu übergeben könnte heikel werden, deshalb müssten wir uns einen toten Briefkasten ausmachen. Ich werde das Geld in einem Behälter irgendwo an einem versteckten Ort deponieren, wo ihn niemand findet, und dem Kerl im Darknet eine Botschaft zukommen lassen, wo er ist. Solange ich mich dabei von Überwachungskameras fernhalte und sicherstelle, dass das Geld sich an einem Ort befindet, über den niemand anders zufällig stolpern kann, sollte kein Verdacht auf mich fallen.

Als ich diese Überlegungen abgeschlossen habe, habe ich bereits eine Rückmeldung erhalten. Dieser Typ überschlägt sich vor Eifer.

> Das ist dürftig, aber lässt sich einrichten. Wird nichts Exklusives. Risikoarme Methode gefragt. Bestimmen Sie das Angriffsziel.

O Gott! *Bestimmen Sie das Angriffsziel.* Das klingt schon fast militärisch. Es bedeutet wohl, dass er hocheffektiv zu Werke geht.

Mir wird klar, dass er bestimmt ein Foto von Tasha haben will. Wie soll ich ihm bloß eines zukommen lassen? Schließlich kann ich keines ins Internet stellen, ohne eine Spur zu legen. Das muss ich mir gründlich überlegen.

Ich lehne mich zurück und denke nach. Es muss natürlich aussehen. So natürlich, wie es bei jemandem, dessen letztes Stündlein geschlagen hat, aussehen kann. Nicht so etwas Drastisches wie Erschießen. Wiederum birgt es andere Gefahren, wenn man es wie Selbstmord aussehen lässt. Nein, unbeabsichtigt muss es aussehen.

Mir steht vor Augen, was mir kürzlich erst einfiel: Wie wäre es mit einem außer Kontrolle geratenen Raubüberfall? Tasha ist ja ziemlich verbissen, und wenn eine finstere Gestalt sie überfiele oder ihr die Tasche entwenden wollte, dann würde sie sich kampfesmutig mit dem Angreifer in die Haare geraten und sich wehren. Am Ende wäre sie lebensgefährlich verletzt, oder es käme noch schlimmer. *Oder noch schlimmer.*

Aber wo soll es stattfinden? Sie geht selten ohne mich weg, und ich muss auch sichergehen, dass ich nicht in der Nähe bin, wenn der Killer zuschlägt, denn ich werde ein Alibi brauchen. Es muss irgendwo geschehen, wo nicht viele Leute unterwegs sind, und vorzugsweise nicht am helllichten Tage. Erfreulicherweise ist Tasha furchtlos, was bedeutet, dass sie nicht zu denen gehört, die Umwege machen, nur um nicht auf Nebenstraßen zu geraten.

Ich denke an meine Verabredung mit Mark im Jubilee-Park. Keine Sterbensseele läuft im Dunkeln abends durch den Park, obwohl er vollkommen übersichtlich ist. Tasha hat eine Freundin, Emma, die jenseits des Parks wohnt. Sie müsste, um zu ihr zu gelangen, zu Fuß durch den Park gehen – nein, sie würde zu Fuß gehen *wollen*. Emma würde ich lieber aus allem heraushalten, wenn es möglich ist. Sie ist kein Mensch, mit dem ich länger Zeit verbringen möchte, aber Tasha hat das Kunststück vollbracht, systematisch alle anderen Freundinnen zu verprellen. Sogar Cristina und Leanne sind nicht mehr sonderlich an ihr interessiert. Ohne weiter nachzudenken, hole ich mein Handy aus der Hosentasche und rufe Emma an.

»Schön von dir zu hören, Nick«, begrüßt sie mich. Eine himmelschreiende Heuchelei. Seit Jahren verhält sie sich mir gegenüber sonderbar. »Wie läuft es so bei dir? Ich meine, abgesehen von dem, was wir alle wissen. Gibt es was Neues?«

»Nein, eigentlich nicht. Wir müssen warten. Das ist das Allerschlimmste«, erkläre ich. Bitte eine Mitleidsbekundung. »Allmählich zieht es uns runter, wenn ich ehrlich bin. Tash meint, ihr geht es gut, aber ich kenne sie, sie hat zu kämpfen, so wie ich. Darum rufe ich übrigens auch an. Sie kann sich nicht überwinden, es zu sagen, aber sie braucht eine Freundin.«

»Ach?«

»Ja. Sag ihr aber nicht, dass ich dich darauf angesprochen habe. Du kennst sie ja.« Ich kichere ein bisschen, um die Atmosphäre aufzulockern. »Ich dachte, vielleicht meldest du dich mal bei ihr und lädst sie für morgen Abend zu dir ein. Das würde ihr sicher sehr helfen. Dass sie mal Abstand von allem gewinnt, und es täte ihr gut, mal was anderes um sich zu haben, weißt du. Trommel doch ein paar Mädels zusammen und verschafft ihr ein bisschen Auflockerung.«

Nach einer kurzen Pause antwortet sie. »Ja, klar. Ich sehe zu, was sich einrichten lässt. Sicher ist es schlimm, pausenlos auf Nachrichten gespannt zu sein. Ihr müsst ganz schön am Ende sein.«

»Stimmt.«

»Keine Sorge, ich rufe sie gleich an. Und du hältst dich tapfer, Nick?«

Ich versuche es mit einem Achselzucken abzutun. »Es gab schon bessere Zeiten. Ach, Emma, kannst du mir einen Riesengefallen tun?«

Nach kurzem Zögern antwortet sie. »Klar. Worum geht's?«

»Sag niemandem, dass ich dich angesprochen habe. Besonders Tasha nicht. Du weißt, wie sie reagiert, wenn sie das Gefühl hat, dass man sie in Watte packen will.«

Ich sehe Emma förmlich am Ende der Telefonleitung schmunzeln. »Alles klar.«

Sobald die Neuigkeiten und die Artigkeiten abgearbeitet sind und das Handy wieder in meiner Hosentasche steckt, geht mir auf, wie rasant die Dinge ein Eigenleben entwickelt haben. Ich klicke im Darknet auf *Antworten* und bringe Mister X auf den neuesten Stand.

> Morgen Abend geht's los, Jubilee-Park. Es muss unbeabsichtigt aussehen. Geld liegt dann bereit. Beschreibung folgt.

Ich höre Alan oben herumschlurfen und ertappe mich bei einem kleinen Aufschrei, aber ich muss die Ruhe bewahren. Ich würde mir keinen Gefallen tun, wenn ich jetzt nervös werde.

Sekunden später kommt mit leisem Klingelgeräusch eine neue Nachricht auf dem Laptop an.

> Hinweise etwas mickrig. Direkte Kontaktaufnahme vonnöten. Habe Wegwerfhandy: 07700919663. Geoff.

Geoff also. Ist das sein richtiger Name? Ich schätze, nicht.

Er könnte ja wirklich ein Wegwerfhandy haben, ich habe ganz gewiss keines. Können unterdrückte Rufnummern gegebenenfalls von der Polizei identifiziert werden? Keine Ahnung, aber ich lasse lieber die Finger davon. Ich werde Telefonzellen nutzen müssen, möglichst ohne Videoüberwachung. Ich wüsste gar nicht, wo ich ein eigenes Wegwerfhandy hernehmen sollte, und mir ist so, als ob man sich neuerdings selbst für Prepaidkarten mit Namen und Adresse registrieren lassen muss. Die

Telefonzelle scheint da die einzige Möglichkeit.

Ich beschließe, dass ich nach Hause zu Tasha gehen und bei ihr sein muss. Sobald sie zu Emma eingeladen worden ist, wird sie mir sagen, wann, dann kann ich Geoff anrufen und ihm Meldung machen.

Das Geld werde ich in einer Sporttasche verstauen und außerhalb der Stadt im Gebüsch verstecken. Es gibt da so ein Wäldchen in Richtung Huish Farm, das ist ziemlich undurchdringlich und hat ein dichtes Unterholz mit einer üppigen Laubschicht. Da laufe ich ziemlich oft herum, um den Kopf freizubekommen, oder ich arbeite in Gedanken einen Handlungsverlauf für ein Buch durch. Bei schönem Wetter nehmen Tasha und ich manchmal Ellie zu einem Spaziergang mit, aber nur selten. Früher haben wir es öfter gemacht, aber heute streune ich eher allein im Wald herum, das ist mein trauriges Schicksal.

Ich werde die Sporttasche dort im Gebüsch im Laub vergraben, einige Stunden liegt sie da gut, auch ein, zwei Tage. Ich könnte sie sogar monatelang dort deponieren, ohne dass jemand darauf stößt. Abgesehen von einem gelegentlichen Spaziergänger, der seinen Hund ausführt, trifft man dort auf kaum jemanden.

Ich halte inne, überlege kurz. Es wird ernst. Ich bin tatsächlich am Pläneschmieden und denke mir Verstecke, Wege und Ausflüchte aus. Es erschrickt mich ein wenig, es ist eine Spur zu real, es steht mir so plastisch vor Augen. Ich begreife jetzt, dass ich nun die Sache durchführen muss.

Plötzlich geht alles ganz schnell.

41 Nick

Als ich heimkomme, finde ich einen Zettel von Tasha vor, auf dem steht, sie sei eine Stunde außer Haus, um einzukaufen. Es gibt mir immer einen Stich ins Herz, wenn ich auf so ein Zeichen des Alltags stoße. Wenn einem das Kind abhandenkommt, dann bleibt das Leben schlagartig stehen, doch gibt es Dinge, mit denen es wie in schönster Ordnung weitergeht, essen und schlafen beispielsweise. Das gehört zu den schlimmsten Nebenwirkungen: dass man ein schlechtes Gewissen hat, weil man die eigenen Körperfunktionen in Betrieb hält. Das nimmt mich ganz schön mit.

Ich bin froh, dass Tasha nicht da ist, da ich das Geld aus dem Safe holen und wieder losmuss. Wenn Tasha im Haus wäre, hätte ich meine liebe Not damit. Mir wird schwindelig, als ich merke, wie kläglich unvorbereitet ich bin. Es sollte ein sorgsam durchdachter Plan werden, aber jetzt drehe ich mich in rasender Geschwindigkeit um die eigene Achse und bedenke die Schritte erst im Moment ihrer Ausführung. Das treibt mich um.

Seit ich Ellies Foto geschickt bekommen habe, weiß ich, dass ich schnellstens etwas unternehmen muss. Schon zuvor habe ich das gewusst, aber nicht mit dieser Bestimmtheit. Ihr Gesichtchen zu sehen hat mir das Herz gebrochen. Jetzt bin ich hin und her gerissen zwischen dem sehnlichen Wunsch, Ellie wiederzubekommen, und dem Bewusstsein, dass ich die Ruhe bewahren und gefasst bleiben muss, wenn das Geplante klappen soll.

Einen Tod musst du sterben.

Ich jage die Treppe hoch ins Schlafzimmer, wo ich den Safe öffne. Das Bargeld liegt noch da. Ich mache meinen Kleiderschrank auf, hole meine Sporttasche heraus und tue das Geld hinein. Die Menge der Scheine ist unhandlich – es sind viel zu viele, um in die Hosen- oder Jackentasche zu passen, in einer Sporttasche jedoch verlieren sie sich. Damit es unverfänglicher aussieht, krame ich noch ein Handtuch und ein Paar Laufschuhe aus dem Schrank und packe sie dazu.

Ich sehe jetzt ein, dass ich das Auto nehmen muss. Bis jetzt wollte ich es bis auf die üblichen Erledigungen aus dem Spiel lassen, denn irgendwie glaube ich, dass sie einen Sender daran angebracht haben. Obwohl der Verstand mir sagt, dass das nicht der Fall sein kann, denn dafür bräuchten sie eine richterliche Anordnung, das hieße, sie müssten ausreichend Beweismittel in der Hand haben, dass ich an Ellies Verschwinden beteiligt bin. Es gibt für mich faktisch keine andere Möglichkeit, zu diesem Wald zu gelangen, außer mit dem Auto. Schlimmstenfalls, wenn sie in Erfahrung bringen, dass ich dort war, erzähle ich ihnen, ich habe mich unterwegs anders besonnen und von meinem Plan, ins Fitnessstudio zu fahren, Abstand genommen, und sei stattdessen an der frischen Luft durch den Wald gejoggt.

Wenn ich jetzt zögere, dann überlege ich es mir höchstens anders, und das kann ich mir nicht leisten. Ich muss dran bleiben. Ich will Ellie wiederhaben.

Ich springe wieder die Treppe hinunter und zur Haustür hinaus. In diesem Moment sehe ich McKenna auf mich zukommen, in beiden Händen Einkaufsbeutel. Hinter ihr her kommt Tasha gelaufen.

»Hallo, Nick. Wohin des Wegs?«, fragt McKenna.

»Zum Fitnessstudio«, antworte ich und hebe die Sporttasche hoch. »Ich muss ein bisschen Dampf ablassen.«

»Muss schwer sein, immer wie auf Kohlen zu sitzen«, meint sie. »Und nicht zu wissen, was los ist.«

»Ja, genau. Das macht mich fertig, wissen Sie? Es ist frustrierend. Genau deshalb trolle ich mich aufs Laufband«, erkläre ich und gehe auf mein Auto zu.

»Viel Spaß«, wünscht McKenna und sieht mir hinterher, ein wenig zu lange, es verursacht mir Unbehagen. Dann wendet sie sich dem Haus zu. Tasha bleibt stehen und spricht mich an.

»Ehe ich es vergesse, Emma rief mich eben unterwegs an. Sie fragte, ob ich morgen Abend zusammen mit Leanne und Cristina bei ihr vorbeischaue. Sie meinte, es täte mir gut, mal rauszukommen.«

»Da hat sie sicher recht. Wir können ja sowieso nur warten und langsam durchdrehen. Ablenkung tut gut«, bekräftige ich ihre Worte und halte noch einmal die Tasche hoch.

»Ich weiß schon. Aber irgendwie kommt es mir nicht richtig vor. Wenn ich zusage, dann für gegen acht, ich bin also nicht sehr spät wieder zu Hause.« Tasha beugt sich vor, um mir einen Kuss auf die Wange zu geben. Dann geht sie an mir vorbei ins Haus.

»Viel Freude beim Sport«, sagt McKenna aus dem Türrahmen, die Beutel hat sie bereits in der Küche abgestellt. Ich starte den Motor und fahre auf die Straße hinaus.

Bei der Fahrt ins Stadtzentrum schaue ich mit einem Auge weiter in den Rückspiegel, bis ich in eine Seitenstraße einbiege und auf den Wald zufahre. Aufmerksam prüfe ich, ob mir auch keiner folgt, denn es könnte knifflig werden, wenn ich erklären müsste, warum ich mit einer Sporttasche in einen Wald fahre.

In das bewaldete Areal kommt man nicht mit dem Wagen, deshalb parke ich so auf einer nahe gelegenen Straße vor einer

Häuserreihe, dass das Auto nicht auffällt. Dann gehe ich zu Fuß den Pfad übers Feld in Richtung Wäldchen.

Zum Glück treffe ich unterwegs auf keine Menschenseele. Für Hundefreunde und Familien, die die Gegend erkunden wollen, ist das Wetter nicht ideal. Als ich das Gehölz erreiche, halte ich mich noch einige Meter an den ausgetretenen Pfad, dann schaue ich mich um und spähe durch die Bäume. Stolpernd bahne ich mir einen Weg durch herumliegende Äste und Gestrüpp, um mich tiefer ins Unterholz vorzuarbeiten.

Sobald ich mit Befriedigung festgestellt habe, dass niemand ringsum zu sehen ist, scharre ich mit dem Stiefel einen Haufen Laub und tote Zweige beiseite und setze die Tasche auf dem feuchten Boden ab, bevor ich alles wieder bedecke. Wie ich später diese Stelle beschreiben soll, habe ich noch nicht auf dem Schirm. Ich stochere ein bisschen im Laub nach einem scharfkantigen Stein und finde auch einen, der einem Feuerstein ähnelt. Damit markiere ich den nächststehenden Baum mit einem X. Dann folge ich meiner Fährte zurück zum Pfad und zeichne an einen Baum einen Pfeil, der in Richtung der Tasche zeigt. Einem zufällig Vorbeikommenden fällt er nicht ins Auge, aber er ist durchaus zu sehen für jemanden, der danach sucht.

Obwohl ich finde, dass die Tasche gut verborgen ist, ist mir nicht ganz geheuer dabei, die dreitausend Pfund mitten im Wald zu lassen. Doch viel mulmiger ist mir bei dem Gedanken, dem Kerl, der meine Frau töten soll, gegenüberzutreten und mich ihm direkt zu erkennen zu geben. Die dreitausend Pfund kann ich schon verschmerzen, wenn es denn sein muss.

Ich gehe auf demselben Weg, auf dem ich gekommen bin, zum Auto zurück. In Medbury, dem nächstgelegenen Dorf, gibt es eine Telefonzelle, die nicht von Kameras überwacht wird. Ehrlich gesagt, würde es mich überraschen, wenn es in Medbury überhaupt Strom gibt. Ich fahre los zu diesem Dorf.

Als ich ankomme, lasse ich das Auto bewusst etwa hundert

Meter von der Zelle entfernt stehen. Warum, weiß ich auch nicht genau, aber es kommt mir sicherer vor. Ich steige aus, gehe zum Telefon und schaue mich unauffällig um. Ich hole den Zettel mit Geoffs Nummer aus der Hosentasche, nehme den Hörer ab und wähle. In den Schlitz stecke ich eine Pfundmünze. Er nimmt ab.

»Ja?«

»Geoff?«, frage ich. Mehr fällt mir nicht ein.

»Ja.«

»Hier ist der, der die Müllabfuhr bestellt hat«, erkläre ich mich.

»Ist mir schon klar. SIM-Karten verwende ich nicht wieder«, sagt er. Das beruhigt mich gleichermaßen, wie es mich nervös macht. Geoff scheint einer von den echten Profis zu sein.

»Ach so, ja. Gut. Wenn Sie in Richtung Wald in der Nähe der Huish Farm fahren, gleich hinter Medbury, da ist auf Schildern ein öffentlicher Reitweg angezeigt. Dem folgen Sie in den Wald. Dann sehen Sie linker Hand einen Baum, der zeigt Ihnen, wo es langgeht.« Ich versuche mich möglichst vage auszudrücken und weder das Wort Geld noch dergleichen in den Mund zu nehmen. Man kann ja nicht vorsichtig genug sein.

»Gut. Und wie soll das mit dem Auftrag vonstattengehen?«, will er wissen, kein Freund von vielen Worten.

»Weiblich, Mitte dreißig. Sie durchquert den Jubilee-Park zwischen acht und Viertel nach acht, sie trägt einen cremefarbenen Mantel mit einer pelzbesetzten Kapuze.« Nur so kann ich Tasha beschreiben. Ich kann nicht vorhersagen, was sie dann anhat, und es ist mir auch verwehrt, ihr Vorschriften zu machen. Aber welchen Mantel sie tragen wird, steht für mich fest – der, den sie immer trägt.

»Irgendeine Methode bevorzugt?«

»Es muss schnell gehen, aber aussehen wie unbeabsichtigt.«

»Hat sie eine Tasche bei sich? Ein Handy? Geld?«, fragt er.

»Ja, wahrscheinlich all das.«

»Gut. Raubüberfall mit ungewollt tödlichem Ausgang«, meint er.

Einem Auftragsmörder einen Rat zu geben ist aberwitzig, doch ehe ich das merke, rutscht es mir schon heraus: »Aber seien Sie vorsichtig. Sie ist ganz schön resolut und wird sich verteidigen.«

»Ach, da mache ich mir keinen Kopf«, tut er meine Worte ab. »Ist das alles, was ich wissen muss?«

»Äh, ja«, antworte ich. Was gäbe es auch sonst noch zu sagen? Schließlich ist das nicht mein täglich Brot.

»Gut. Wenn die Kröten dort sind, wo Sie sagen, dann sind wir im Geschäft. Wie auch immer, wählen Sie diese Nummer nicht mehr an.«

Noch ehe ich etwas erwidern kann, hat er aufgehängt. Mir wird immer banger zumute, nun, da ich mir vergegenwärtige, dass dieses Abenteuer nicht mehr aufzuhalten ist.

42 Tasha

»Ausgerechnet jetzt geht er ins Fitnessstudio«, sagt Jane, während ich die Einkaufsbeutel auspacke und die Dosen in den Schränken verstaue. Ihre Anwesenheit ist inzwischen schon ganz normal. Sie gehört fast zur Familie.

»Tja, so ist Nick nun mal.« Mehr will ich nicht dazu sagen.

»Vielleicht will er durch körperliche Anstrengung seine Frustration loswerden. Indem er sich richtig schindet.«

»Vielleicht.«

»Seine Art und Weise, einigermaßen im Trott zu bleiben. Da kann er sich vielleicht von zermürbenden Gedanken freimachen.«

Ich knalle eine Konserve geräuschvoll ins Fach. »Vielleicht.« Nun scheint McKenna meine Verdrießlichkeit zu bemerken, deshalb geht sie zu einem anderen Thema über.

»Ich könnte schwören, die Einkaufsbeutel sind heute dünner. Eigentlich eine Mogelei, dass sie einem fünf Penny dafür abknöpfen.«

»Die müssen sich um die Umwelt kümmern«, erwidere ich lustlos.

»Stimmt schon, aber es tut der Umwelt ja auch nicht gut, wenn ich dreimal mehr Tüten brauche, weil sie nur halb so viel aushalten.«

Mir entfleucht ein kleiner Seufzer. Meine Hand liegt auf einer Bohnenkonserve. Ich nehme sie nicht in die Hand, sondern stehe nur reglos da, den Blick auf die Wandfliesen geheftet. »Wahrscheinlich nicht.«

Einige Augenblicke bleibt Jane stumm, doch mustert sie mich, wie ich ahne. Sie holt hörbar Luft, ehe sie mich wieder in ihrem gespielt beiläufigen Ton anspricht.

»Geht Nick oft ins Fitnessstudio?«

»Nein, nicht so oft«, antworte ich fast flüsternd.

»Wo ist er denn Mitglied?«

Ich schlucke. »Keine Ahnung.«

»Das wissen Sie nicht?« Regelrecht schockiert klingt sie nicht. Als hätte sie das ohnehin erwartet. Und ob. Sie hat sich längst kundig gemacht. Sie will es nur aus mir herauskitzeln. »Natürlich wissen Sie, in welches Studio er geht. Es sei denn, er besucht mehrere.«

»Ja, das macht er manchmal«, sage ich. »Ich glaube, er hält sich an solche Arrangements, bei denen man nur bezahlt, sooft man hingeht. Es hat ja keinen Sinn, jeden Monat zu blechen, wenn man nicht oft genug hingeht.«

»Wohl wahr«, stimmt Jane zu, die nun wieder einen deutlich freundlicheren Ton angeschlagen hat. »Wobei ich, wenn ich mich recht erinnere, kürzlich einen Artikel gelesen habe, in dem es darum ging, dass es sinnlos sei, Sport zu treiben, wenn man es nicht regelmäßig tut. Ansonsten ist das ein hilfloses Unterfangen, so ein bisschen wie eine Jojodiät. Man muss dranbleiben. Es geht darum, seine Lebensweise umzustellen. Manchmal muss man viele Veränderungen und Opfer auf sich nehmen, um dahin zu gelangen, wohin man eigentlich will. Leicht ist das nicht immer. Aber ab und zu muss man sich darauf einlassen.«

Ich kann nicht mehr an mich halten. »Reden wir noch von Nicks nicht vorhandener Selbstdisziplin beim Sport, oder worauf wollen Sie hinaus?«, herrsche ich sie an.

Jane wirkt regelrecht bestürzt, weil ich so explodiert bin. »Nein. Worauf sollte ich hinauswollen? Ich fragte nur, weil keiner von Ihnen beiden das Fitnessstudio mit einer Silbe erwähnt hatte, und es kam mir seltsam vor, dass sich Nick mit einem Mal dorthin auf den Weg machte. Zumal ich mir schon alle Mühe gegeben habe, Sie aus dem Haus zu bekommen, damit Sie sich die notwendigsten Lebensmittel besorgen.«

»Ja, wir sind eben grundverschieden – Nick zieht gern los, um sich abzulenken. Ich nicht.«

»Sie sollten das aber auch mal in Erwägung ziehen«, mahnt sie mich. Sie tritt von hinten an mich heran und legt mir eine Hand auf die Schulter. »Sie sollten keine Gewissensbisse haben, weil Sie am Leben sind. Sie können sich nicht geißeln und im eigenen Saft schmoren, denn davon wird es nicht besser. Es verbessert nicht die Chancen, dass Ellie wiederkommt. Aber es ist nicht zum Vorteil, wenn Ellie nach Hause kommt und ihre Eltern inzwischen völlig rammdösig sind.« Bei ihren Worten lacht McKenna leise, um einen leichteren Ton anklingen zu lassen. Es funktioniert aber nicht. »Na, kommen Sie«, beschwört sie mich und schüttelt mir leicht die Schulter. »Überlassen Sie ruhig uns die Sorgen, ja? Wir werden dafür bezahlt. Zwar bei Weitem nicht angemessen, aber immerhin.«

»Ich weiß nicht«, entgegne ich, mich ihrem Griff entziehend. »Ich finde es trotzdem nicht in Ordnung, Emma zu besuchen und mit ihr Wein zu trinken, während meine Tochter vermisst wird. Das ist pervers.«

»Perverser, als in Ihrem abgedunkelten Wohnzimmer zu versauern und die Wände anzustarren?«, hält sie dagegen. »Es wird Ihnen guttun, sich mit Menschen zu umgeben, sich Abwechslung zu verschaffen. Ich weiß ja, wo Sie sind, wenn ich Sie brauche, und Nick wird auch hier sein, denke ich. Wenn er nicht im Fitnessstudio ist oder in seiner neuen Lieblingskneipe.«

Gerade, als ich zustimmen will, lässt mich wieder ihr Tonfall aufhorchen. Mir will wirklich nicht gefallen, wie sie sich über Nick auslässt. Nicht dass ich mir nicht auch meine Gedanken über ihn mache, natürlich; aber so, wie McKenna sich äußert, stempelt sie Nick geradezu als Gauner ab. Er ist keiner, er ist nur unbeholfen und blauäugig. Das war er schon immer, aber diesmal kommt es mir vor, als wollte er irgendetwas verschleiern. Auf der einen Seite hoffe ich, es liegt an seinem schlechten Gewissen, weil er ins Haus zurückgerannt ist und Ellie allein im Auto gelassen hat. Auf der anderen Seite wünsche ich mir, dass er keine Schuldgefühle hegt, dennoch muss ich ihm einfach einen Großteil der Verantwortung anlasten. »Sie können sich diese Bemerkungen sparen«, schieße ich zurück. »Nick ist kein schlechter Mensch.«

Sie nickt. »Das weiß ich. Er geht auf seine eigene Weise mit den Dingen um, und auch Sie müssen auf Ihre eigene Weise damit zurechtkommen. Ich meine nur, ein paar Stündchen Ablenkung könnten sicher nicht schaden.«

»Aber es erscheint mir trotzdem nicht anständig«, beharre ich. »Mir ist es so, als ließe ich Ellie im Stich, wenn ich nicht hierbleibe.«

Jane legt mir wieder die Hand auf die Schulter. »Das tun Sie aber nicht. Glauben Sie mir. Machen Sie das, wobei Sie sich wohlfühlen, aber ich kann Ihnen versichern, Sie werden bei niemandem in der Achtung sinken, wenn Sie das Bedürfnis haben, vor die Tür zu gehen und den Kopf freizubekommen. Ellie ganz gewiss nicht.«

Nach einigem Nachdenken nicke ich.

43 Nick

Ich bin etwas länger im Auto sitzen geblieben, das hielt ich für angebracht, denn ich kann ja nicht nach Hause hetzen. Ungefähr anderthalb Stunden muss ich wegbleiben – für den Fall, dass McKenna da ist, wenn ich nach Hause komme.

Eine Frage schießt mir durch den Kopf: Ob sie sämtliche Fitnessstudios im Umkreis abklappert und sich erkundigt, ob ich da angemeldet bin? Bei einigen bezahlt man je nachdem, wie oft man hingeht. Ob sie wohl erkundet, in welchem Studio ich war, und nach mir fragt? Ich versuche diese Erwägungen von mir zu schieben. In dem Moment wird mir schlagartig bewusst, dass ich ohne Sporttasche heimkehre.

Welche Erklärung soll ich mir aus dem Ärmel schütteln? *Ich habe mir am Ende überlegt, doch nicht ins Fitnessstudio zu fahren, und bin bloß ein bisschen durch die Gegend kutschiert.* Das klingt ganz plausibel, wenn man meine Situation bedenkt. *Außerdem habe ich meine Tasche verloren,* wäre wohl zu viel des Guten. Etwas so Unwichtiges erklären zu müssen kommt mir hirnrissig vor, aber in den Augen der Polizei bin ich der Verdächtige Nummer eins, und der Verdacht wird sich im Laufe der nächsten Tage noch um einiges erhärten.

Ich könnte vielleicht sagen, dass ich die Tasche im Studio habe stehen lassen. Vielleicht bin ich nicht groß ins Schwitzen geraten, da mir die Motivation fehlte, deshalb habe ich beschlossen, meine Klamotten bis zum nächsten Mal im Schließfach zu lassen. Klingt alles fabelhaft, solange sie nicht zu wissen wünschen, in welchem Studio ich war, damit sie es überprüfen können.

Aber wollen sie es denn überprüfen? Wäre es denkbar, dass ich sie mahne, sie sollen sich gefälligst um ihre eigenen Angelegenheiten kümmern? Übermorgen sieht alles anders aus. Nicht mit den Polizei zu kooperieren, wenn meine Tochter vermisst wird und meine Frau gerade ums Leben gekommen ist, würde sich nicht so gut machen. Ich muss mir wohl eine neue Sporttasche zulegen und sie in einem Fitnessstudio im Schrank einschließen. Vorsicht ist geboten.

Die Rückfahrt kommt mir länger als erwartet vor. Die Zeit vergeht anscheinend langsamer. Ich frage mich, ob mein Gehirn ihr Fortschreiten nur verzerrt wahrnimmt, um die Unzahl von Gedanken und Empfindungen verarbeiten zu können, die mir durch den Kopf flattern.

Als ich nach Hause komme, habe ich Glück, dass McKenna nicht da ist. Zwar ist die Polizeipräsenz dazu gedacht, uns zu beruhigen, aber irgendwie flößt mir McKenna Unruhe ein. Zwar darf ich nicht vergessen, dass ich in den letzten Tagen für die Polizisten ein unvorteilhaftes Bild abgegeben habe. Aber ich kann nicht dieses schreckliche Gefühl von mir fernhalten, ungerecht behandelt zu werden, weil sie es mehr darauf abgesehen haben, mich bei irgendetwas zu ertappen und mir Beklemmung einzujagen, als Ellie zu finden.

Das ist unfair. So viel steht für mich fest. Sie werden natürlich alle Hebel in Bewegung setzen, um Ellie aufzuspüren, und das ist weiß Gott kein Kinderspiel. Aber diesen Urinstinkt verzweifelter Hoffnung, dass man sein Kind geborgen und bei sich zu Hause wissen möchte, den können nur Eltern nachempfinden.

Tasha anzuschauen fällt mir schwer. Sie ist bei meiner Rückkehr zu Hause. Meine Gefühle ihr gegenüber kann ich gar nicht beschreiben. Da ist fast nichts. Es mutet befremdlich an, dass ich das so nüchtern sage, aber im Kopf habe ich vermutlich bereits meinen Frieden damit gemacht, dass Tasha nicht mehr lange unter den Lebenden weilt. Nach so langer gemeinsamer Zeit macht mich das stutzig, aber in unserer Beziehung bin ich wirklich nicht glücklich gewesen. Wie lange ich schon so empfinde, kann ich nicht sagen, aber es muss schon jahrelang gehen. Warum sonst lässt es mich so kalt, dass Tasha morgen mit Sicherheit tot sein wird? Vielleicht, weil es nichtig ist verglichen mit der Möglichkeit, dass Ellie etwas angetan wird. Mit der Zeit frage ich mich, wie alles gelaufen wäre, wenn wir nie in diese Krise geraten wären. Hätten wir weiter so dahingewirtschaftet wie bisher, und wäre ich in dieser Ehe unglücklich geblieben? Oder hätten wir uns zu guter Letzt auseinandergelebt und uns scheiden lassen? Welche Folgen hätte das für Ellie gehabt? Es heißt, die Scheidung der Eltern kann sich auf die Kinder ungemein negativ auswirken. Das würde ich Ellie nicht wünschen.

Selbstverständlich kann sich der Tod eines Elternteils ähnlich auf ein Kind auswirken. Aber zumindest hat es damit auch sein Ende. Bei einer Scheidung wird man ständig wieder mit der Nase darauf gestoßen: das Hin und Her zwischen den Wohnungen, die wöchentlichen Pläne und Besuchsarrangements, der Kampf, wer wohin zu Weihnachten und zum Geburtstag geht … Der Tod ist wenigstens endgültig. Danach kann man sein Leben fortsetzen.

Warum ringe ich so um Rechtfertigung? Das brauche ich doch nicht. Ich will einzig und allein Ellie zurückhaben.

Tasha sitzt am Küchentisch und ist mit Facebook beschäftigt. Ich persönlich kann dem nichts abgewinnen. Mit meinem eigenen Dasein habe ich genug am Hacken, als dass ich auch noch erfahren muss, was einer, mit dem ich mal die Schulbank gedrückt habe, zu Mittag gegessen hat.

»Alles in Ordnung bei dir?«, frage ich, ganz der beflissene Ehemann.

»Ich versuche nur, mich ein bisschen zu zerstreuen«, antwortet sie gleichgültig. »Wie war's beim Sport?«

»Nicht so berauschend. Ich habe mich nicht motivieren können«, antworte ich, mich an mein Kalkül haltend. »Mir wird schlecht, wenn ich hier rumsitze und warte, bis die neuesten Meldungen eintreffen, aber wenn ich mich mit etwas anderem beschäftige, nagt das Gewissen an mir.«

Tasha nickt. Ich sehe, dass sie beim Scrollen auf der Website innegehalten hat. Sie scheint auch nichts zu lesen. Ich trete neben den Tisch und bemerke die einzelne Träne, die ihr über die Wange rinnt, und lege ihr tröstend die Hand auf die Schulter.

»Die finden sie schon«, beschwichtige ich sie. Tasha springt auf und wirft mir die Arme um den Hals, bittere Tränen vergießend. Das Gesicht an meiner Schulter vergraben, umklammert sie mich, so wie sich ein Bergsteiger, der sein Gurtzeug verloren hat, an einen Fels klammert.

»Nick, ich habe solche Angst«, wimmert sie zwischen krampfartigen Schluchzern.

»Ich weiß, Schatz, ich weiß doch. Aber sie werden sie finden. Ganz bestimmt.«

»Und wenn nicht? Wenn … wenn sie tot ist?« Jetzt blickt sie mir in die Augen und zwingt mich zu einer Antwort.

»Das ist sie nicht. Das weiß ich. Ich spüre das«, versichere ich ihr, was ich mit ausreichender Gewissheit behaupten kann. Meine Zuversicht geht anscheinend ein wenig auf Tasha über. Offenbar verschafft ihr das etwas Bestärkung.

»Danke«, wispert sie. »Ich liebe dich, Nick.«

Sie sieht gequält aus, gebrochen. Und plötzlich fühle ich mich total unsicher.

44 Tasha

Ich sitze da und starre an die Wand. Ich könnte mir in den Hintern beißen, weil ich den Mund gehalten habe. Dabei hatte ich mir alles so schön zurechtgelegt: Ich wollte auf seine Rückkehr warten und ihn wegen des Fitnessstudios zur Rede stellen, ich wollte ihn fragen, in welches Studio er gegangen sei, warum er sich so plötzlich dazu aufgerappelt hat und was er tatsächlich vorhatte. Aber ich habe es mir verkniffen.

Irgendwie ahne ich, dass er nicht beim Sport war. Nie geht er zum Fitnessstudio. Jedenfalls nicht in den letzten Jahren. Er war zwar hier und da mal angemeldet, so wie alle Leute, aber die letzte Mitgliedschaft hat er vor reichlich zwei Jahren an den Nagel gehängt, nachdem er sich lange nicht darum geschert hatte. Ein großer Fitnessapostel war er ohnehin nie, und das kann er sich glücklicherweise leisten, weil sein allgemeiner Gesundheitszustand und sein Grundumsatz stimmen. Aber nicht nur deswegen bin ich darauf gekommen, dass er auf keinen Fall im Fitnessstudio gewesen sein kann. Wenn ich die jüngsten Vorfälle rekonstruiere, geht mir im Nachhinein auf, dass ich es förmlich riechen kann, wenn mein Mann mir etwas vorschwindelt. Ich merke einfach, wenn er mir einen Bären aufbindet.

Wahrscheinlich habe ich es schon immer gemerkt, wollte es mir aber nicht eingestehen. Mir war klar, dass es in Nicks Vergangenheit etwas gab, von dem ich nichts wissen wollte, und ich glaube, ich wollte mich schützen, indem ich nicht nachfragte und nicht nachdachte. Ein Verteidigungsmechanismus möglicherweise. Oder Egoismus. Oder ich war blind vor Liebe. Sicher ist es eine Kombination von allen dreien, wenn ich jedoch an das Dritte denke, horche ich in mich hinein, ob ich Nick nun nicht mehr liebe. Kann das, was wir gerade erdulden müssen, wirklich Ehepaare so mir nichts, dir nichts auseinanderbringen? Ja, wir sind bei Weitem nicht das, was die meisten als perfektes Paar bezeichnen würden, und ehe Ellie geboren wurde, meinte ich uns schon auseinandergehen zu sehen. Doch Ellie war der Kleister, der uns zusammenhielt. Sie war das, was zuvor gefehlt hatte. Jetzt, da sie weg ist, was bindet uns noch aneinander? Ein Lügengespinst.

Obwohl ich ahnte, dass Nick nicht im Fitnessstudio gewesen ist, und ihn darauf ansprechen wollte, blieb mir die Spucke weg, als er ohne seine Sporttasche zurückkehrte. Ich war richtig platt. Wenigstens mit der Tasche hätte er zurückkommen müssen, das Handtuch über die Schulter geworfen, und hätte sich vielleicht ein bisschen das Gesicht bespritzt, nur zum Schein, als habe er geschwitzt. Aber nichts dergleichen. Als würde er mir ganz schamlos auf den Kopf zusagen, dass er mir das Blaue vom Himmel heruntergelogen hat und ich so begriffsstutzig war, darauf reinzufallen.

In dem Moment habe ich verstanden, dass alles in die Binsen geht. Dass ich selbst solche Gedanken hege, ist irre, aber was für eine Beziehung ist es denn, wenn man nicht einmal mehr Wert darauf legt, dem Partner überzeugende Lügen aufzutischen? Wenn so viel Verachtung in der Luft liegt, dass man sich nicht einmal mehr die Mühe macht, eine stichhaltige Ausrede zu erfinden? Vielleicht braucht Nick Raum für sich.

Vielleicht brauchte er ein Deckmäntelchen, unter dem er aus dem Haus gehen und mir ein Geschenk besorgen konnte. Seine Geheimniskrämerei bedeutet ja nicht, dass er etwas Schlechtes im Schilde führen muss.

Als Nick mit schönster Selbstverständlichkeit ins Haus und in die Küche spaziert kam, wusste ich nicht, was ich davon halten sollte. Auf der Stelle bestürmten mich alle möglichen Gedanken, aber was alles übertrumpfte, war ein beharrliches Gefühl des Mitleids. Ich glaube, über das Selbstmitleid bin ich hinweg. Jane hatte wohl recht. Und in dem Augenblick sah ich Nick von der Seite an und empfand Mitleid mit ihm. Weil er nicht in der Lage gewesen war, überzeugend zu bemänteln, wohin er wirklich wollte. Weil er sich überhaupt gedrängt fühlte, mich anzuschwindeln. Dieser Schicksalsschlag entfernt uns voneinander. Ellie, unser kleiner Schatz, der uns zuallererst aneinanderband, sorgt mittlerweile in ihrer Ahnungslosigkeit für tiefe Risse in unserer Beziehung. Ellie kann nichts dafür, natürlich nicht. Es liegt an uns, gleichzeitig ist keiner daran schuld. Schuld ist derjenige, der Ellie entführt hat. Der Namenlose, den wir nicht kennen. Das, worauf wir keinen Einfluss nehmen können. In diesem Moment fühlte ich mich so ohnmächtig.

Ich bereue, dass ich nichts gesagt habe. Dieser Augenblick war so flüchtig, so intensiv, dass ich gerade mal die Tränen zurückhalten konnte. Alles stürmte gleichzeitig auf mich ein. Und jetzt ist dieser Augenblick vorüber. Jetzt noch Nick zur Rede zu stellen wäre irgendwie unpassend. Und was ich nicht weiß, macht mich nicht heiß. Als er mich in den Armen hielt und mir versicherte, dass er fest darauf vertraue, Ellie gehe es gut, konnte ich ihm seinen unerschütterlichen Glauben daran ansehen. Wie soll ich es beschreiben? Wenn man jemanden wirklich gut kennt, kann man eine Menge erkennen, wenn man ihm in die Augen schaut. Aufrichtigkeit, Entschlossenheit, Leidenschaft. Das alles habe ich erkannt, als er mir sagte, dass Ellie ganz sicher wohlauf sei. Das war nicht nur Hoffnung, das war eine tief sitzende, unerschütterliche Überzeugung. Im Bruchteil einer Sekunde veränderte sich alles. Als ich ihm sagte, dass ich ihn liebe, kam es aus reinem Herzen. Ab diesem Moment, als ich diesen Ausdruck in seinen Augen sah, spürte ich, dass ich meinen Mann wiederhabe.

45 Nick

Ich habe fast die ganze Nacht kein Auge zugetan. Dass sich Tasha mir geöffnet hat, brachte mich etwas aus dem Konzept. Sonst ist sie immer so kühl und spröde, aber gestern Abend habe ich eine andere Seite an ihr entdeckt. Ich habe ihre Verletzlichkeit, ihre gequälte Seele entdeckt. Und bei mir habe ich auch eine andere Seite entdeckt. Mein Gewissen.

In einer anderen Ehe wäre das ein schöner, ergreifender Moment. Das hätte es auch bei uns sein können, wären wir nicht schon so weit gekommen. Ich habe mir dann eingeredet, dass das nur eine Prüfung für mich sein soll und ich keinesfalls darauf hereinfallen darf. Ich muss an meinem Plan festhalten, komme, was da wolle. Schließlich ist das die einzige Möglichkeit, Ellie wiederzubekommen.

Aber sosehr ich mich auch bemühe, den gestrigen Abend einfach abzuhaken, kann ich nicht leugnen, dass mich etwas dabei anrührte. Etwas Neues.

Der Vormittag ist nur langsam vergangen. Tasha war mit den Polizisten unterwegs auf Suche. Sie haben die Felder und Waldgebiete der Umgebung durchkämmt, zum Glück nicht um Medbury herum. Tasha sagte, sie müsse sich zumindest einreden können, etwas beizusteuern. Für mich ist das segensreich, denn auch wenn ich nur hier im Haus neben dem Telefon sitze und auf Informationen hoffe, die kaum zu erwarten sind, habe ich zumindest meine Ruhe vor den Journalisten. Sie schwärmen alle draußen herum und sind ganz heiß auf exklusive Schnappschüsse von Tasha, die sich den Suchtrupps angeschlossen hat.

Das Schlimmste an der Stille und dem Alleinsein ist, seinen Gedanken ausgeliefert zu sein. Die ganze Nacht habe ich gegrübelt, und jetzt würde ich für mein Leben gern schlafen. Aber selbst wenn ich mich in den Sessel hineinschmiege, übernächtigt und nur in Gesellschaft der tickenden Uhr auf dem Kaminsims, werde ich der Flut von Gedanken und Zweifeln nicht Herr, die meinen Kopf überschwemmen.

Immer höre ich von allen Seiten, solche Situationen seien körperlich und seelisch äußerst strapaziös. Nie hatte ich wirklich begriffen, wie äußerster Stress einen Menschen körperlich auslaugen kann. Jetzt habe ich es begriffen. Ich bin mehr als ausgelaugt, ich bin restlos erledigt. Als hätte ich zwölf Runden mit Mike Tyson hinter mir.

Bei alledem will ich nicht vergessen, dass Ellie in absehbarer Zeit auf der sicheren Seite sein wird. Dass sie schon bald zurückkommt. Wie muss es Tasha ergehen, wo sie obendrein noch die Ungewissheit ertragen muss?

Da jetzt alles vorbereitet ist, muss ich nur abwarten. Mit Gewalt zwinge ich mich zu logischem, schlüssigem Denken und zur Fokussierung auf das Positive. Ellie wird bald wieder da sein. Der Albtraum ist dann zu Ende. Tasha wird nicht mehr da sein. Dann gibt es Ellie und ihren Papa. Nur uns beide.

Ich fühle mich immer noch wie im falschen Film. Müsste ich nicht mehr empfinden? Ich frage mich, ob mich das Schreiben so abgestumpft hat. Kann das Lesen und Schreiben über Mord und Totschlag alles so aussehen lassen, als wäre es gang und gäbe? Es wundert mich, dass man gegenüber dem Tod so vollkommen unempfindlich werden kann. Ich gehe davon aus, dass diese Möglichkeit besteht.

Im Laufe des Tages gerate ich immer tiefer ins Grübeln. Dabei stelle ich fest, dass ich zunehmend in politisches und philosophisches Fahrwasser gerate. Ist es recht, ein Leben zu nehmen, um ein anderes zu retten? Wenn die beiden betreffenden Lebenden deine Frau, die du nicht mehr liebst und an der dir überhaupt nichts mehr liegt, und deine Tochter sind, die du unendlich liebst? Wenn du alles auf die Frage herunterbrichst, wer sterben und wer leben soll, dann hast du keine Wahl.

Aber ein ungutes Gefühl sitzt mir im Nacken: Wenn ich meiner selbst und meiner Entscheidung so sicher bin, warum zerpflücke ich sie dann ständig? Warum kann ich sie nicht einfach auf sich beruhen lassen und freudig der Tatsache entgegensehen, dass ich in wenigen Stunden Ellie wieder bei mir habe?

In welchem Zustand wird sie zurückkehren? Wird sie so, wie sie eingesackt wurde, kurzerhand auf der Zufahrt abgekippt? Wie will der Entführer das anstellen, ohne dabei beobachtet zu werden? Was wird Ellie sagen?

In dem Moment fällt mir ein: Sie muss die Person, die sie gekidnappt hat, gesehen haben und kann beschreiben, wo sie nach der Entführung gewesen ist. Auch das ist dem Kidnapper bewusst. Ellie ist ein gescheites Mädchen, das stellt man rasch fest. Der Entführer hat das selbstverständlich ebenso spitzgekriegt. Er würde früher oder später identifiziert werden.

Bei dieser Erkenntnis zerspringt mir das Herz. Wenn von Anfang an beabsichtigt war, dass Ellie nie freigelassen wird? Wenn nun der ganze Schlachtplan des Entführers darauf hinausläuft, dass Tasha umgebracht wird, und der Verbrecher verhindern muss, dass er enttarnt wird, und Ellie in seiner Gewalt behält? Oder ist es vielleicht noch furchtbarer? Wenn er der Typ ist, der ein kleines Mädchen entführt und von einem Mann fordert, dass er seine Frau tötet, wer sagt dann, dass nicht auch Ellie dran glauben muss?

Tashas Rückkehr reißt mich aus meinen Überlegungen. Sie sagt, dass sie duschen, sich umziehen und zu Emma gehen will. Der ganze bisherige Tag tritt ins Schemenhafte zurück, schlagartig wird mir bewusst, dass die Stunde herangerückt ist. Nun wird es ernst. Binnen Kurzem wird Tasha die Treppe herunterkommen und zur Haustür hinausgehen. Das ist dann das letzte Mal, dass ich sie zu Gesicht bekomme, bis ich ihre Leiche auf dem Seziertisch identifizieren muss.

Ich gehe im Zimmer auf und ab, abwechselnd von Kopflosigkeit gepackt und mich vergewissernd, dass ich einen Entschluss gefasst habe, an den ich mich halten muss. Das ist Torschlusspanik, versteht sich.

Wie im Flug vergeht die Zeit. Tasha erscheint im Wohnzimmer, um sich zu verabschieden. Ich tue so, als wäre alles okay, schiebe alle lästigen Eingebungen beiseite. Als ich das Türschloss einrasten und Tashas Absätze die Auffahrt hinunterklackern höre, erfasst mich das kalte Grausen.

Ich stürze in die Küche und greife nach dem Handy. Ja, ich weiß, es ist nicht klug, mein eigenes Telefon zu benutzen, aber jetzt ist mir das völlig schnuppe. Wer A sagt, muss auch B sagen. Mit flatternden Händen wähle ich die Nummer, darauf bedacht, nicht die falschen Zahlen einzugeben. Nach schier unendlichem Warten klingelt es.

»Ja?«, ertönt endlich eine Stimme.

»Geoff? Es gibt eine Planänderung«, erkläre ich. »Können Sie …«

Er schneidet mir das Wort ab. »Ich habe Ihnen eingeschärft, nicht anzurufen. Es ist zu gefährlich.«

»Ich weiß, aber …«

»Kein Aber«, fällt er mir wieder ins Wort. Noch bevor ich etwas hervorbringen kann, hat er aufgelegt. Ich fluche und rufe ihn noch einmal an. Ich werde direkt zum Anrufbeantworter durchgestellt. Wieder probiere ich es, dreimal, viermal. Er hat sein Telefon abgeschaltet.

Dann jage ich die Treppe hoch, schnappe mir ein Paar Schuhe, zwänge die Füße hinein und binde eilends die Schnürsenkel zu. Dazu brauche ich doppelt so lange wie üblich, da mir die Hände zittern und die Finger nicht gehorchen wollen. Ich laufe wieder hinunter, nehme dabei mehrere Stufen auf einmal, und renne zur Tür hinaus, die ich hinter mir zuknalle. Ich muss dem Ganzen Einhalt gebieten. Jetzt, sofort.

Als ich ans Ende unserer Auffahrt gelange, sehe ich, wie Derek den Müll in seine Tonne bringt. Im selben Augenblick wie ich bleibt er stehen, und wir schauen uns an. Sofort wende ich den Blick wieder ab und richte ihn die Straße hinunter zum Jubilee-Park hin. Ich kann Tasha nicht entdecken.

Wieder schaue ich zu Derek. Er sieht mich unverwandt an. In diesem lichten Augenblick geht mir auf, dass ich hierbleiben muss. Hier geht es um mein Alibi.

46 Tasha

Wegen heute Abend beherrschen mich Schuldgefühle. Wer geht schließlich zur Freundin und trinkt es sich schön, während die eigene kleine Tochter vermisst wird? Wiederum finde ich, Nick hat recht: Wir können zum jetzigen Zeitpunkt absolut nichts anderes tun als zu Hause herumsitzen und uns vor lauter Sorgen in die schlimmstmöglichen Szenarien hineinsteigern. Was würde uns das helfen?

Wir können nichts tun. Die Einsatzkräfte tun, was sie können, wenn ich auch zugeben muss, mich packt der Frust, wenn ich das Schneckentempo erlebe, in dem es vorangeht. Doch die Beamten haben uns zugeredet, so gut es geht, unseren normalen Lebensrhythmus aufrechtzuerhalten. Mein Problem liegt darin, dass ich mich nicht mehr erinnern kann, wie Alltäglichkeit aussieht. Alles, was vorher war, hat sich aufgelöst: die Arbeit, der Urlaub, Ausflüge in den Park. Alles ist ein diffuser Wust. Ich könnte es auf die Medikamente schieben, aber an denen liegt es nicht, das steht fest. Es liegt an dem Trauma, so geht es einem, wenn man etwas Derartiges durchmacht. Alles teilt sich nur noch ein in das Davor und das Danach.

Ich mime die Tapfere, das tue ich für uns beide. Weil Nick

im Moment alles ist, was ich habe. Das macht mir Angst. Ich weiß, dass er der Situation nicht gewachsen ist. Das werfe ich ihm nicht vor. Wer sollte den ersten Stein werfen? Allerdings fängt Nick immer an, sich sonderbar zu verhalten, wenn er sich quält. Mit Notsituationen kommt er nicht gut zurecht. Trotzdem besorgt mich sein Verhalten zunehmend.

Vielleicht höre ich auch die Flöhe husten. Jedenfalls hielt ich davor (da ist es wieder, dieses Wort) Nick nie für einen, der mich anspornen würde, Emma zu besuchen und mit ihr eine Flasche Wein zu trinken, während unser Kind nicht aufzufinden ist. Das ist durchaus seltsam, denn als ich damals nach Ellies Geburt wieder arbeiten gehen wollte, nahm er mir das übel.

Abgesehen davon, tun uns ein paar Stunden Abstand voneinander gut.

Wir kommen uns neuerdings öfter ins Gehege, und mehrere Male wäre uns alles schon fast entglitten. Irgendwo tief in der Seele schreibe ich Nick die Schuld zu an dem, was Ellie widerfährt. Wie wäre es gewesen, wenn er an dem Morgen nicht noch mal ins Haus gelaufen wäre? Wenn er es tatsächlich ein einziges Mal geschafft hätte, Ellie rechtzeitig zur Schule zu bringen? Wenn er die Stirn gehabt und Ellie den Kopf geradegerückt hätte, dass sie das Bild von Miss Williams ein andermal mitnehmen muss? Und gleich zerfleische ich mich selbst. Wenn ich nicht zu dieser Konferenz hätte fahren müssen? Wenn ich mich später von zu Hause losgemacht, mich meinen Mutterpflichten gestellt und höchstpersönlich Ellie für die Schule fertig gemacht hätte? Dieses *Wenn* steckt in jedem teuflischen Detail und hilft uns keinen Schritt weiter.

Ich will mich nicht von den Geschehnissen ablenken, aber ich versuche, nicht immer wieder alles von vorn durchzukauen und mich durch Verbitterung und Reue umzubringen. Im Grunde meines Herzens weiß ich, dass Ellie zu uns zurückgebracht wird. Nennen wir es Hoffnung, nennen wir es Verzweiflung. Aber mit jeder Faser meines Wesens halte ich daran fest, dass Ellie wiederkommt. Und wenn sie wiederkommt, dann soll sie in einem vertrauten Zuhause sein und nicht in einem Haus, wo negative Gefühle herrschen und die Atmosphäre vergiftet ist.

Schon wieder habe ich ein schlechtes Gewissen wegen dieser Empfindungen. Als wäre ich moralisch verpflichtet, im Haus auf und ab zu tigern und mir die Haare zu raufen. Als wäre ich eine Rabenmutter, weil ich mich nicht auf dem Fußboden winde und hysterisch herumkreische. Ob Nick so von mir denkt? Und die Polizei? Ich gehe davon aus, dass sie schon die Überwachungskameras am Bahnhof überprüft haben. Einerseits hoffe ich, dass sie das gemacht haben, damit sie sehen, dass ich nicht in der Umgebung des Hauses war, als Ellie verschwand. Andererseits hoffe ich, sie haben es nicht gemacht, denn das hieße, dass die mich tatsächlich verdächtigen, meine eigene Tochter entführt zu haben.

Es gibt einen unauflöslichen Widerspruch, dem ich mich nicht stellen will, der mir aber ständig seine hässliche Fratze zeigt: Ich bin überzeugt, dass Ellie in Sicherheit ist und nach Hause zurückkehren wird. Gleichzeitig fällt mir beim besten Willen kein Mensch ein, der sie hätte entführen wollen. Wenn das so ist, dann bleibt nur der Gelegenheitstäter, der durch eine bloße Laune auf diese Idee gekommen ist. Warum aber sollte so einer Ellie in sicherer Obhut behalten und mit ihr behutsam umgehen, wenn er doch nur …

Diese abscheuliche Vorstellung verdränge ich gleich. So etwas zu denken darf ich mir nicht erlauben. Mir gehen dieselben ausweglosen Sorgen und scheußlichen Gedanken im Kopf herum, wie sie wahrscheinlich jede Mutter haben würde, doch ich bekämpfe sie mit Zähnen und Klauen und halte, so gut ich kann, Hoffnung und Optimismus hoch. Rasch schwindet beides dahin.

Das Medikament lindert das Ärgste, aber das will nicht viel heißen. Ohne es würde mein Organismus überhaupt nicht mehr funktionieren. Und wieder überkommen mich Schuldgefühle, *weil* ich noch funktioniere. Die Pillen verlangsamen das Denken und ermöglichen so, dass ich meine Gedanken verarbeiten kann. Sie halten mich vom Abgrund zurück.

Ein Gefühl der Benommenheit ergreift von mir Besitz, als ich durch den Jubilee-Park gehe. Bei dem schummriger werdenden Licht der Laternen hinter mir verspüre ich zunehmend Trost und Geborgenheit in der Dunkelheit des Parks. Die schwarze Nacht und die Stille ringsum empfinde ich als Puffer zwischen mir und der Wirklichkeit, die mich tagtäglich umgibt und wo ich Menschen sehe, die zur Arbeit gehen und betriebsam sind, vermutlich völlig in Unkenntnis dessen, was geschehen ist. Die überhaupt nicht merken, dass die Welt aufgehört hat, sich zu drehen. Ich komme mir vor wie in einer Blase, der Realität entrückt. Wie der Park, eine dunkle Masse, umhüllt vom bleichen Glimmen der Straßenbeleuchtung, die immer trüber wird.

Plötzlich schreckt mich aus meiner Versunkenheit das Geräusch eines Schrittes, unter dem knisternd totes Laub und Zweige zertreten werden. Ich komme nicht einmal dazu, mich umzublicken, denn schon durchzuckt ein Schmerz meinen Kopf. Lichter flackern vor meinen Augen auf und überschwemmen das orangefarbene Glimmen der Straßenlaternen, die sich drehen und krümmen. Dann schlage ich mit der Wange auf dem Wegbelag auf.

47 Nick

Däumchen zu drehen und auf Lebenszeichen zu warten ist furchtbar. Davon kann ich nach einigen Tagen ein Lied singen. Auf schlechte Nachrichten zu warten ist noch furchtbarer, zumal, wenn man weiß, worin die Nachricht besteht. Ich warte auf einen Anruf, bei dem mir ausgerichtet wird, Tasha sei tot.

Ich fühle mich merkwürdig friedvoll und abgeklärt. Als wäre die ganze traurige Geschichte an ihr Ende gelangt und ich mit meiner Ellie wieder vereint. Woher weiß der Kidnapper, dass die Tat vollbracht ist, damit er Ellie wieder ausliefert? Muss ich Jen Hood mailen? Das traue ich mich nicht. Ich will es vermeiden, mich noch weiter zu belasten.

Wer auch immer dahintersteckt, er ist sehr nah an uns herangekommen, und zwar zweimal: als Ellie entführt wurde und als ich die Nachricht mit dem Polizisten vor unserer Haustür bekam. Folglich wird es nicht kompliziert für ihn sein, sich auch ein weiteres Mal heranzuschleichen. Es ist absehbar, dass Tashas Tod Schlagzeilen macht, bei all dem Medientrubel diese Woche. Und was dann? Er wird Ellie auf der Auffahrt absetzen – war es das dann? Da bin ich zwar skeptisch, aber auf etwas anderes kann ich nicht hoffen.

Schließlich klingelt nach einer schier unendlichen Weile das

Telefon. Ich stürze hin, halte aber inne. Ein Blick auf die Uhr, es ist 21.30 Uhr. Wer rennt schon um diese Zeit zum Telefon und nimmt es gleich nach dem ersten Klingelzeichen ab? Ich lasse also ein paar Sekunden verstreichen, ehe ich mich melde.

»Hallo?«

»Nick? Ich bin's, Emma.«

»Ach, hi«, sage ich und gebe mir Mühe, entspannt zu klingen. »Was gibt's denn?«

»Ich wollte bloß wissen, ob Tasha schon von zu Hause losgegangen ist«, sagt sie, wobei ich deutlich ihre Besorgnis heraushören kann. »Ich frage nur, weil sie schon seit einer Stunde überfällig ist, und sie geht nicht ans Handy.«

»Wirklich? Sie ist kurz nach acht los«, erwidere ich.

»Mist! Meinst du, es ist alles in Ordnung mit ihr? Wollte sie vielleicht vorher noch woandershin?«

»Nicht dass ich wüsste«, antworte ich, um einen beschwichtigenden Tonfall bemüht. »Bestimmt ist alles in Ordnung. Ich versuche sie anzurufen, dann melde ich mich bei dir.«

Nach kurzem Abwarten rufe ich Tasha auf dem Handy an. Ich muss sie anrufen, denn genau bei so was machen die Leute oft einen Fehler. Man kann doch gleich Lunte riechen, wenn ein Ehemann sich nicht bei seiner Frau meldet, auf die nachweislich gerade jemand umsonst wartet.

Der Anruf gelangt direkt zur Mailbox.

Ich rufe wieder Emma an. Während ich es klingeln lasse, geht mir als Einziges durch den Kopf, dass ich nicht derjenige sein will, der Tashas Leiche findet. Nur einmal klingelt es, dann ist Emma dran.

»Mailbox«, sage ich. »Hör mal, sie geht durch den Jubilee-Park zu dir. Wahrscheinlich hat sie sich mal hingesetzt, um durchzuatmen und zur Besinnung zu kommen, und darüber die Zeit vergessen. Ganz sicher ist alles okay. Komm du doch hierher, und ich laufe in deine Richtung, dann treffen wir uns auf halbem Wege. Weit kann Tasha doch nicht sein. Vielleicht solltest du Cristina oder Leanne mitnehmen. Einer muss aber zu Hause bleiben, falls sie zwischendurch auftaucht.«

»Die beiden haben es nicht geschafft, sie mussten absagen«, entgegnet Emma. »Also nur ich und Tash waren verabredet.«

»Gut, ich gehe los, bis gleich. Nimm dein Handy mit.«

Ich warte ein paar Minuten, denn ich weiß wohl, dass Emma sofort losgehen wird. Wenn ich ein Momentchen warte, dann hat sie eine weitere Strecke als ich zurückgelegt und stolpert mit größerer Wahrscheinlichkeit als Erste über Tashas Leiche, das heißt, nicht ich. Ich bin nämlich unschlüssig, ob ich damit fertig würde.

Nach einer Zeitspanne, die mir überlange vorkommt – auch wenn mir die Uhr im Handy klarmacht, dass es nur vier Minuten sind –, ziehe ich mir die Schuhe an und verlasse das Haus.

Ich laufe zielstrebig, aber nicht hastig. Ich weiß nicht, wie gut sie per Handyortung die Route, auf der jemand geht, nachverfolgen können, auf jeden Fall habe ich mir in den Kopf gesetzt, dass es völlig natürlich aussehen soll.

Binnen weniger Minuten bin ich im Park. Mein Herz schlägt fühlbar beim Gedanken an das, was sich gleich abspielen wird. Ich werde den toten Körper meiner Frau vorfinden.

Ehe ich etwas sehe, höre ich eine Stimme.

»Nick!«, schreit Emma. »Hierher!«

Ich wende mich in die Richtung, aus der der Schrei kommt, und sehe Emma. Ihre eine Gesichtshälfte ist bläulich von ihrem Handy beleuchtet, das sie sich ans Ohr gepresst hat. Sie hält den Blick auf den Boden gerichtet, auf dem ich nur eine unförmige dunkle Masse ausmachen kann. Sofort ist mir klar, was ich vor mir habe.

Ich renne darauf zu, die Welt ringsum dreht sich langsamer, während ich darum kämpfe, zu verarbeiten, was hier vor sich geht, obwohl ich es erwartet, ja sogar selbst ausgelöst habe.

»Ja«, kreischt Emma ins Handy, das Entsetzen steht ihr ins Gesicht geschrieben. »Ihr Ehemann ist gerade gekommen.« Sie reißt das Handy vom Mund weg, um das Mikrofon frei zu haben. »Sie ist überfallen worden, Nick.«

Ich ringe um Atem. *Überfallen.*

»Ist sie … ist sie …«, stammele ich.

»Sie ist am Leben«, sagt Emma. »Sie atmet. Der Krankenwagen ist schon unterwegs.«

Schlagartig wird die Dunkelheit des Jubilee-Parks noch um einiges undurchdringlicher.

48 Nick

Mit Karacho rast der Krankenwagen vom Jubilee-Park ins Krankenhaus. *Eine gefährliche Kopfwunde,* sagte der Rettungssanitäter, und dass sie schnellstens behandelt werden müsse. *Erheblicher Blutverlust.* Ich spiele mit der Idee, sie zu bitten, langsamer zu fahren, aber ich lasse es sein.

Tasha ist kaum wiederzuerkennen. Die Schwellung hat bereits eingesetzt. Die Sanitäter sind besorgt, dass sich in ihrem Gehirn Schwellungen ausbreiten könnten, deshalb haben sie sie vorsorglich in der Klinik für ein Notfall-CT angemeldet.

Wenn du deine Frau blutüberströmt liegen siehst und weißt, dass du die Schuld daran trägst, musst du ein dickes Fell haben. Aber diese gurgelnden Geräusche, die die ganze Fahrt über ihrer Kehle entweichen, geben mir vollends den Rest.

Bei der Ankunft am Krankenhaus holen mich die Sanitäter aus dem Wagen, und eine Schwester geleitet mich in den Wartebereich, während die Sanitäter Tasha auf der Krankentrage durch Türen karren, hinter denen sie verschwinden. Die Krankenschwester sichert mir zu, dass alles wieder gut wird und Tasha in guten Händen ist. Es kommt ja nicht infrage, ihr klarzumachen, dass mir daran keinesfalls gelegen ist.

Man reicht mir einen Pappbecher mit heißem, gesüßtem,

viel zu süßem Tee, und ein Arzt wird mich gleich aufsuchen und aufklären, was gemacht wird, und mich zu Tasha führen. Emma will lieber einen Kaffee trinken und macht sich auf die Suche nach einem Automaten.

Ich stehe total neben mir. Auch das Gefühl für die Zeit habe ich verloren. Sie scheint zu fliegen, aber sie scheint mir auch unendlich lang. Kurz darauf dringt McKennas vertraute Stimme an mein Ohr. Langsam verfolgt sie mich wie ein stinkender Furz. Wie um alles in der Welt hat sie so schnell davon erfahren? Hat sie uns beobachtet? Nein. Das wäre nicht nachzuvollziehen. Ich rede mir ein, die Ärzte und Sanitäter haben Tasha vermutlich erkannt und wussten aus den Nachrichten von ihr. Sie haben sicher ihren Namen gekannt. Vielleicht gab es auch in den medizinischen Berichten irgendeinen Fingerzeig, der die Polizei alarmierte. Ich habe keine Ahnung, und momentan juckt es mich auch nicht. Nur eines kann ich sagen: Ich bin nicht in der Verfassung, McKenna gegenüberzutreten.

»Wie geht es ihr?«, fragt die Kommissarin, gerade als Emma mit ihrem Kaffeebecher um die Ecke kommt.

»Ich weiß nicht«, antworte ich vage und wundere mich, wie rau und abwesend meine Stimme klingt.

»Man weiß wohl nicht genau, was passiert ist?«, fragt sie weiter und schaut dabei abwechselnd zu mir und Emma.

»Ist das nicht Ihre Aufgabe?«, halte ich dagegen. Die beabsichtigte Gehässigkeit kommt deutlich rüber.

»Wir dürfen sie nicht ansprechen, ehe die Ärzte sie untersucht haben, Nick. Meine Frage ging eher in die Richtung, was sie um diese Abendstunde in den Park geführt hat. Warum lief sie dort herum? Dort ist es doch nicht gerade ungefährlich. Warum hat sie nicht das Auto oder ein Taxi genommen oder Sie gebeten, dass Sie sie fahren?«

Das Auge des Gesetzes fixiert mich.

»Ärztlicherseits heißt es, sie wurde anscheinend bewusst

als Opfer ausersehen«, fährt sie in sachlichem Ton fort. »Sie hatte nach dem Überfall weder einen Geldbeutel noch Tasche oder Handy bei sich, deshalb müssen wir davon ausgehen, der Angreifer hat ihr das alles abgenommen.«

»Ein Raubüberfall also?«, frage ich.

»Sieht ganz so aus«, antwortet sie und schaut mich dabei wieder so durchdringend an, als wolle sie mich durch die Mangel drehen. »Waren Sie den ganzen Abend zu Hause?«

»Ja«, antworte ich. »Ich bin erst weggegangen, nachdem Emma mich angerufen und mir mitgeteilt hat, dass Tasha nicht aufgekreuzt ist.«

»Allein, nehme ich an?«

Ich zucke mit den Achseln und ringe mir so etwas wie ein entschuldigendes Lächeln ab. Mir ist bewusst, dass ich mit meinen Aussagen auf unsicherem Boden stehe. Mir fehlte die Zeit, den Plan mit Derek und dem Alibi bis ins Detail auszutüfteln. Weil der Stein bereits ins Rollen gekommen war, habe ich das nicht mehr geschafft. Nachdem ich sein Haus durchstöbert und Dereks entsetzten Blick gesehen habe, frage ich mich, ob es diesmal anders läuft. Aber das ist meine einzige Option. Die Würfel fallen ein letztes Mal. Ich denke, das Risiko lohnt sich. »Tja, wenn Sie wollen, kann ich belegen, dass ich zu Hause war, ja. Ich bin kurz im Vorgarten gewesen, nachdem Tasha losgegangen war. Derek war draußen und leerte seinen Müll in die Tonne.«

»Sie schieben wieder Derek als Alibi vor? Ob das so klug ist?«, wundert sich McKenna.

»Wie bitte … Alibi?«, entrüste ich mich, darauf bedacht, dass es möglichst überzeugend klingt. »Sie denken wohl, ich war es?«

»Absolut nicht. Wie kommen Sie denn darauf? Ich muss herausfinden, wer sich wo und wann aufhielt. Die Tatsachen herausarbeiten. Sagen Sie mehr über Derek.«

»Er war da. Er ist der Einzige, der mich gesehen hat. Dann bin ich reingegangen, und nichts ist passiert, bis mich Emma anrief.«

McKenna nickt wieder. Offensichtlich ist ihr klar, dass ich unmöglich aus dem Haus gegangen und in den Park gelaufen sein kann, um meine Frau zusammenzuschlagen, zumal überall die Presse lauert und alle Welt unsere Gesichter kennt. Aber an irgendetwas hat McKenna zu knobeln, das sehe ich ihr an. Noch ist sie nicht dahintergestiegen, was ihren Verdacht erregt.

Stundenlang sitzen wir da, es herrscht eisiges Schweigen, ab und zu geht einer von uns Tee oder Kaffee holen und lässt eine Bemerkung fallen, von wegen, hoffentlich bekommen wir bald etwas Neues zu hören. Etwa stündlich werden wir informiert. Das Personal ist immer zuversichtlicher und teilt uns mit, die Blutungen seien gestillt, man habe sie vom Gehirn fernhalten können, und Tasha werde bald wieder aus der Ohnmacht erwachen. Mich ärgert es, dass McKenna am frühen Morgen zweimal zu Tasha darf, dass die Ärzte also der Polizei gegenüber dem Ehemann den Vorrang einräumen.

Gegen sechs Uhr früh taucht ein Arzt im Durchgang auf und teilt uns mit, Tashas Zustand habe sich stabilisiert, sie habe allerdings eine schwere Gehirnerschütterung und obendrein viel Blut verloren. »Sie wird erst mal recht schwach sein«, meint er.

»Kann ich sie sehen?«, frage ich, mehr an McKenna als an den Arzt gewandt.

»Meinerseits steht dem nichts entgegen«, antwortet McKenna und dreht sich etwas zur Seite, um den Arzt anzusehen. Der nickt.

Ich werde von McKenna auf die Station begleitet. Sie lächelt, als wir an Tashas Bett treten. Sie liegt da, den Kopf zum Fenster gedreht. Draußen bricht ein freundlicher, sonniger Tag an. Zum ersten Mal seit Ellies Verschwinden habe ich ein Auge für das Wetter.

»Hi«, versuche ich es ganz vorsichtig. Nach einem Augenblick wendet mir Tasha das Gesicht zu. Wie ein Zombie sieht sie aus, und ich könnte schwören, ich höre bei dieser Bewegung ihren Hals knacken.

»Nick«, wispert sie mit brüchiger Stimme.

Ich schaue zu McKenna. Das ist doch ein gutes Zeichen, oder? Ich stelle fest, dass ich froh bin, Tasha lebend zu sehen, und dass sie mich erkennt. So war es nicht gedacht. Genau genommen müsste ich enttäuscht sein. Enttäuscht, weil sie den Überfall überlebt hat. Enttäuscht, weil Ellie nun nicht wiederkommt. Das Ganze ist ein heilloses Chaos.

»Wie geht es dir?«, frage ich, setze mich auf die Bettkante und streiche Tasha eine Haarsträhne hinters Ohr.

»Mir ging's schon mal besser.«

»Hast du gesehen, wer es war?«

Sie schüttelt langsam den Kopf. »Es war dunkel. Er kam von hinten. Ich kann mich an gar nichts erinnern.«

»Der Arzt meint, es ist kein bleibender Schaden zu befürchten«, versichert mir McKenna. »Sie hat ein gebrochenes Jochbein und wird sich mit etlichen blauen Flecken herumschlagen müssen, die auch wehtun. Aber sie ist ein zäher Knochen, Ihre Frau. Eine Kämpferin.«

»Ja, das ganz bestimmt«, bekräftige ich ihre Worte und schaue Tasha an. »Das ist sie ganz gewiss.«

49 Nick

Als wir wieder zu Hause sind, schleppe ich Tasha die Treppe hinauf und ins Bett. Sie bestand hartnäckig drauf, nicht im Krankenhaus zu bleiben, selbst die Ärzte mussten einsehen, dass es zwecklos war, sie davon abbringen zu wollen. Selbst nach so einem Abenteuer ist sie eigensinnig und weiß genau, was sie will. Dass sie das auch bekommt, dafür sorgt sie unfehlbar.

Zwar weiß sie, was sie will, aber nicht unbedingt, was ihr guttut. Das ist Tashas Dilemma. Sie braucht mindestens zwei Tage Ruhe. So kann sie wieder zu Kräften kommen, und obendrein habe ich mal eine Atempause.

Kaum werde ich meiner Gefühle Herr, ich bin hin und her gerissen: erleichtert, dass der Anschlag fehlgeschlagen ist, aber auch stinksauer auf diesen Armleuchter, der ihn ausgeführt hat. Und obwohl ich dem Überfall ins Auge gesehen, ja ihn sogar selbst eingefädelt habe, bin ich wütend auf Geoff, weil er die Sache durchgezogen hat, obwohl ich ihm nach meinem Sinneswandel in letzter Minute signalisierte, dass ich das Ganze abblasen will. Und dann sehe ich meine Frau in diesem Zustand im Krankenhaus liegen. Das wünsche ich nicht meinem ärgsten Feind. Das Bewusstsein, dass ich an allem schuld bin, macht es noch hundert Mal schlimmer. Das Schuldgefühl ist unerträglich.

Meine erste Eingebung sagt mir, ich solle zu Alan gehen und Geoff im Darknet eine E-Mail schicken, doch ich habe nicht die leiseste Ahnung, was ich ihm eigentlich mitteilen will. Am liebsten würde ich der Dumpfbacke den Hals umdrehen, aber ich muss mich am Riemen reißen. Irgendwie bin ich froh, nicht mehr derselbe Typ zu sein wie der von damals. Ich kann von Glück reden, ausgeglichener zu sein und nicht mehr so schnell auszurasten und mich zum Narren zu machen. Heute kann ich alles ruhiger überdenken und es mir verkneifen, auf diesen Kerl loszugehen und ihm seinen Scheißschädel einzuschlagen.

Ich atme tief durch und schließe die Augen. Zeit, klar geradeaus zu denken. Je tiefer ich mich verstricke, desto konzentrierter muss ich am Ball bleiben und meine Handlungen gut kalkulieren. Noch ist es nicht zu spät. Nie ist es zu spät. Wieder unten im Erdgeschoss, mache ich mir eine Tasse Kaffee und setze mich damit still an den Küchentisch. Einen Anflug von Ordnung muss ich in meinem Dasein beibehalten, etwas, worin ich mich in meinem täglichen Leben verankern kann, sodass ich weiter eine Richtschnur habe.

Ich darf nicht zulassen, dass sich die Polizei in die Sache einmischt. Das muss ich um jeden Preis verhindern. Wie soll ich auch den Kriminalbeamten verklickern, dass ich die Ermordung meiner Frau in die Wege geleitet habe – aber alles halb so schlimm, sie wurde ja nur eben mal zusammengeschlagen? Mit keiner Silbe kann ich denen verraten, was sich zugetragen hat. Wenn ich ihnen jetzt mit Jen Hoods E-Mails komme, dann wollen sie wissen, warum ich nicht eher damit herausgerückt bin. Ich stecke viel zu tief in der Scheiße. Und jetzt bleibt mir nichts anderes übrig, als da wieder herauszukommen, ehe ich noch tiefer hineingerate.

Der Beleg, den ich hatte und den ich der Polizei hätte vorlegen können, gleich anfangs, den gibt es nicht mehr. Er ist unbrauchbar geworden. Sie werden einen Blick auf diese E-Mails werfen und sie mit der Tatsache in Verbindung bringen, dass Tasha ein paar Tage später Opfer eines zufälligen gewalttätigen Anschlags wurde. Den Rest können sie sich an den Fingern abzählen. Warum habe ich ihnen bloß nicht gleich am Anfang die E-Mail gezeigt? Ich weiß, warum – weil ich ein sturer Bock bin und meinte, ich könnte das allein deichseln. Nick, der Tausendsassa, der Retter in der Not. Diesmal allerdings vergeblich. Spitzenmäßig.

Jetzt muss ich selbst Ellie suchen, aber wo fange ich an? Ich stehe vollkommen allein da.

Es bietet sich an, mit Fragen zu beginnen. Aber ich werde wohl nicht als Antwort auf meine E-Mail Jen Hoods Lebensgeschichte erzählt bekommen. Wäre es dieser Person daran gelegen, dass ich wüsste, wer sie ist, dann hätte sie mir inzwischen schon Einzelheiten genannt.

Ich sinne auf abstraktere, unkompliziertere Methoden, um an die benötigten Informationen zu kommen. Querdenken nennt man das. Vielleicht gibt es Spuren, irgendwelche Ablenkungsmanöver. Ich könnte einige falsche Informationen über mich und Tasha einflechten und abwarten, ob Jen Hood darauf eingeht.

Auch auf die Recherchen über Persönlichkeitsstörungen und deren Wirkung auf Menschen, mit denen ich mich mal befasst habe, versuche ich mich zu besinnen. Ist der Kidnapper ein Psychopath oder ein Soziopath? Wer entführt ein Kind und fordert im Gegenzug, dessen Mutter töten zu lassen? Fest steht, dass ich so einem Menschen nicht in die Quere kommen möchte.

50 Nick

Nachdem ich meinen Laptop eingeschaltet und den Browser geöffnet habe, unterdrücke ich den Drang, *Tor* herunterzuladen und mich ins Darknet einzuloggen. Ich möchte doch zu gern nachschauen, ob Geoff sich mit mir in Verbindung gesetzt und was er vorzubringen hat, aber davon lasse ich lieber die Finger. Diese Verbindung muss ich komplett abbrechen. Stattdessen schaue ich also nach, ob ich E-Mails bekommen habe.

Ich kann mir nicht vorstellen, wie so viele Leute meine E-Mail-Adresse in Erfahrung gebracht haben, es gibt nämlich eine Flut von E-Mails von wildfremden Personen, die mir ihre Theorien unterbreiten, was Ellie zugestoßen sein könnte. Es war wohl vorherzusehen, dass einige von ihnen mich, Tasha oder uns beide bezichtigen, Ellie getötet und ihre Leiche verscharrt zu haben. Einige Nachrichten enthalten die niederträchtigsten Beleidigungen, die mir je untergekommen sind, aber in diesem Moment lassen sie mich kalt. Ich weiß ja, dass diese Leute sich irren, und früh genug werden auch sie das erkennen.

Die freundlicheren Theorien sind teilweise noch abstruser. Ein Ehepaar ist davon überzeugt, dass es Hinweise auf ein außerirdisches Raumschiff gebe, das sich am Tag von Ellies Verschwinden in der Nähe gezeigt habe. Andere glauben herausfinden zu können, wo Ellie steckt, indem sie mit der Wünschelrute Brachlandlinien abgehen. Wieder andere hatten Traumvisionen, die ihnen Ellies Aufenthaltsort offenbarten.

Ich scrolle durch die E-Mails, lese hier und da mal eine Zeile und bin zunehmend besorgt, was den Geisteszustand einiger Erdenbürger betrifft. Eine E-Mail springt mir jedoch sofort ins Auge. Die führe ich mir gründlicher zu Gemüte.

> Sie sollten sich mal Lynda Macauley vor Augen führen. Ich hoffe, Sie finden Ihre Tochter.

Darunter steht eine Adresse in Halifax, West Yorkshire. Noch so ein Spinner, der seinen Nachbarn reinlegen will. Ausgezeichnet. Ich schreibe meine Standardantwort, mit der ich die Leute abspeise, die einen Verdacht hegen, in dem kein Alien oder Geist eine Rolle spielt.

> Wenn Sie eine Information haben, die hilfreich sein könnte, bitte wenden Sie sich an die Kriminalkommissarin Jane McKenna.

In dem Moment, als ich auf *Senden* klicke, klingelt es an der Tür. Ich schaue zum straßenseitigen Fenster hinaus und sehe McKenna vor der Tür stehen. Das passt doch wie die Faust aufs Auge. Ich laufe in den Flur, mache ihr die Tür auf und lasse sie an mir vorbei ins Haus.

»Wie geht es Tasha?«, fragt sie.

»Ja, gut, nur erschöpft ist sie und aufgewühlt, denke ich.« *Mir geht's auch gut, danke der Nachfrage.*

»Sie ruht sich aus. Das schlaucht ja alles ganz schön«, meint sie und lässt sich im Wohnzimmer nieder. »Sie müssen gut auf sie aufpassen. Die seelischen Wunden richten oft den größten Schaden an. So etwas kann das Selbstbewusstsein ganz schön erschüttern. Sobald sie körperlich wieder auf dem Damm ist, sollte sie am besten wieder mal vor die Tür gehen. Am besten wäre es, wenn sie schnell wieder am Leben teilnimmt.«

»So ist es geplant«, pflichte ich ihr bei. »Ist es nicht zum Schreien? Da haben Tasha und ich fast das ganze Leben in Ereignislosigkeit zugebracht und uns die Finger danach geleckt, mal auszubrechen und etwas ganz anderes zu tun, und nun ringen wir in jeder wachen Minute darum, wieder zum Alltag zurückzufinden.« McKenna schmunzelt nur. »Ich kann gar nicht beschreiben, wie irrwitzig es ist, diesen Albtraum zu durchleben. In den eigenen vier Wänden kein normales Leben führen zu können.«

»Und jeden Tag von der Polizei heimgesucht zu werden«, fügt McKenna lächelnd an.

»Ja, auch das noch.« Auch ich grinse jetzt. Es fühlt sich unheimlich an.

»Apropos – es war Derek, der Sie gestern Abend gesehen hat, stimmt das?«

»Ja«, antworte ich. »Warum? Sagen Sie jetzt nicht, dass er das wieder abstreitet.«

McKenna lächelt. »Nein, er hat es nicht abgestritten. Er bestätigte, dass er Sie gesehen hat. Er hat sich sogar lang und breit darüber ausgelassen, wie er Sie aus dem Haus hat stürzen und Tasha hinterherrennen sehen, bis Sie zum Stehen kamen, als Sie ihn sahen. Dann seien Sie wieder ins Haus zurück. Warum, Nick?«

Ich muss schlucken. »Warum was?«, frage ich zurück, ohne nachzudenken.

»Warum sind Sie ihr hinterhergerannt?«

»Ach, sie hatte was liegen lassen«, antworte ich.

»Was denn?«

»Ähm?«

»Was hat sie liegen lassen, Nick?«

In meinem Hirn überschlagen sich die Gedanken, allerdings zu keinem Nutzen. »Ihr Handy«, sage ich.

»Ihr Handy? Hat Emma sie darum nicht erreichen können, als sie nachfragen wollte, wo sie sei?«

Eine Last fällt von mir ab. »Ja, sicher.«

»Warum haben Sie dann nicht das Handy klingeln hören, als Emma anrief? Und warum haben Sie denn Tasha auf dem Handy angerufen, um zu fragen, wo sie ist, wo doch Emma gerade angerufen hatte und Ihnen mitteilte, Tasha sei noch nicht da? Wenn Sie wussten, dass Tasha ihr Handy zu Hause hatte liegen lassen, dann hätten Sie sie doch nicht angerufen.«

»Das war mir entfallen. Die Macht der Gewohnheit.« Mir ist heiß und kalt.

McKenna nickt. »Ach so. Das Handy liegt also jetzt irgendwo bei Ihnen?«

Ich zucke mit den Schultern. »Keine Ahnung. Ich nehme mal an, ja. Ist das wichtig?«

»Möglicherweise nicht. Darf ich aber mal nachschauen?«

»Ja, klar«, stimme ich zu. McKenna bleibt ruckartig stehen, als ich sage: »Tasha ist gerade aus dem Krankenhaus entlassen worden. Es wäre mir lieber, Sie durchsuchen jetzt nicht das ganze Haus. Es ist doch nur ein Handy, das kann warten.«

McKenna sieht mich ernst an. »Dieses Handy könnte sich als ein wichtiges Beweismittel bei einem Raubüberfall erweisen, Nick.«

»Nein, stimmt nicht, denn sie hat es doch nicht zum Park mitgenommen. Es lag die ganze Zeit hier, deshalb kann es überhaupt kein Beweismittel sein.«

»Es sei denn, Sie irren sich, und sie hat es doch mitgenommen.«

»Dann wiederum gäbe es keinen Grund, das Haus zu durchsuchen, oder?« Ich glaube, so was nennt man die Oberhand behalten. McKenna kennt sich damit aus, sie dreht deshalb den Spieß um.

»Liegt Ihnen nichts daran, dass wir der Person habhaft werden, die Tasha so etwas angetan hat?«

»Doch, natürlich«, erwidere ich pikiert.

»Warum sind Sie plötzlich stehen geblieben, als Sie Derek erblickten, und ins Haus zurückgegangen? Es wäre Ihnen lieber gewesen, wenn Tasha nicht ohne ihr Handy durch den Park spaziert wäre, oder?« Noch ehe ich mir eine Antwort überlegen kann, feuert McKenna die nächste Frage auf mich ab. »Von Ihrer Hintertür kommt man doch durch den Garten zu einem Pfad. Sie können von dort aus zum Jubilee-Park gelangen. Wäre das möglich? Ich gehe davon aus, dass Sie auf diesem Weg zu Tasha hätten laufen und ihr das Handy geben können. Stimmt das?«

Sie bombardiert mich mit Fragen. Ich weiß genau, worauf sie hinauswill, aber ich kann ihr nicht Einhalt gebieten, ich bin nicht mehr Herr der Lage. Tasha hat diesen Pfad hinterm Haus nie benutzt. Sie hat ihn nicht gemocht. Doch ich finde keine Worte, das auszudrücken.

»Tja, ich …«

»Wobei das an der eigentlichen Frage vorbeizielt, nämlich, warum Sie nicht weitergelaufen sind, warum Sie sofort innehielten, als Sie Derek sahen. Haben Sie den anderen Weg zum Jubilee-Park genommen, auf dem Sie nicht so unter Beobachtung standen?«

»Kann ich mal ein Glas Wasser bekommen?«, bitte ich sie. »Mir ist irgendwie schlecht.«

Noch kann ich so tun, als hätte ich die Ruhe weg, aber innerlich brülle ich.

51 Tasha

Die Ärzte im Krankenhaus schienen das nicht zu kapieren. Jedes Mal, wenn sie mich fragten, wie ich mich fühle, sagte ich, dass ich nichts empfinde. Nein, mein Kopf tut nicht weh, nein, meine Gelenke sind nicht steif. Gegenüber dem, was ich in den letzten Tagen durchlitten habe, verblasst jeder physische Schmerz. Er ist mir willkommen.

Ich habe keinen Schimmer, was passiert ist. Nur einen einzigen Schritt habe ich gehört, soweit ich mich erinnere. Das ist das Merkwürdigste daran. Keiner kam mir entgegen oder sprang aus dem Gebüsch. Ein Schritt nur. Als hätte derjenige schon im Schatten darauf gelauert, dass irgendjemand vorbeikommt. Dass ich vorbeikomme.

Die Polizisten haben mich im Krankenhaus gefragt, ob ich zum Zeitpunkt des Überfalls irgendetwas bei mir gehabt hätte. Ich habe ihnen gesagt, dass ich mich an nichts erinnern könne, ich aber meist nicht ohne alles aus dem Haus gehe. Ich sagte, ich hätte keine Ahnung, ob ich Geld bei mir gehabt habe. Wahrscheinlich nicht. Wahrscheinlich habe ich keine Handtasche mitgenommen, weil ich bloß eine Freundin besuchen wollte, dafür hätte ich kein Geld gebraucht. Außerdem wird eine Frau, die allein im Dunkeln mit einer Handtasche herumläuft, zur

Zielscheibe. Sie haben mich nach meinem Handy gefragt, aber ich weiß nichts. Ich denke, dass ich es mitgenommen habe. Es ist jetzt nicht hier, das ist mir auch egal. Ich will niemanden anrufen, und niemand soll mich anrufen. Ich will mich nur einigeln und sterben. Jane McKenna ist gerade unten, aber ich will sie nicht sehen. Ich höre Nick und sie reden, doch worüber, das kann ich nicht verstehen. Ich will es auch gar nicht hören, es sei denn, sie ist da, um mitzuteilen, dass Ellie gefunden wurde.

Es widert mich an, dass ich hier nur herumliege. Das bin nicht ich. Ich bin eine von denen, die sich aufrappeln und wieder frisch ans Werk machen, aber derzeit ist das leichter gedacht als getan. Den Schlafzimmerfernseher habe ich ausgeschaltet, da gibt es nur nervtötenden Nonsens. Nicht dass Sie mich falsch verstehen, mein Kopf braucht ganz bestimmt etwas Betäubung, aber diese Sorte Unterhaltung lenkt mich einfach nicht genug ab. Noch immer spuken mir Gedanken durch den Kopf, düster und zudringlich. Ich will sie nicht hören. Ich will, dass sie sich davonmachen. Ich muss mich nur lange genug auf irgendetwas konzentrieren, bis die Wolken abziehen, damit ich das Gefühl loswerde, die Welt sei über mir zusammengebrochen. Ich muss mich an einem Gefühl von Normalität festhalten.

Als ich mich aus dem Bett beuge und den Laptop hochhebe, stöhne ich, denn meine Rippen und mein Arm sind nicht davon begeistert. Nach dem, was die Ärzte meinten, bin ich ungünstig gefallen. Allerdings ist mir schleierhaft, wie ich weniger ungünstig hätte fallen können. Ganz bestimmt war ich bewusstlos, noch bevor ich aufschlug. Wie auch immer, mein Körper muss es jetzt ausbaden.

Ich öffne den Reißverschluss der Laptoptasche und hole das silberne Gerät heraus, klappe es auf und schalte es ein. Das Willkommensgeräusch hat etwas Beruhigendes, Zuverlässiges. Ich erkenne es wieder. Jeden Tag habe ich es vernommen, damals, als alles noch in schönster Ordnung war. Als ich mein

Töchterchen noch bei mir hatte. Damals, als alles so war, wie es sein sollte. Ehe mein Leben in Trümmern lag.

In meiner Mailbox sind einhundertneun E-Mails eingegangen. Ich scrolle die Liste hinunter und stoße dabei auf mehrere, die vermutlich von Kollegen stammen, die mir ihre besten Wünsche und ihr Mitleid übermitteln, weil ihnen zu Ohren gekommen ist, dass Ellie verschwunden ist. Ich will sie nicht lesen und halte mich lieber an die, deren Betreffzeile ganz offenkundig auf die Arbeit hinweist. Bei den meisten bin ich in den Verteiler meines Teams oder anderer Kollegen geraten, die E-Mails gern an vierzig Namen versenden, obwohl ein einziger Adressat gereicht hätte. Aber jetzt bin ich diesen Leuten dankbar. Es bedeutet nämlich, dass ich mitbekomme, was inzwischen bei der Arbeit so läuft, und es zwingt mich, den Blick mal auf etwas anderes zu richten, ohne dass ich tatsächlich etwas tun muss. Ich fühle mich beteiligt. Und fühle mich wieder gebraucht.

In der Tat empfinde ich die Arbeit als sehr erholsam. So viele finden sie stressig und wollen nichts mehr, als nach der Arbeit alle viere von sich strecken. Für mich ist das andersherum. Ich finde Arbeiten sehr beruhigend, fast therapeutisch. Es erfordert einen stimmigen Grad an Intelligenz und an Routine. So ein bisschen wie Stricken oder Malen – man muss sich konzentrieren, aber man steht auch die ganze Zeit darüber. Die Balance ist perfekt.

Habe ich ein schlechtes Gewissen, wenn ich den Laptop aufklappe und E-Mails von der Arbeit lese, während die Polizisten da draußen Himmel und Hölle in Bewegung gesetzt haben, um meine vermisste Tochter aufzuspüren? Ja, vielleicht schon, aber man tut, was man muss. Den einen zieht es zu Alkohol oder Drogen, mich zieht es zur Arbeit. Ich glaube nicht, dass mir in meiner Situation jemand den Griff zur Flasche missgönnen würde, der einzige Unterschied besteht darin, dass mein Laptop nicht meiner Leber schadet.

Seltsam, aber meine Kopfschmerzen verschwinden beim Lesen der E-Mails. Eine davon ist eine ganze Folge von sechsundzwanzig Nachrichten, die sich auf Unstimmigkeiten bei einigen Konten beziehen.

Nichts, was mich tatsächlich betrifft oder interessiert, aber die Sachen durchzulesen und mit auf der Empfängerliste zu stehen gibt mir wieder das Gefühl, wichtig zu sein. Das mag unlogisch klingen, stimmt aber. Und einige flüchtige Augenblicke lang kann ich alles vergessen und mich der Täuschung hingeben, es herrsche wieder eitel Sonnenschein.

52 Nick

McKenna ist wieder weg. Nachdem sie meine Qualen miterlebt hat, richtete sie mir schließlich aus, dass die Überwachungskamera am Ende des Weges, die neben dem Eckladen, zeige, dass ich dort nicht aufgetaucht bin. Sie weiß, dass ich gestern Abend nicht in den Jubilee-Park gegangen bin. Irgendwie macht das alles noch schlimmer. McKenna traut dem Braten nicht, sie hat mir die Hölle heißgemacht und sich daran geweidet, wie ich mich krümme und winde, um ihre Fragen zu beantworten. Die Antworten kennt sie ja ohnehin schon. Ich könnte wetten, dass das nicht rechtens ist. Es muss einen Grund geben, warum sie ständig allein hier aufkreuzt, mich mit ihren Fragen piesackt und mehr oder weniger offen beschuldigt.

Das tut sie, weil sie wittert, dass etwas faul ist. Dass ich Tasha nicht überfallen habe, weiß sie, denke ich. Sie ist nicht auf den Kopf gefallen. Schließlich kriegt sie schon ihr Leben lang aus den Leuten heraus, womit sie nicht freiwillig herausrücken. Sie weiß, dass ich etwas verschweige, und wird unbeirrt daran arbeiten, das Geheimnis zu lüften. Deshalb baut sie solchen Druck auf, sie will mich zu Fall bringen. Zu diesem Zeitpunkt weiß sie nur, was *nicht* passiert ist.

Mir geht immer noch die Muffe. Drei halbe Liter Wasser

habe ich hinuntergekippt, damit sich nicht alles im Kopf dreht. Die Schlinge zieht sich um meinen Hals zusammen, das will mir gar nicht gefallen. Ich kann es nicht verhehlen, ich kriege weiche Knie, ich sehe alle Felle davonschwimmen. Dabei muss ich einen kühlen Kopf bewahren. Was kann McKenna wissen? An welcher Stelle gräbt sie wohl, und was kann sie dabei zutage fördern? Ich muss jetzt wie die Ermittler denken, ganz logisch, und mir zurechtlegen, welchen Schritt ich als nächsten tue.

Trotz des Alibis, das mir Derek verschafft hat, und der Kameraaufnahmen, die nachweisen, dass ich nicht der Täter war, graust mir davor, dass McKenna den Hergang der Tat rekonstruieren und mir als Urheber auf die Spur kommen kann. Was mache ich, wenn sie den Typen finden, der die Tat ausgeübt hat, und der knickt ein und legt ein Geständnis ab? Wenn es zu einer Art Verständigung im Strafverfahren zwischen ihm und der Polizei kommt und McKenna erneut Fragen stellt?

Sie können nichts beweisen. Das weiß ich. Gut, also ich habe mich mit Mark unterhalten und mich mit einem alten Schulkameraden getroffen. Und? Ja, und dann war ich im *Talbot Arms* und habe mit Warren ein paar Worte gewechselt. Das heißt gar nichts. Sie können den Überfall nicht mit Warren in Verbindung bringen. Irgendwann finden sie sicher heraus, was da abgegangen ist, aber beweisen können sie gar nichts.

All diese Überlegungen huschen mir durch den Kopf, und kaum sind sie aufgeblitzt, weichen sie auch schon wieder dem Ansturm neuer Gedanken.

Ursprünglich wollte ich mir noch ein Glas Wasser einschenken, greife aber lieber nach etwas Stärkerem.

Nach dem zweiten Glas Whisky gehe ich nach oben. Dort sitzt Tasha mit dem Laptop auf den Knien im Bett und schreibt gerade eine E-Mail.

»Was machst du da?«, frage ich.

»Arbeiten.«

»Ach komm, Tash«, erwidere ich etwas gereizt. »Du kannst dir doch sicher ein paar Tage freinehmen, wo du eben erst überfallen worden bist und deine Tochter vermisst wird. So viel werden sie dir doch zugestehen.«

»Das kann ich mir nicht leisten«, entgegnet sie, ohne auch nur den Blick vom Bildschirm zu heben.

»Die freien Tage werden sie dir gönnen. Du hast das Recht dazu«, rede ich ihr ins Gewissen.

»Das ist nicht so, die Dinge liegen anders. Ich habe schon mehrere wichtige Zusammenkünfte verpasst.«

»Und? Sie können doch jemand anderen deine Arbeit erledigen lassen, während du nicht da bist«, versuche ich sie zu überzeugen.

Schließlich sieht sie mich mit funkelnden Augen an.

»Hast du eine Vorstellung, welche Opfer ich für meine Karriere gebracht habe?«, faucht sie. Am liebsten würde ich antworten, ja, alles hast du dafür geopfert, auch ein anständiges Familienleben und einen moralischen Kompass. »Alles habe ich an meine Arbeit gesetzt, um es so weit zu bringen, und jetzt ist alles für die Katz, weil ich zu Hause festsitze und sich andere meine Arbeit und meine Kunden unter den Nagel reißen. Ist es das, was du in Wirklichkeit willst?«

Jetzt fahre ich aus der Haut. »Wie kannst du, verflucht noch mal, nur an deine Arbeit denken, wenn deine Tochter verschwunden ist? Was ist nur mit dir los?« Sie sitzt da und starrt mich mit einem so leeren Blick an, dass ich mich vollends vergesse und sie übel beschimpfe. »Aus Ellie hast du dir doch noch nie was gemacht, oder? Oder aus mir? Immer ging es nur um deine berufliche Laufbahn. Dein perfektes Image. Deine eigenen Bedürfnisse. Du lässt mich zu Hause zurück, damit ich mich um *unsere* Tochter kümmere, während du abdampfst und deine Karriere pflegst.«

»Nick, bloß weil ich eine richtige Arbeit habe und du nicht, glaube ich nicht, dass …«

Den Rest kriege ich nicht mehr mit, weil ich die Schlafzimmertür zugeknallt habe und treppabwärts ins Erdgeschoss stürme, wo ich wieder eine Nacht auf dem Sofa verbringen werde.

53 Nick

Das Sofa ist mir mittlerweile vertrauter als mein eigenes Bett. Das kann nur ein schlechtes Zeichen sein, ist aber dreimal besser, als oben bei diesem Drachen zu nächtigen.

Ich habe auf dem Handy die Push-Benachrichtigung ausgeschaltet. Jedes Mal, wenn es summte, blieb mir nämlich das Herz stehen. Natürlich waren es immer nur Spams oder ein Newsletter von einer Firma, bei der ich vor acht Jahren mal einen Kugelschreiber gekauft habe.

Ich muss meine Fassung wiederfinden, deshalb checke ich die E-Mails. Ich bin übervorsichtig, aber inzwischen ziemlich sicher, dass mein E-Mail-Verkehr nicht überwacht wird. Das ist, glaube ich, auch nicht erlaubt. So einfältig bin ich auch wieder nicht, als dass ich nicht glaube, es könnte trotzdem so kommen, aber irgendwo muss ich eine Grenze ziehen, sonst richtet mich die Paranoia zugrunde.

Ich öffne die Mail-Applikation auf dem Handy, und mit einem feinen Summton trudeln fünf E-Mails ein. Sie haben sich erst in den vergangenen Stunden angesammelt. Witzigerweise scheinen die Meldungen von besorgten Verwandten und Bekannten versiegt zu sein; nur vier Newsletter und eine E-Mail von Jen Hood sind gekommen.

Um mich selbst im Griff und einen klaren Blick zu behalten, lösche ich methodisch die anderen E-Mails, eine nach der anderen. Immer mit der Ruhe. Mit zitternden Fingern öffne ich Jen Hoods E-Mail. Die Betreffzeile lautet *Ellie*, und im Text steht nur: *Das Passwort ist Natasha.* Darunter ist ein Link zum Videoportal Vimeo.

Auf den klicke ich, woraufhin ich sofort zum Vimeo-Portal weitergeleitet werde. Auf dem Bildschirm ist zu lesen: *Dies ist ein passwortgeschütztes Video. Haben Sie das Passwort, um dieses private Video anzuschauen?* Auch wenn es fehl am Platze klingen mag, aber der Anblick dieser aufgehaltenen Hand, die aussieht wie die eines arroganten Nachtklubrausschmeißers, kotzt mich wirklich an. Ich reiße mich zusammen und tippe Natashas Namen in das Passwortfenster. Und drücke auf die Enter-Taste.

Im Handumdrehen wird auf der nächsten Seite alles hochgeladen, nur nicht das Video selbst, das eine Ewigkeit braucht. Es verbirgt sich hinter einem schlichten weißen Kasten. Gerade will ich das Handy aus dem Fenster schmeißen, da ändert sich die Displayanzeige, und das Video wird hochgeladen. Nun ist es ein schwarzer Kasten. Ich drücke auf *Play* und drehe das Handy um neunzig Grad, damit ich das Vollbild zu sehen bekomme.

Nach einigen Sekunden zeigt sich auf dem zuvor schwarzen Bildschirm ein unscharfes Foto, das von jedem x-beliebigen Kind stammen könnte. Es ist das Gewimmer, aus dem ich es als Erstes heraushöre, und das ist sonderbar, denn ein solches Wimmern habe ich nie gehört. Ganz bestimmt ähnelt es nicht dem üblichen Gequengel wie an dem bewussten Morgen, als Ellie das Bild von Miss Williams hatte liegen lassen. Es ist ein schmerzerfülltes, verzweifeltes, regelrechtes Wimmern.

»Papa, ich will nach Hause«, jammert sie. Währenddessen klärt sich das Bild, und Tränen schießen mir in die Augen. »Bitte kannst du das machen, was du machen sollst, damit ich heimkann!« Sie fängt an zu weinen. Es heißt, Liebe sei nur eine chemische Reaktion im Gehirn, aber ich fühle den Schmerz in der Brust, als mir Ellies kummervolle Verzweiflung ins Ohr dringt. So schnell, wie es begonnen hat, endet das Video auch wieder.

Ich weiß nicht mehr weiter, ich bin total am Ende. Einerseits drängt es mich, das Video ein ums andere Mal anzuschauen, andererseits weiß ich, dass ich das nicht aushalte. Ich schließe die Vimeo-Seite, worauf meine Mailbox wieder erscheint, diesmal mit einer weiteren E-Mail. Zunächst fällt sie mir gar nicht ins Auge, da ich wie erschlagen bin, doch kurz darauf nehme ich wahr, dass sie von Jen Hood ist. Ich öffne sie und lese.

> Ich freue mich, dass Sie endlich erkannt haben, was Ihre Aufgabe ist, aber das reicht noch nicht. Ich will Ihre Frau tot sehen, nicht nur verletzt. Sie müssen sich mehr Mühe geben. Sie muss sterben, oder Sie werden Ellie nie wiedersehen. Versuchen Sie ja nicht, uns ausfindig zu machen. Ich sehe alles, was Sie tun. Ein falscher Schritt, und Sie sehen Ellie nie wieder. Sie wissen, was zu tun ist.

Mit bebenden Händen schließe ich die Mail-App und schalte das Handy aus.

Ich brauche noch einen Drink.

54 Nick

Ich stecke in einer Zwickmühle. Erst einmal sagt mir mein Bauchgefühl, dass ich das Video der Polizei überantworten sollte. Sie sorgen schon für Aufklärung, oder? Dieses Gesülze von wegen Tasha töten, um Ellie zu befreien, verliert jede Bedeutung, wenn ich meine Kleine auf dem Video sehe, wie sie weint und bettelt, nach Hause zu dürfen. Damit muss jetzt Schluss sein.

Aber wenn ich es der Polizei übergebe, werden sie als Erstes wissen wollen, warum ich nicht eher darauf gekommen bin, ihnen von Jen Hoods E-Mails zu berichten. Welche Gründe außer dem, der auf der Hand liegt, kann ich anführen, warum ich der Polizei nicht preisgeben wollte, dass ein Unbekannter mir die Chance einräumte, meine Tochter zurückzubekommen, indem ich meine Frau umbringe?

Abgesehen davon, möchte ich diese Option vollkommen ausschließen. Dann wäre ich auf Gedeih und Verderb darauf angewiesen, dass die Polizei Ellies Entführer findet und sie rettet, bevor es zu spät ist. Mir wird klar, dass ich diesen Grad an Vertrauen nicht habe. Ich muss noch ein Ass im Ärmel behalten. Wenn ich jetzt zur Polizei gehe und die Jen-Hood-Geschichte auspacke, würde ich diese Chance aus der Hand geben, ganz zu schweigen davon, dass ich mir einen ganzen Berg von Verdächtigungen einhandle.

Ich frage mich, ob ich damit durchkäme, ihnen nur das Video und nicht die E-Mails zu zeigen. Der Haken daran ist, dass sie dann gern wissen wollen, woher ich das Video habe. Sämtliche verfügbaren Kriminaltechniker würden sie darauf ansetzen. Mit dem Löschen der anderen E-Mails wäre es nicht getan. Und wie viel Verdacht würde das erregen …

Ich überlege, ob ich das Video auf einen Memorystick kopiere und behaupte, dass mir den jemand unter der Tür durchgeschoben oder per Post geschickt hat oder etwas in der Richtung. Würden sie dahintersteigen? Ich verstehe nicht genug von Computern, um sagen zu können, ob die Polizei erkennen könnte, dass das Video ursprünglich mit einer E-Mail kam. Könnten die Bullen das mitbekommen? Ich kann mich mal im Internet kundig machen, aber wenn sie auch das mitkriegen?

Schnell geht mir auf, dass jeder noch so winzige potenzielle Schritt gewaltige Effekte zeitigen kann. Schon die flüchtigste Google-Suche könnte die ganze Sache auffliegen lassen. Das ist amüsant, wo ich doch nicht mal etwas Illegales getan habe. Ich habe nichts verbrochen. Ich habe Ellie nur eine Minute lang im Auto sitzen lassen. Zwei, wenn es hoch kommt. Rechtfertigt das einen so ausgeprägten Verfolgungswahn? Ja, im äußersten Fall könnte man mir die Schuld für den Überfall auf Tasha zuweisen, aber was soll's, ich war es nun mal nicht.

Was ist mit mir los? Ich fange an, mich dafür zu rechtfertigen, dass ich einen Anschlag auf meine Frau arrangiert habe. Den dilettantischsten Anschlag aller Zeiten, wie sich herausstellt. Und wenn Tasha ihren Angreifer zu Gesicht bekommen hat? Wenn sie ihn später identifizieren kann? Wenn diese Jammergestalt auffliegt und klein beigibt und das Ganze auf mich zurückfällt? Offenbar ist er eher ein unbeherrschter Hitzkopf, wenn er seinen Job nicht ordnungsgemäß zu Ende bringen kann.

Alle diese Gedanken schwirren mir gleichzeitig durch den Kopf und wetteifern lautstark um meine Beachtung. Man sagt ja, so werden alle Ersttäter geschnappt. Ihr Gehirn begreift nicht, was geschehen ist, oder kann mit den vielzähligen Gedankenblitzen und Emotionen nicht Schritt halten. Es haut eben nicht hin mit diesem *Mach einfach weiter wie bisher.*

Über die Jahre hinweg habe ich im Fernsehen Dutzende Eltern von vermissten oder ermordeten Kindern gesehen, alle ließen sie sich darüber aus, wie ihre Welt von dem Tag an, da ihr Kind aus ihrem Leben verschwand, stehen blieb. Auf jeden Fall wird es eine andere Art von Welt. Mit anderen Farben, anderen Stimmungen. Als wäre jegliche Farbe aus ihr gewichen und hätte sich in einen entlegenen Winkel verzogen. Es ist eine parallele Welt, wo alles wie bisher weitergeht, als wäre niemals etwas passiert. Aber diese parallele Welt existiert eigenartigerweise, sie ist weiterhin zu sehen, es ist die, die alle anderen weiterhin bevölkern. Die anderen sehen die Farben noch, ihre Welt dreht sich auch noch.

Für mich hat an dem Morgen, als Ellie verschwand, die Welt aufgehört, sich zu drehen. Und ich bin der Einzige weit und breit, der sie wieder in Gang setzen kann.

55 Nick

Die Scotchflasche sieht heillos leer aus, aber mit mir geht es deutlich bergauf. Zum ersten Mal seit Tagen kann ich klare Gedanken fassen, und mein Dank gilt dieser Flasche.

Lange habe ich nicht mehr so viel getrunken. Ich hatte immer Manschetten, ja, regelrecht Angst, dass ich zu diesem Ungeheuer werde, das ich an dem Abend damals mit Angela war. Aber jetzt habe ich überhaupt nicht das Gefühl, ein Monster zu werden. Im Gegenteil, ich denke viel exakter, viel klarer. So dämlich bin ich nicht, dass ich meine augenblicklichen gedanklichen Ergüsse für dieselben halte, die ich in nüchternem Zustand hätte, aber zumindest sind sie klar und übersichtlich. Ich muss irgendetwas tun, egal was. Herumlümmeln und den lieben Gott einen guten Mann sein lassen, das kommt nicht infrage. Nicht mehr, seit ich das Video mit Ellie bekommen habe.

In mir ist ein Entschluss gereift. Es geht nicht nur darum, Ellie wiederzuhaben, sondern ihr Leben zu retten. Der Kidnapper hat ja schon angedroht, sie zu töten, falls ich nicht seinen Anweisungen Folge leiste. Darauf kann ich es nicht ankommen lassen. In meiner derzeitigen geistigen Verfassung ist mir sehr wohl bewusst, Tasha zu töten heißt, mich der Polizei ans Messer zu liefern. Das nehme ich gern auf mich. Lieber lebenslänglich im Knast und Ellie in Sicherheit zu wissen, als in Freiheit zu leben, sollte sie sterben müssen. Was für eine Freiheit wäre das denn? Es wäre das fürchterlichste Gefängnis, dem zu entfliehen ich nie hoffen dürfte.

Abermals spiele ich eilends alle Lösungsszenarien durch. Gefragt sind Vorausschau und genaues Abzirkeln, aber es muss auch schnell gehen. Diese E-Mail strotzte vor Heimtücke, was mich davon überzeugt, dass die Person, die Ellie gefangen hält, buchstabengetreu ihr Vorhaben in die Tat umzusetzen vorhat. Ich will – und *muss* – Ellie gesund und wohlbehalten zurückhaben, und zwar schnell.

Ich stehe auf und will nach oben, um mir den Laptop zu holen, halte aber inne. Zwar möchte ich mich informieren, auf welche Weise ich die Tat begehen kann; ich mache mir auch keine Sorgen mehr, dass die Polizei vielleicht den Laptop untersucht und sieht, was ich recherchiert habe. Allein um Ellie dreht sich jetzt alles. Warum ich mich sträube, ins Schlafzimmer zu treten, liegt nur daran, dass ich nicht ausgerechnet hier und jetzt aktiv werden will. Denn das brächte kein gutes Ende mit sich, für niemanden.

Ich möchte nur diesem Wahnsinn entrinnen. Allmählich rückt die Vorstellung ins Bild, dass ich Ellie vielleicht tatsächlich nie wiedersehe. Wenn das so wäre, ergäbe es keinen Sinn weiterzumachen. Wenn ich mich nicht zu dem Unvermeidlichen aufraffe, kann ich ebenso gut gleich die Flinte ins Korn werfen. Das Resultat ist dasselbe, nur rascher und viel schmerzloser erreicht.

Tasha nimmt seit dem Überfall Tramadol ein, um den Kummer zu lindern. Ich überlege, wie viele davon ich mir einverleiben müsste, um mir den Gnadenstoß zu geben. Oder um ihr den Gnadenstoß zu geben. Ich könnte ein paar davon zerstoßen und ihr unters Essen mengen, kurzer Prozess. Und wenn es auch abgefahren klingt, aber mit Tashas Schmerztabletten würde ich mich selbst nicht um die Ecke bringen wollen. Mit den Tabletten, die sie meinetwegen einnimmt. Nein, ihre Schlaftabletten würden sich viel besser eignen. Da käme weniger Schuld ins Spiel, es könnte ja ein Unfall sein. Ich rechne mir aus, wie viele Temazepam ich bräuchte, um in einen ewigen Schlaf zu fallen. Ich könnte ja mal googeln. Vermutlich keine passende Idee, sicher kämen gleich mehrere Krankenwagen angesaust, die mich von den Packungen wegzerren, noch ehe ich sie geöffnet habe.

Ich bin kurz vorm Zusammenbruch, doch ich muss wach bleiben. Klar denken kann ich nicht mehr, aber wenigstens denke ich überhaupt noch.

Wieder öffne ich meine Mailbox und lese nochmals die letzte Nachricht von Jen Hood durch. Wenn ich mich dagegen gefühlsmäßig wappne, kann ich vermutlich besser meine Gedanken sortieren. Ich muss emotionale Reaktionen ausklammern und die Situation in einem anderen Licht betrachten. Nach einem tiefen Durchatmen klicke ich nochmals auf den Videolink.

Ellies Stimme greift mir ans Herz, ich muss mir das mehrmals zu Gemüte führen, damit ich wenigstens annähernd unempfindlich werde. Bald schon nehme ich keinen Ton mehr wahr, da mein Blick sich an etwas verfängt, das über Ellies linker Schulter aus einem Karton herausquillt. Ich halte den Film an.

Was es ist, kann ich nicht erkennen, aber es kommt mir bekannt vor. Ich blinzle, die Nase klebt fast am Display. Jetzt erkenne ich es.

Es ist ein Pullover, den ich schon gesehen habe. Sehr oft. Ja, an vielen Menschen habe ich ihn gesehen. Wie ein Schlag ereilt mich die Gewissheit, wem er gehört.

56

In dichten Schwaden wabert Rauch durch das Zimmer. Musik erfüllt unsere Ohren. Es ist ein reines Sinneserlebnis. Der süße Duft des Rauchs, die Weichheit des Bettes unter unseren Gliedern, die Wärme ihres an mich geschmiegten Körpers. Sogar das Goldgelb des Universitätslogos scheint auf der Vorderseite des Pullovers zu leuchten, der am Fußende des Bettes über dem Stuhl hängt. Die meisten Eindrücke schiebe ich jedoch von mir. Mir geht etwas anderes im Kopf herum.

Es heißt ja, die Jahre an der Universität seien die besten Jahre im Leben. Auch für mich trifft das zu, dabei bin ich nicht mal selbst zur Uni gegangen. Aber die Rosinen fische ich mir trotzdem heraus. Die Drinks, die Feten, die Mädchen. Wenn du Kumpel hast, die an deinem eigenen Wohnort studieren, gehören solche Freuden dazu. Ich bekomme nur die Schokoladenseiten ab, nicht die Scherereien. Abgabetermine und Schulden. Das ewige Büffeln. Nein, das ist nichts für mich.

Ihr Kopf ruht an meiner Schulter, ihre langen Haare fließen mir über die Brust. Ich weiß, irgendwann muss ich es ihr sagen – das habe ich schon eine Weile vor –, aber sie ist keine, die man kurz und schmerzlos abservieren kann. Ganz sicher bin ich mir nicht, denn ich habe es ja bis jetzt nicht gewagt, aber einiges hat mich aufmerken und überlegen lassen, ob sie eventuell heftig reagieren könnte auf das, was ich ihr zu sagen habe.

Sie ist eher von der zurückhaltenden Art und macht nicht den Eindruck, als könnte sie Temperamentsausbrüche haben, aber bekanntlich soll man sich vor stillen Wassern hüten. Bis ich sie kennenlernte, war mir nicht bewusst, was das eigentlich bedeutet. Bis dahin waren stille Mädchen nichts anderes als still. Doch bei ihr kommt es mir so vor, als brodele etwas unter der Oberfläche. Ich kann es nicht benennen; dass da aber etwas ist, ahne ich.

Ich beschließe, dass ich zur Sache kommen muss. Abgesehen von allem anderen, ist es weder mir selbst noch ihr gegenüber fair, weiterzumachen, als wäre alles in Butter. Das muss ich ihr sagen, und zwar jetzt, ehe es noch unersprießlicher für uns beide wird.

»Woran denkst du?«, fragt sie, als könnte sie Gedanken lesen. Genau das gibt mir zu denken. Ich kann es nicht mit Händen greifen, aber genau das finde ich seltsam und ein bisschen unheimlich an ihr. Dass sie anscheinend alles schon vorher weiß.

»An nichts Besonderes«, antworte ich und ärgere mich augenblicklich über mich selbst, weil ich mir fast in die Hosen mache. »Bloß Blödsinn.«

»Was denn für Blödsinn?«, will sie wissen.

»Ach, das Leben, so ganz allgemein.« Ich frage mich, warum ich nicht damit herausrücke. Mit einem Mal lassen mich alle Worte im Stich. So etwas habe ich noch nie erlebt, meist läuft mir der Mund über. Aber diesmal hat sie mich auf dem falschen Fuß erwischt.

»Denkst du an uns?«, bohrt sie weiter und streichelt meine Brust. Mag sie auch noch so lammfromm scheinen, ich könnte wetten, dass sie einen Riesenspaß daran hat zu kokettieren.

»Ja, scheint so«, antworte ich und überlege kurz, was ich sagen soll. »Möglicherweise geht es mit uns nicht weiter.«

Ich spüre, wie sie sich versteift, ehe sie darauf eingeht, aber sie hebt nicht den Kopf. Sie bleibt einfach liegen, reglos, als würde sie das Gesagte in Gedanken hin und her wälzen. Keine Frage, ich habe sie verstimmt.

»Wie meinst du das?«, fragt sie seelenruhig und unschuldig.

»Na ja, ich meine, du bist in einigen Wochen fertig hier, trollst dich wahrscheinlich nach Hause oder sonst wohin, neuen Abenteuern entgegen, suchst dir einen Job.«

Sie entgegnet emotionslos: »Aber du lebst hier, Nick. Du gehst nirgendwohin. Ich würde mir gerne hier einen Job suchen und bleiben. Wir könnten uns gemeinsam Arbeit suchen.«

Das hatte ich befürchtet. »Keine Ahnung. Ich weiß eben nicht, ob es nach der Uni noch dasselbe ist. Das Leben sieht anders aus, wenn du einmal ins echte Leben hineinschnupperst. Das soll nicht kaputt machen, was wir jetzt haben. Ich kenne so viele, die das auch so sehen.«

»Wer zum Beispiel?«, fragt sie, diesmal vorwurfsvoll.

»Ach, Kumpels.«

Es folgt eine Minute tödlichen Schweigens. Keiner sagt einen Ton. Wenn ich ihrem Gedankengang folge, dann liegt sehr nahe, was ihr jetzt im Kopf herumgeht, da sie zunehmend tiefere Atemzüge macht.

Schließlich bricht es aus ihr hervor: »Das ist doch nicht alles, oder? Du hast eine andere kennengelernt.« Ich höre Schmerz und Kummer aus ihrer Stimme. Ich weiß, ich hätte eher mit der Sprache herausrücken sollen, bevor sie sich allzu sehr verliebte. Nun muss ich mich in den kommenden Wochen mit einer hysterischen Ziege herumschlagen, die frustriert ist, weil sie einen Korb bekommen hat.

»Sei nicht albern«, wiegele ich ab.

»Nein, das stimmt doch, oder? Wer ist es? Eigentlich macht es mir nichts aus.« Ihr Tonfall ist total umgeschlagen. Jetzt hört sie sich wieder ganz ruhig, fast selbstbewusst an.

Selbstverständlich macht es ihr etwas aus. Um nichts in der Welt kann ich ihr die Wahrheit sagen. Die Wahrheit wäre vernichtend für sie. »Ich habe niemanden kennengelernt«, sage ich.

»Ist es Tasha?«

Ich lache gepresst und schüttle den Kopf. »Ach wo, Emma. Es ist nicht Tasha, ich schwöre es.«

57 Nick

Der Pullover war es. Dieser alte Universitätspulli, den so viele Studenten hatten. Mir ist noch sehr präsent, wie ich Emma zum ersten Mal ansprach und dass das Emblem auf ihrem Pullover etwas abwich von dem üblichen.

Die Universität hatte ein etwas kurioses Logo, das alles zierte: einen Pelikan mit einem Kugelschreiber im Schnabel. Es nahm einen vagen Bezug auf einen Schriftsteller auf dem Weg zur Berühmtheit, der vor Jahren mal diese Universität besucht hatte. Nur Emma hatte an ihrem Pullover herumgebastelt und die Stickerei aufgetrennt, um den Kugelschreiber durch einen gestickten Joint zu ersetzen. Für so eine nach innen gekehrte und zugeknöpfte Dame war das eine kühne, wenn auch dezente Aktion. Nahezu ein stummer Protest. Die meisten nahmen keine Notiz davon. Wäre es so gewesen, dann hätte sie eine Menge Ärger am Hals gehabt, aber diese Eigentümlichkeit zog mich neben anderen Dingen an ihr an.

Ich denke an jenen Tag in ihrem Zimmer im Studentenheim, als ich ihr gestand, dass ich unsere Beziehung beenden wolle. Heute sehe ich, wie sich eines ins andere fügte. Damals war sie die Gelassenheit in Person, dahinter konnte nur eines stecken. Stille Wasser sind tief. Die aus ihrem Herzen eine

Mördergrube machen, die eiskalt vorausplanen, schweigend im Hintergrund etwas aushecken, während alle Welt die Choleriker fürchtet, die laut die Trommeln schlagen.

Damals lag ich mit meiner Vermutung richtig, als ich auf eine unerquickliche Reaktion von Emma gefasst war. Noch während wir redeten, wurde mir klar, dass sie am Boden zerstört war, aber sich nichts anmerken lassen wollte. Wahrscheinlich wollte ich gern glauben, dass sie alles in sich hineinfraß und dabei die Gleichgültige mimte. Erst jetzt geht mir auf, worauf es wirklich hinauslief.

Jetzt kapiere ich, warum Emma wieder auf den Plan getreten ist, diesmal als besorgte und mitempfindende Freundin. Sie musste über die Hintergründe der Story auf dem Laufenden bleiben, um agieren zu können. Sie musste sicherstellen, dass ich die E-Mails von Jen Hood niemandem gegenüber zur Sprache brachte. Sie wollte wissen, was die Polizei wann unternahm. Wie der Verbrecher, der zum Tatort zurückkehrt, um die Auswirkungen seiner Tat mit eigenen Augen zu sehen. Mir wird ganz schlecht, da ich das alles jetzt so blitzartig begreife.

Ahnte sie, dass ich sie bat, Tasha zu sich einzuladen, weil in der Zwischenzeit der Anschlag geplant war? Nein, das wäre nicht möglich gewesen, aber ich gerate ins Schlingern, wenn ich an etwas anderes denke: Emma sagte, Cristina und Leanne hätten abgesagt, folglich hätten nur die zwei sich getroffen. Nur Emma und Tasha. Wozu das? Wollte sie die Gunst der Stunde nutzen und Tasha gleich eigenhändig umbringen? Wenn ja, warum hat sie das nicht schon Wochen, Monate, Jahre früher getan? Wenn sie Tasha lieber tot als lebendig sehen wollte, warum hat sie sie nicht getötet? Bestimmt hat sie sich ausgerechnet, dass sie nicht ungeschoren davonkommen würde. Sie konnte sich nicht dazu überwinden. Vor Kurzem erst wurde ihr wohl klar, dass es höchste Zeit wurde und ihr eine andere Möglichkeit nicht blieb. Das ist keine zufriedenstellende Erklärung, aber im Moment gehen in meinem Kopf ohnehin alle Gedanken kreuz und quer.

Es ist seltsam: Einiges ist immer verworrener, anderes dagegen immer einleuchtender. Vielleicht war ich blind und habe mich dem Nachdenken darüber verweigert. Emma spielte auf Zeit, das hat sie gut hinbekommen. Die ganzen Jahre über hielt sie ihren Beobachtungsposten besetzt, behielt mich und Tasha im Auge, nachdem ich unsere Beziehung aufgekündigt hatte, sie hat zugesehen, wie wir heirateten und erfolglos versuchten, Kinder zu bekommen. Was ging ihr wohl damals durch den Kopf? Hat sie sich ins Fäustchen gelacht, als bei uns ein Riss aufbrach und alles in Scherben zu gehen drohte? Und wie nahm sie es auf, als wir endlich der Elternschaft entgegensahen und Ellie geboren wurde?

Ich versuche mich zu erinnern, zu welchem Zeitpunkt ich hätte Signale erkennen können, dass etwas nicht so ganz stimmte. Emma schien sich aufrichtig zu freuen, als Tasha und ich ihr sagten, dass es bei uns geklappt hatte. Am verrücktesten finde ich, dass ich das damals gar nicht befremdlich fand. Wahrscheinlich war ich so verknallt und so begeistert, dass ich keinen Sinn dafür hatte. Ich ging davon aus, dass Emma über alles hinweg war. Und da irrte ich mich natürlich mächtig.

An dem Tag, als Ellie zur Welt kam, war Emma die Erste, die sie sah. Ich weiß noch, wie sie dastand und sie mit großen Augen anschaute, in denen ich Neugier und Staunen zu erkennen meinte. Heute weiß ich, was sich in Emmas Blick tatsächlich ausdrückte. An jenem Tag nahm ihr Leben von Grund auf eine Wende, und sie wusste, dass es kein Zurück mehr gab. Sie nahm sich vor, einen radikalen Schritt zu tun.

Aber warum gerade jetzt? Warum warten, bis Ellie fünf ist? Welche Bedeutung hatte das für sie?

Vielleicht keine. Vielleicht war nur die Grenze dessen erreicht, was Emma aushalten konnte, sodass sie endgültig überschnappte. Warum an diesem Morgen? Kam sie gerade vorbei, um bei uns hereinzuschauen, und packte die Gelegenheit beim Schopfe? Ich bin geneigt, das zu glauben, denn sonst hätte sie uns ja Tag für Tag morgens observieren und bespitzeln müssen. Es beruhigt ein wenig mein Gewissen, dass ich mir, wenn es so war, im Grunde keine Vorwürfe machen muss. Sie hätte früher oder später zugeschlagen, wenn der günstige Moment eingetreten wäre.

Alles nur reine Theorie. Im Augenblick. Jetzt geht es vorrangig darum, Ellie herbeizuschaffen.

Schlotternd ziehe ich mir die Schuhe an und verlasse das Haus. Ich beschließe, zu Fuß zu gehen – vielleicht glaube ich, dass ich so leichter jemanden abhängen kann, der mir folgt. Es kommt eigentlich nicht darauf an, wo ich doch drauf und dran bin, ein für alle Mal reinen Tisch zu machen. Außerdem reiße ich mich nicht um eine Anklage wegen Trunkenheit am Steuer, die fehlte mir noch auf der Liste meiner Verfehlungen. Als ich in den Jubilee-Park komme, wechsle ich von meinem zügigen Trab in den Dauerlauf.

Schließlich erreiche ich Emmas Wohnung. Ehe ich den Fußweg zur Haustür antrete, bleibe ich kurz stehen, sammle mich innerlich und hole tief Luft. Wenn Ellie hier ist, dann ist sie wahrscheinlich in Sicherheit. Sobald ich aber bei Emma überraschend ins Haus platze, könnte damit Schluss sein. Ich bin mir bewusst, dass Emma alle Trümpfe in der Hand hält.

Ich klingle an der Haustür. Kurz darauf höre ich Schritte, dann öffnet Emma die Tür. Ich strahle sie an und sage Hallo.

58 Nick

»Nick, komm rein«, begrüßt sie mich. »Ist alles in Ordnung?«

»Ja, prima«, antworte ich. »Ich gehe spazieren, will mir ein bisschen den Wind um die Nase wehen lassen, weißt du. Da ich hier vorbeikomme, dachte ich, ich schau mal kurz rein.«

»Oh, ja … ich wollte allerdings gleich schlafen gehen. Morgen habe ich einen langen Tag vor mir. Möchtest du etwas trinken?«

»Ein Glas Wasser wäre schön«, antworte ich, die Kehle ist mir vom Laufen ganz ausgetrocknet.

»Nichts Stärkeres? Du hast schon was intus, das rieche ich. Ich dachte, du trinkst kaum noch.«

Ich grinse ein wenig. »Durchschaut. Also mach schon«, gebe ich zu.

Wir gehen ins Wohnzimmer. Es bereitet mir Qualen, dieses Affentheater mitzumachen, wo ich doch weiß, dass Ellie oben unterm Dach hockt und sich fragt, was los ist. Ich habe unstillbare Lust, Emma glatt den Hals umzudrehen, ohne lange zu fackeln, die Treppe hochzustürmen und meine Tochter an mich zu reißen. Aber etwas hält mich zurück.

Es ist die Vernunft, die mir sagt, Emma hat Jahre an die Planung gesetzt, sie wird kaum etwas außer Acht gelassen haben.

Ich kann nicht so mir nichts, dir nichts die Leiter zum Dachboden hochsteigen, mir Ellie schnappen und mit ihr davonlaufen. Womöglich hat sie irgendwo einen Sprengsatz versteckt.

Es ist durchaus möglich, dass Stress, Schlafmangel und Alkohol hirnverbrannte Ideen zum Erblühen bringen, aber diese Situation kann man kaum als normal bezeichnen.

Wie ich es wende und drehe, ich muss zur Sache kommen.

Deshalb vergewissere ich mich, dass ich nahe am Türrahmen stehe, auch nahe der Küche, falls eine Waffe vonnöten sein wird.

»Und, wie hältst du das alles durch?«, erkundigt sie sich. Sie ist eine gute Schauspielerin, das war sie schon immer.

»Es gab schon bessere Zeiten«, erwidere ich. »Heute gerade habe ich über die Unizeit nachgedacht. Damals hatten wir noch keine solchen Belastungen wie später als Erwachsene zu ertragen.«

Emma lächelt wehmütig. »Ich denke sehr oft über damals nach.«

»Tash nicht so. Ich glaube, für sie war die Universität nur ein Mittel zum Zweck. Die meisten haben Fotos von ihrer Abschlussfeier an der Wand hängen. Tash hat sie irgendwohin auf den Speicher geschmissen, zusammen mit dem Pullover und dem ganzen Trödel.«

»Dem Pullover?«

»Ja. Den von der Uni. Mit dem Logo drauf.«

Auf Emmas Lächeln liegt ein kaum merklicher Schatten. »Warum ausgerechnet ein Pullover?«

»Warum nicht? Wo hast du denn deinen hingetan?«

Sie schluckt. »Keine Ahnung. Das weiß ich nicht mehr. Ist lange her.«

»Sicher liegt er auf dem Dachboden.« Ich wappne mich innerlich. »Was ist denn sonst noch da oben?«

Emma schweigt eine Weile.

»Nick, worum geht's eigentlich?«

Ich lasse mir nichts anmerken.

»Ich habe mir alles durch den Kopf gehen lassen. All die Jahre habe ich die Situation falsch eingeschätzt. Du bist nie darüber hinweggekommen, stimmt's? Nie hast du dich damit abfinden können, dass Tasha und ich ein Paar wurden, und als Ellie zur Welt kam, ging gar nichts mehr. War es so?«

Emma spricht selbstbeherrscht und ruhig. »Du weißt nicht, was du da sagst.« Sie macht jetzt einen völlig fühllosen Eindruck, und das jagt mir eine Gänsehaut über den Rücken. Mit offener Empörung komme ich zurecht, mit Aufgeregtsein auch. Aber bei dieser eisigen, leidenschaftslosen Stimme und diesem leeren Blick beschleicht mich Unwohlsein.

»Doch, ich weiß genau, was ich sage«, bekräftige ich. »Und ich weiß auch genau, wo Ellie steckt.«

»Einen feuchten Dreck weißt du«, gibt sie zurück, nun schon entschiedener. Sie legt eine stählerne Entschlossenheit an den Tag.

Ich kann sie nur mit meinem Blick versengen und dabei ruhig Blut bewahren, mich klug verhalten, damit ich Ellie nicht gefährde. Das Allerletzte wäre, dass Emma ausflippt und ihr etwas antut. Wer weiß, am Ende hat sie ein Messer im Ärmel stecken. Sie steht dichter an der Kommode als ich, folglich könnte sie aus einer Schublade etwas herausziehen, ehe ich es schaffe heranzutreten. »Warum Jen Hood?«, frage ich sie.

Emma dreht ruckartig den Kopf zu mir. Sie ist offensichtlich schockiert. Aber dieser Gesichtsausdruck hält nur den Bruchteil einer Sekunde an, schon hat sie ihre Unerschütterlichkeit wiedererlangt und lächelt. »Du kannst die Buchstaben schütteln. Ich hätte gedacht, du als schlaues Kerlchen kämst mit so etwas Simplem zurecht. Der Gesichtslose eben, der Allerweltsmensch. Jen, John, Joe – egal, wer Jen Hood ist. Er oder sie könnte irgendwer sein.«

Ich schüttle den Kopf. »Du tickst ja nicht richtig.«

»Das glaubst du«, erwidert sie wie eine zickige Göre. Ich bin erleichtert, dass meine Beleidigung sie nicht schlimmer aufgebracht hat. Kaum war mir das herausgerutscht, bereute ich es schon; jetzt jedoch merke ich, dass ich es mir leisten kann, noch ein bisschen mehr Druck zu machen.

»Sag mir, warum, Emma. Warum du so scharf darauf warst, dass ich Tasha töte.« Ich gebe mir Mühe, abgeklärt und verständnisvoll zu sprechen. Wünschen sich nicht alle Menschen solches Verständnis?

»Weil ich dich geliebt habe, Nick. Ich liebe dich immer noch. Kannst du dir überhaupt vorstellen, was das bedeutet?«

»Ich weiß, was es den meisten Menschen bedeutet«, antworte ich. »Aber ich bin mir nicht im Klaren, was es einem Psychopathen bedeutet.«

Zum ersten Mal wird sie lauter. »Ich bin kein Psychopath!« Sie zwinkert und verfällt sogleich wieder in diese Art, als könne sie kein Wässerchen trüben. »Ellie ist in Sicherheit. Bei mir ist sie jedenfalls entschieden besser aufgehoben als *bei ihr*.«

»Das bezweifle ich keineswegs«, sage ich und meine es auch ganz genau so. »Aber sie muss zu ihren Eltern zurück.« Emma erwidert nichts, sodass ich ihr noch eine Frage stelle, die an mir nagt, seit ich darauf gekommen bin, dass *sie* es ist. »Warum sollte ich Tasha umbringen? Wenn du darauf aus bist, dass wir zusammenleben, warum riskierst du dann, dass ich ins Gefängnis geworfen werde? Dann bekämst du mich doch gar nicht. Warum nicht einfach einen Killer anheuern?«

»Weil ich wollte, dass du es beweist. Dass du deine Liebe zu mir unter Beweis stellst. *Ich* hätte Ellies Mutter sein sollen«, erklärt Emma mit versagender Stimme. Es ist seit Jahren die erste Spur einer Gemütsregung, die ich an ihr wahrnehme.

»Wie sollte das denn irgendetwas beweisen?«, frage ich. »Das ist doch paradox.«

»O doch«, versetzt sie, als sei ich hier der Spinner. »Sie hätte unser Kind werden sollen.«

Ich schüttle den Kopf. »Das ändert doch nichts an der Tatsache, dass sie nicht unser beider Kind ist. Sie ist meins. Meins und Tashas.«

»Das hätte uns zusammengeschweißt, Nick. Es hätte alles verändert. Sie war auch das Einzige, was dich und Tasha zusammenkittete. Aber du besitzt Ellie nicht mehr, sondern ich. Du musst zu mir zurückkehren.«

Unfreiwillig muss ich lachen. »Das kann ich nicht. Sie ist nicht unser Kind. Sie ist mein Kind und Tashas.«

Ganz unverhofft tritt Emma an mich heran. Ich will mich ihrer erwehren, doch etwas hindert mich daran. Emmas jähe körperliche Geste setzt mich außer Gefecht, denn sie ist wider Erwarten nicht bedrohlich, nicht brutal, sondern geschmeidig und sanft.

Emma drückt sich an mich und versucht mich zu küssen, sie zwängt mir ihre Zunge in den Mund und fährt mit der Hand vorn an meiner Jeans herunter. Ich presse die Zähne zusammen und kämpfe gegen Emma an, versuche, sie von mir wegzuschieben.

»Komm, lass es uns tun«, beschwört sie mich. »Lass uns Spaß zusammen haben. Unsere Liebe besiegeln.«

Ich stoße sie unsanft von mir. Anders geht es nicht. Alles scheint in Zeitlupe abzulaufen. Emma taumelt rückwärts und stöhnt wie ein verwundetes Tier, als sie mit dem Kopf an die Tischkante schlägt.

Ich nutze die Gunst der Situation und renne zur Treppe.

59 Nick

Ich stürme die Treppe hinauf, immer zwei Stufen auf einmal nehmend, und rufe laut Ellies Namen. Oben angelangt, stelle ich fest, dass ich noch nie einen Fuß hierher gesetzt habe. Es irritiert mich, dass wir in all den Jahren, da Emma hier wohnt, nie nach oben gebeten worden sind. Warum auch. Trotzdem fällt es mir jetzt auf.

Es gab ja nie einen Grund. Einige wenige Male waren wir hier, und zwar um mit Emma etwas zu trinken und eine Kleinigkeit zu essen. Da es unten eine Toilette gibt, wozu hätten wir nach oben gehen sollen?

Ich schaue mich nach einer Bodenluke um. Es ist keine zu sehen. Vom Flur gehen drei Türen ab, die zu sind. Ich horche an jeder. Inzwischen kann ich mir nicht einmal das Video ins Gedächtnis rufen – war das tatsächlich auf einem Dachboden? Könnte es auch eine Vorratskammer oder ein Gästezimmer gewesen sein? Nein, es war definitiv ein Boden, ich könnte schwören, Dachsparren und eine Luke gesehen zu haben. Da entdecke ich eine weitere Treppe über der, die ich eben heraufgekommen bin, und male mir aus, dass sie zum Dachboden führt.

Ich haste diese Stufen hinauf und gelange ganz nach oben. Da ist nur eine braune Holztür, solide und massiv. Sonst nichts.

Düster steht sie vor mir aufgerichtet, die letzte Barriere, die mich von meiner Tochter trennt. Ich brülle Ellies Namen und höre sie »Papa!« rufen. Im selben Moment geht es mit mir durch, mein Herz zerspringt, das Adrenalin schießt mir durch die Adern, ich kriege kaum Luft. Wie durch einen Tunnel sehe ich nur noch die Tür vor mir. Vor meinem geistigen Auge sehe ich Ellie dahinter stehen, starr vor Schreck. Dann rüttele ich an der Klinke und ramme mit der Schulter an die Tür, aber sie gibt nicht nach.

»Geh ein Stück von der Tür weg, Kleines!«, rufe ich. »Ich komme!« Ich will den starken Mann mimen, doch mir kommt es vor, als fließe Strom durch meinen Körper, und ich muss feststellen, dass ich eher wie ein Halbstarker klinge.

Nur wenige Sekunden trennen mich vom Wiedervereintsein mit meiner Tochter. Dann sind endlich diese verfahrenen Verhältnisse aus der Welt geschafft. Ich habe Gummibeine, doch ich muss meine Kräfte und meine Energie bündeln und diese Tür aufstemmen. Das ist meine letzte Aufgabe.

Als ich zurücktrete, um Anlauf zu nehmen und mich an die Tür zu werfen, schlingt mir Emma den Arm um den Hals. Meine Luftröhre knackt, und reflexartig wehre ich mich. Alles passiert innerhalb von Sekundenbruchteilen. Ohne nachzudenken, von purem Adrenalin gesteuert, ergreife ich Emmas Arm, reiße ihn nach unten und renke ihn ihr aus. Es knackt in ihrer Schulter wie bei einem Luftgewehr auf dem Rummelplatz.

Emma brüllt vor Schmerz. Ich lasse sie instinktiv los, beuge das Knie und trete nach hinten. Erst spüre ich ihren Bauch unter der Sohle, dann aber keinen Widerstand mehr, nur Luft, sie gibt keinen Laut von sich, bis ihr Kopf mit einem abscheulichen dumpfen Geräusch auf dem unteren Absatz der Bodentreppe an die Wand schlägt. Es kommt mir vor, als lägen mehrere Minuten dazwischen, doch es kann sich nur um eine Sekunde, maximal zwei, gehandelt haben.

Stille.

Blitzartig wird mir klar, dass sie nach diesem Aufprall mit dem Kopf nicht wieder zu Bewusstsein kommen wird. Dazu muss ich nicht noch einmal hinschauen, denn ich habe den Aufschlag gehört. Trotzdem werfe ich einen Blick nach unten. Emmas Augen starren glasig ins Nichts, Blut rinnt ihr aus den Nasenlöchern. In ihrem Gesicht zeichnet sich Schmerz ab, nicht der körperliche, sondern Kummer und Unglück. Leer sieht ihre Seele aus.

Keinen Gedanken verschwende ich daran, wie ich das später erklären soll oder was es für mich für Konsequenzen hat. Es tut nichts zur Sache. Nur eines habe ich im Sinn. Nur eines ist jetzt wichtig, was mehr Bedeutung hat als alles andere auf Erden. Mit voller Wucht werfe ich mich gegen die Tür. Einmal, zweimal. Die Schulter brennt, Schmerzen schießen mir durch den Arm und in den Rücken. Ich gebe nichts darauf. Keine Qual kann schlimmer sein als der Gedanke, so kurz vorm Ziel zu sein und nicht an Ellie heranzukommen. Schließlich, beim dritten Anlauf, fliegt die Tür auf.

Bis alles ins Lot rückt, dauert es einen Augenblick: bis das Geräusch der splitternd aufgekrachten Tür nicht mehr von den Wänden widerhallt, bis der Staub sich wieder gelegt hat, bis meine Augen sich an die Lichtverhältnisse gewöhnt haben.

Es ist dunkel hier, bis auf eine gelblich glimmende Glühbirne, die an einem Dachsparren hängt. In der Ecke sehe ich zwei Augen, die verängstigt und müde hinter einem Karton hervorlugen. So verwirrt schaut sie drein, wie versteinert. Ganz verdattert und gleichzeitig übermüdet. Ich zergehe vor Erbarmen.

»Alles gut, Liebes«, rede ich auf sie ein, bemüht, ruhig und besänftigend zu wirken. Dabei bin ich alles andere als ruhig, aber schließlich muss ich Ellie vor weiterer Angst und Panik schützen. Diese Woche hat sie sicher schon genug davon erlebt.

Es bricht mir das Herz, daran zu denken. »Ich bin es. Dein Papa.« Meine Stimme gehorcht mir nicht. Ich schlucke und halte die Tränen nieder, die mir in die Augen schießen.

Als ich auf die Kartons zugehe, kriecht Ellie dahinter hervor und richtet sich langsam auf, dann kommt sie auf mich zu und umschlingt meine Beine. Wir bleiben eine ganze Minute so stehen, ohne dass Ellie loslässt, dann bücke ich mich und nehme sie hoch.

Ich schaue ihr in die Augen und merke, dass dieser entsetzte, müde Ausdruck langsam aus ihrem Gesicht schwindet. Nach und nach tritt an seine Stelle ein Blick der Seligkeit und des kindlichen wunschlosen Glücks, das Erwachsene nicht mehr empfinden. Müde ist sie. Aber sie weiß, dass ich da bin und sie wohlbehütet ist.

Ich bin überwältigt von einer anheimelnden Vertrautheit. Das plumpe Gewicht meiner erschöpften Tochter, die Wärme ihrer glatten Haut, ihr einzigartiger Duft. Das alles habe ich vermisst, nur davon habe ich geträumt. All das wieder zu erleben habe ich kaum noch zu hoffen gewagt.

In diesem Moment rückt alles wieder an seinen richtigen Platz. Auch wenn Emma tot am Fuß der Treppe liegt, meine Ehe im Auseinanderbrechen begriffen ist und die Polizei mir mit wilder Entschlossenheit alles Denkbare in die Schuhe schieben will. Sie können mir den Buckel herunterrutschen. Ich nehme alles auf mich und noch mehr als das, Hauptsache, Ellie ist wieder da. Das ist das Einzige, was zählt und was jemals gezählt hat.

Als wir zur Haustür hinuntergehen und an der Stelle vorbeikommen, wo Emma liegt, drücke ich Ellie an mich und ihr Gesicht an meine Schulter. Das braucht sie nicht zu sehen. Sie hat genug durchlitten, deshalb muss sie nicht noch erfahren, wie es für Emma geendet hat. Sie braucht jetzt nur zu wissen, dass sie in Sicherheit ist und sich um nichts mehr Sorgen zu machen braucht. Darum werde ich mich kümmern.

Als wir vor die Tür treten, beißt mir die kalte Nachtluft ins Gesicht. Ich spüre Regen auf der Haut. Während mir das sonst sehr missfällt, macht es mir heute rein gar nichts aus. Seit Langem empfinde ich wieder etwas.

60 Nick

Als ich nach Hause kam, rief ich bei der Polizei an. Unterwegs hatte ich genug Zeit gehabt, um mir zurechtzulegen, was ich sagen würde.

Ich berichtete, ich sei zu Emma gegangen, sie habe mich anmachen wollen, und ich hätte Geräusche von oben gehört. Ich sagte, Emma habe mich davon abhalten wollen, hinaufzugehen, und wir hätten miteinander gerungen. Sie sei gestürzt und habe sich den Kopf eingeschlagen. Zweimal. Seltsamerweise wollte mir die Polizei gerade das nicht abnehmen. Zuweilen ist die Wahrheit bizarrer als die Fantasie.

In den Augen der Polizei fügt sich eines ins andere. Sie haben keine Ahnung, dass ich versucht habe, Tasha umzubringen. Das hat sich aber in dem Moment, da Emmas Lebenslicht erlosch, erübrigt. Ich weiß nicht, ob diese Jen-Hood-Geschichte jemals ans Licht kommt. Ich glaube nicht. Ich kann mir keinen Grund denken, warum Emma die E-Mails auf ihrem Computer gespeichert haben sollte. Ich gehe davon aus, dass auch sie Internetcafés nutzte. Da sie sich so lange mit diesem Plan getragen hatte, wird sie ihre Spuren noch sorgfältiger als ich verwischt haben.

Tasha hat, wie es typisch für sie ist, die Schotten dichtgemacht. Nie kann ich wirklich sagen, was sie denkt. Ich bezweifle, dass es sich mir je erschließt.

McKenna sitzt auf dem Sofa mir und Tasha gegenüber, während Ellie selbstverloren vor den Trickfilmen im Fernsehen sitzt. Für sie ist wieder ein neuer Tag angebrochen.

»Wir sind auf alte Fotos gestoßen«, fängt McKenna an. »Eine ganze Menge sogar. Einer der Schränke unterm Dach war praktisch ein Schrein, Nick. Es gab da Hunderte Fotos von Ihnen und Emma aus Universitätstagen, auch mehrere von Ihnen zu dritt. Tashas Gesicht war … tja … auf den meisten Fotos wegretuschiert. Emma hat auch Tagebuch geführt. Da ging es zumeist um Sie beide. Sie war besessen von Ihnen. Wir haben es aber noch nicht geschafft, alle Bilder durchzusehen.«

Ich schlucke. »Ein Tagebuch hat sie geführt? Auch in letzter Zeit?«

»Wie es aussieht, hat sie damit etwa vor fünfeinhalb Jahren aufgehört. Um die Zeit herum, als Sie die Schwangerschaft bekannt gaben. Aber derzeit kann ich leider noch keine Einzelheiten benennen. Erst wenn wir uns ein genaueres Bild machen können.«

»Tja, verstehe«, sage ich. »Ich bin heilfroh, dass alles vorbei ist. Ich weiß es zu schätzen, dass Sie die noch ungeklärten Rätsel lösen.«

»Noch etwas wollte ich Ihnen sagen«, fügt McKenna an. »Derek Francis. In diesem Raum bei Emma … haben wir noch mehr gefunden. Sie hatte in der Schulzeit Seiten aus ihrem Tagebuch kopiert. Die Originalseiten sind uns noch nicht in die Hände gefallen, aber das ist nur eine Frage der Zeit. Darin schrieb sie, dass Mr Francis sie zu sich eingeladen und sich monatelang sexuell an ihr vergangen hat. Das erklärt für mich, warum ihre Persönlichkeit gestört war. Und damit hat sie Derek erpresst.«

Mir steht der Mund offen. »Darum hat er Ihnen weisgemacht, dass er nicht gesehen hat, wie ich Ellie ins Auto setzte. Emma hatte ihn in der Hand.«

»Genau. Das erklärt auch, warum er sich immer vor Ihnen so in Acht genommen hat und Sie ihm nicht geheuer waren. Er sah Emma bei Ihnen ein und aus gehen und begriff, wie dünn das Eis war, auf dem er sich bewegte.«

»O Gott! Wird er unter Anklage gestellt?«

McKenna hebt die Augenbrauen und holt tief Luft. »Das Problem ist, dass es niemanden gibt, der Anklage erheben oder Anzeige erstatten könnte. Das Tagebuch einer Toten können wir nicht unbedingt für bare Münze nehmen. Der Verteidiger hätte seinen großen Tag, wenn wir nach alldem die Geschworenen davon zu überzeugen versuchten, dass die Einträge von einer geistig gesunden, rational denkenden Person geschrieben wurden. Wenn sie noch leben würde, Anzeige erstatten und selbst vor Gericht erscheinen könnte, dann vielleicht ja, aber …« Sie lässt den nicht zu Ende gebrachten Gedanken in der Luft hängen wie schlechten Geruch. »Und man kann mit Fug und Recht davon ausgehen, dass Emma auch hinter dem Überfall auf Sie, Tasha, steckte. Das ist das Einzige, was wir annehmen können, und da Emma keine anderslautende Aussage mehr machen kann, nehme ich das als gegeben.« McKenna sieht mich dabei an. »In diesem Zusammenhang war die Telefongesellschaft übrigens sehr hilfreich. Sie haben orten können, wo Ihr Handy war, Tasha. Es hat sich herausgestellt, dass Sie es tatsächlich bei sich hatten, als Sie durch den Park liefen«, fügt sie hinzu, wobei sie mich unverwandt fixiert. »Es wurde aber gleich nach dem Überfall abgeschaltet, und zwar in einer Entfernung von etwa vierzig Metern. Es sieht so aus, als ob der Täter sich in Richtung Kanal davongemacht hat.«

Ich weiß, was sie denkt, aber sie weiß wiederum, dass ich es nicht gewesen sein kann, der Tasha überfallen hat. Es gäbe ja auch keinen Grund dafür. McKenna ahnt jedoch, dass etwas an der Geschichte nicht stimmt.

Ich wende den Blick von ihr zu Ellie, die versunken ihre Cartoons schaut. Ich bete, dass sie, wenn sie groß wird, ihre Torturen vergisst und zu einem selbstbewussten, seelisch ausgewogenen Menschen heranwächst. Und dass sie eher ihrer Mutter ähnelt, denn ich muss zugeben, sich immer aus der Affäre zu ziehen empfiehlt sich nicht immer.

Gleich darauf ist der Trickfilm zu Ende, und ich kann förmlich spüren, wie Ellie quengelig wird. Ich muss lächeln angesichts dieser Signale, die mich noch vor wenigen Tagen aufstöhnen ließen. Das Gezappel, das müde Gejammer. Alles, was mich im Umgang mit einem unartigen Kind in den Wahnsinn treiben konnte. Jetzt aber macht es mich selig, weil ich Ellie wiederhabe.

Ich stehe auf und gehe in die Küche, McKenna und Tasha bleiben sitzen und führen ihr Gespräch fort. Ich öffne das Schrankfach mit den Cornflakes und hole Rosie, die Stoffpuppe, heraus. Ich betrachte sie. Ihre Augen scheinen ihres menschlichen Funkelns verlustig gegangen zu sein. Zur Weißglut bringen kann sie mich nicht mehr. Ich mache die Schranktür wieder zu und gehe ins Wohnzimmer, dort hocke ich mich hin und reiche Ellie die Puppe. Bei ihrem Strahlen geht mir das Herz auf, und es tut mir weh, dass jemand ihr hat Schaden zufügen wollen.

An diesem Gedanken halte ich eine Weile fest. Ich finde es bestürzend, dass ein Mensch sein Leben lassen musste, damit ich Ellie zurückbekam, aber das war mir ja schon ziemlich schnell klar geworden, als ich die E-Mails von Jen Hood bekam. Es war unausweichlich. Ich überlege mir, wie nahe ich am Abgrund stand. Das Radio im Bad, der Überfall im Park. Ich rechne mir aus, was danach gekommen wäre. Welche vertrackten Folgen es gehabt hätte.

Jetzt greife ich mir an den Kopf, dass ich eine solche Dummheit auch nur habe in Erwägung ziehen können. Wenn du verrückt genug bist, ein Kind zu entführen, dann kommst du nicht schlagartig wieder zur Besinnung, sobald das Erpressungsopfer getan hat, was du verlangst. Außerdem war Emma darauf gar nicht aus. Sie hätte Ellie nicht einfach wieder herausgerückt und uns mit dem Leben davonkommen lassen. Sie hat mir ja deutlich gemacht, dass sie bezweckte, mit mir zusammenzuleben. Vom ersten Tag an war das ihr Vorsatz gewesen. Wäre ich jemals wirklich frei gewesen? Nein. Ich hätte – wieder einmal – Emma schonend abservieren müssen und mich weiter vergaloppiert. Das geht bei mir ja schnell, aber diesmal wäre es noch eine Ecke schärfer gekommen.

Ich habe Visionen, welches Dasein ich oben in Emmas Altarraum hätte fristen müssen, mit Handschellen an ein eisernes Bett gekettet, während sie mich umschmeichelt und mir vorsäuselt hätte, dass ich jetzt ihr gehöre. Da bin ich noch mal mit einem blauen Auge davongekommen. Eigentlich war der perfekte Mord gar nicht mal so schwierig.

Epilog Nick

Es heißt, das Tupfenmuster des Leoparden bleibe immer dasselbe, aber da kann ich nicht mitreden. Jedenfalls bin ich nicht mehr der, der ich mal war, selbst Tashas Tupfen werden allmählich unkenntlich. Ich gehe davon aus, dass es anders nicht sein kann. Wie könnten auch die Prioritäten unangefochten bleiben nach solchen Erfahrungen?

Mir verschlug es glatt die Sprache, als Tasha einige Tage nach Ellies Wiederkehr zu mir kam und ankündigte, dass sie ihre Arbeitszeit kürzen, im Büro nur noch Teilzeit arbeiten und die restlichen Stunden zu Hause ableisten wolle. Ob ich begierig bin, sie den ganzen Tag um mich herum zu haben, weiß ich nicht, aber für Ellie ist es auf jeden Fall besser. Ich bin dankbar, dass Tasha ausnahmsweise einem Menschen den Vorrang einräumt. Nachdem ich mir jahrelang gewünscht habe, dass sie die Arbeit etwas zurückschraubt und mehr Zeit für Ellie und mich hat, kann ich mich jetzt eigentlich nicht beschweren, dass sie es tatsächlich tut, und dazu von sich aus. Womöglich muss ich meine Mitgliedschaft im Fitnessstudio reaktivieren, um etwas Zeit für mich selbst herauszuschlagen.

Tasha kommt mir zufriedener vor, seit sie sich zu diesem Entschluss durchgerungen hat. Auch wenn sie erst Ende des

Monats nach dieser neuen Regelung arbeiten wird, scheint eine Bürde von ihr genommen zu sein. Ich sehe in ihren Augen wieder Leben aufleuchten.

Als wären wir jetzt eine andere Familie. Ich würde mich nicht dazu versteigen, die Welt wieder als heitere und sonnendurchflutete Himmelsgegend zu bezeichnen, doch die Dinge haben sich entschieden verändert. Am ersten Sonntag nach Ellies Rückkehr sind wir nachmittags zu einem Spaziergang aufgebrochen. So wie früher immer. Tasha schlug vor, in den Wald zu gehen, aber ich meinte, ich hätte keine große Lust dazu. *Lieber tun wir nicht so, als seien wir dieselben Menschen wie früher*, sagte ich. Lieber erst einmal Tabula rasa. Also der Wald bleibt erst einmal ausgeklammert, das kommt mir sehr zupass. So funktioniert es gut. In der Vergangenheit war es nie ideal, und auch in Zukunft werden wir wohl kein perfektes Leben führen, mir scheint jedoch, als hätten Tasha und ich ein paar Lektionen gelernt. Auf manche davon waren wir nicht erpicht gewesen, aber es führte kein Weg daran vorbei.

Ohne voreilige Schlüsse ziehen zu wollen, glaube ich, Tasha hat sich endlich zu Herzen genommen, dass für die Familie zu sorgen nicht nur bedeutet, den ganzen Tag in einem muffigen Büro zu sitzen, um unserem Saldo auf dem Konto hinten eine Null anzufügen. Früher wäre sie nie darauf gekommen, aber dass sie ihre Arbeitszeit herunterfährt und dafür länger zu Hause ist, wird ihr ein viel ausgeprägteres Selbstwertgefühl geben. Und auch uns als Familie wird das zusammenschweißen. Vielleicht bin ich vorschnell mit meiner Einschätzung – ich kann nur hoffen.

Ich glaube, dass die Geschehnisse uns verändert haben. Sie konnten nicht spurlos an uns vorübergehen. Klar, Tasha ist nicht ohne Makel, ganz und gar nicht. Und ich bin auch kein Waisenknabe. Wieder denke ich an den Abend, als ich Emma sagte, dass ich sie wegen Tasha verlassen würde. Damals kam alles, was bis heute geschehen ist, ins Rollen. Es bedeutet auch, dass ich damals noch gerade so davongekommen bin. Sosehr mich Tasha manchmal anödet, ich hätte auch bei einem Biest wie Emma verkümmern können.

Am meisten erstaunte mich, wie jäh die Presse von uns abließ. Als Ellie nach Hause kam, wurden wir von mehreren Nachrichtensendern ermuntert, unsere Geschichte zum Besten zu geben. Wir nahmen ihnen sofort den Wind aus den Segeln und wiesen sie zurecht, dass wir keine Interviews geben würden, weder jetzt noch in der Zukunft, sie sollten uns also nicht mehr behelligen, vielen Dank auch. Mag sein, dass ich ein Esel bin, wenn ich als Schriftsteller so ein Angebot für kostenlose Selbstwerbung ausschlage, aber auf diese Art von medialer Anteilnahme kann ich verzichten. Dieses Kapitel ist zu Ende.

Ich würde schwindeln, wenn ich abstreiten würde, dass die Verkaufszahlen gestiegen sind. Mein alter Verleger hat sogar *Schwarze Flut* neu verlegt. Zwar geht es nur um ein paar lumpige Tantiemen, aber es könnte mir irgendwann in näherer Zukunft zu einem neuen Verlagsvertrag verhelfen. Jedenfalls ist Licht am Ende des Tunnels zu sehen.

Tashas Eltern sind gottlob nie aus Australien angereist. Nun haben sie vorgeschlagen, dass sie uns dieses Jahr über Weihnachten besuchen. Sie würden gern wieder mal nach England kommen, und da sie nicht mehr die Jüngsten seien, solle es nicht nur eine Stippvisite werden. Sie schlugen vor, einen Monat zu bleiben. Daraufhin habe ich herumgeschleimt, wenn sie sich vor den Reisestrapazen fürchteten, könnten wir auch zu ihnen kommen. Für zwei Wochen.

Wir haben nämlich gedacht, dass wir auch mal Ferien bräuchten. Ich hätte mich gefreut, am Strand zu liegen und meine Zehen vom Meer umspülen zu lassen; Sonne zu tanken ist immer gut. Tasha hatte aber andere Vorstellungen. Also werden wir dieses Jahr in die Schweiz fahren und Camping machen. Nie zuvor war ich campen, Tasha auch nicht, aber sie lässt sich nicht davon abbringen, mal etwas Zwangloseres zu unternehmen. Ich will mich nicht mit ihr herumstreiten.

Richtig baff war ich, dass Tasha meine Story über die Spielverluste so unhinterfragt hinnahm. Ich war darauf gefasst, dass sie mich herunterputzen würde. Dass sie mich total zur Schnecke machen, zum Blindgänger abstempeln würde. Darauf hätte ich Stein und Bein schwören können. Tatsächlich aber quittierte sie es mit einem Achselzucken. Wahrscheinlich sind ihr andere Dinge jetzt wichtiger. Wer wäre nicht zufrieden, wenn er drei Tausender verliert und dafür seine Tochter wiederbekommt? Um ein Haar hätte ich einen Menschen dafür getötet. Ich habe ja wirklich jemanden getötet, könnte man sagen. Mir liegt persönlich daran, dass ich ein reines Gewissen behalte. Ich habe die Nase voll davon, mich lausig zu fühlen und mich mit Selbstvorwürfen über Vergangenes herumzuschlagen.

Ich denke, ich habe alles ganz im Sinne von uns beiden wieder ins Lot gerückt. Im Leben geht es nicht um die tägliche Mühle, das Geschwätz am Schultor oder darum, mit den Nachbarn mitzuhalten. Denn diesen ganzen Kram werden wir nie los, selbst wenn wir es uns wünschten. Das Einzige, dessen wir verlustig gehen können, sind die, die uns am nächsten sind. Und die wollen wir nicht verlieren.

Sind wir als Familie näher zusammengerückt? Ja, daran besteht kein Zweifel. Gibt es Dinge, die noch unausgesprochen geblieben sind und irgendwann an die Oberfläche treten könnten? O ja. Darauf kann ich Brief und Siegel geben. Sobald sich die Wogen geglättet haben, wird mir Tasha Fragen stellen. Was ich antworte, ist egal, denn darauf kommt es in Wirklichkeit nicht an. Eigentlich nicht.

Ein paar Tage nach Ellies Rückkehr kam Derek zu uns herüber. Ich traute meinen Augen nicht, als ich ihn vor der Tür stehen sah. Niemals habe ich erlebt, dass er über das Ende seiner

Auffahrt hinausgegangen wäre. Er blieb eine Minute lang stehen und schaute auf den Fußabtreter hinunter. Ich sah ihm an, dass er ein Anliegen hatte, deshalb fragte ich ihn, ob etwas nicht in Ordnung sei. Er brachte nichts hervor außer: »Es tut mir so leid.« Er wirkte wahrhaft wie ein Häufchen Unglück. Es fällt mir nicht leicht, Mitleid zu haben mit so einem erbärmlichen Wicht, der mich angelogen und der Polizei Lügen aufgetischt hat und mich fast hinter Gitter gebracht hätte. Umso schwerer fällt es mir, da ich später noch erfahren habe, was der Kerl als Kinderschänder auf dem Kerbholz hat.

Das Schweigen hielt nach seinen Worten erst einmal an, aber mir war klar, dass er noch mehr zu sagen hatte. Ich stand also da und musterte ihn und ließ mich nicht davon irritieren, dass ihm sichtlich unwohl in seiner Haut wurde. Warum sollte ich auch? Schließlich setzte er seine begonnene Rede fort. Er denke, es würde mich vielleicht interessieren, dass er sein Haus an diesem Morgen zum Verkauf angeboten habe. Das wolle er mir selbst mitteilen, bevor ich das Schild *Zu verkaufen* entdecken würde. Ich dankte ihm, dass er gekommen sei, um mir das auszurichten, und wünschte ihm alles Gute für die Zukunft. Es kostete mich Überwindung, und ich verkniff mir zum Glück so manches. Das erfüllte mich mit Stolz. Wer weiß, wie viel Zukunft ihm bleibt. Er sah verbraucht aus, zwanzig Jahre älter als noch eine Woche zuvor. Irgendwann holt uns alle wohl die Vergangenheit ein, auch wenn wir uns der Illusion hingeben, dass wir noch einmal davongekommen sind.

Bin ich so naiv und meine, dass von nun an alles im grünen Bereich bleibt? Ach wo. Aber ich bin froh und dankbar, dass wir wenigstens eine faire Chance haben.

18774985R00169

Printed in Poland
by Amazon Fulfillment
Poland Sp. z o.o., Wrocław